# 예기치 않은 선물

우리가 만들어가는 최고의 가치는 무엇인가!

# 예기치 않은
# 선물

이갑헌 지음

**이지출판**

# 우리를 살아가게 하는 힘

영원한 동쪽은 영원한 서쪽이다. 찰나는 끝없는 영원이다. 두 간극에서 던져지는 질문은 한결같다. 나는 누구이며, 어디서 와서 어디로 가는가? 사람을 살아가게 하는 힘은 어디서 오는가?

끝없는 이런 질문들 속에 우리 인생은 그렇게 흘러간다. 이 세상은 보이는 것과 보이지 않는 것의 조화이다. 그 조화 가운데 에너지가 생성되고 생명체는 살아 움직인다. 그러나 생명체는 눈에 보이지만 생명을 허락하고 움직이는 능력의 힘은 보이지 않는다. 그래서 눈에 보이는 것도 믿지 못하는 우리에겐 눈에 보이지 않는 것을 믿는다는 것이 더더욱 어려운 일 같아 보인다. 그러니 자기 자신을 안다는 것, 인생을 안다는 것, 세상 이치를 깨닫는다는 것, 그 어느 것도 쉽게 손에 와 닿지 않는다. 도대체 무엇을 믿어야 할지를 바로 안다는 것은 결코 간단한 문제가 아니다.

그래서 인생은 어렵고 힘들다고들 말한다. '왜'란 질문에 답을 찾지 못해서이기도 하지만, 거짓과 진실로 혼잡한 세상이라서 분별력을 잃고, 삶의 균형감각까지 상실한 데 원인이 있다는 생각이다. 인생을 고통스럽고 고달픈 고난의 길 정도로 느끼고, 삶의 의욕까지 잃게 되는 것은 곧 자기 존재 가치를 상실하고 방황하고 있다는 증표이다. 오늘의 이 시대에 정말로 필요한 것은 눈에 보이지는 않으나 우리를 살아가게 하는 힘, 곧 그 능력의 근원에 접근해 볼 수 있는 사고와 가치관을 확정하는 것이라 생각된다.

이 책을 쓰게 된 동기를 밝히자면 이렇다. 몇 해 전 캄보디아 프놈펜을 방문한 적이 있었다. 그간 말로만 들어온 악명 높은 킬링필드가 도대체 어디에 있는 것인지 궁금했다. 고문과 처형의 대량학살 장소를 안내하던 선교사로부터 캄보디아 전체가 킬링필드였다는 답변을 듣고 경악을 금치 못했다. 크메르루즈군의 최고지도자 폴포트가 1970년대 후반 집권 3년여 동안 전체 인구의 4분의 1이나 되는 200만 명을 죽음으로 내몰았으니, 전 국토가 킬링필드였다는 설명이 쉽게 이해되긴 하였다.
200만 명의 목숨을 앗아간 폴포트란 인물이 일찍이 프랑스 유학까지 다녀온 지식인이었다는 사실은 더 큰 충격으로 다가왔다. 어떻게 유학까지 다녀온 당대 최고의 지식인이 자기 동족을 그렇게 무참히 살해할 수가 있는가 하는 점이다. 내가 깨달은 것은 교육을 통한 지식 쌓기가 더 위험할 수 있다는 사실이다. 세계 역사에 악명을 남긴 히틀러나 김일성, 스탈린 같은 독재자, 전쟁광들이 모두 지식인이었다는 점도 유의해 볼 필요가 있다.

우리 사회도 예외는 아니다. 부정부패와 왕따, 청부살인 등 사회악의 주인공으로 언론에 매일 오르내리는 범죄자들 역시 지식깨나 쌓은 사람들이다. 이제 분명해진 것은 교육으로 지식을 쌓아 지식인이 되는 것보다 더 중요한 그 무엇이 있어야 한다는 점이다. 올바른 사고와 가치관이 정립되지 않은 상태에서 지식 쌓기에 열을 올리는 것은 오히려 자신과 국가사회에 독이 된다. 그것은 앞으로도 제2, 제3의 킬링필드가 언제 어디서나 발생할 수 있다는 끔찍한 미래를 말해 주는 것이다. 그래서 조금 늦었다고 하더라도 심각하게 자기 성찰과 인간의 존재 문제를 다시 돌아보지 않을 수가 없었다.

다행히 지금 우리에게는 한 가지 확신을 가지고 살아갈 수 있는 희망적인 근거가 있다. 지구상에 존재하는 72억 인구가 각각 자기만의 독특한 DNA와 지문을 갖고 있다는 점이다. 이것은 무엇을 의미하는가? 인간이란 어떤 존재이며, 문제는 어떻게 생겨나고, 변화가 어떻게 일어날 수 있는가에 대한 해답을 얻을 수 있는 단서가 되기에 충분하다. 우리가 아름다운 삶을 살아가기 위해서는 올바른 방향감각을 가지고 앞으로 나가야 한다. 무엇을 믿고 결정해야 할 것인지를 분명히 할 수 있는 근거가 아닌가 생각된다.

이 책에서는 현실과 이상 사이에서 놓치기 쉬운 삶의 가치문제들을 다루고자 했다. 진리와 생명을 찾아야 하는 인생 나그네길에서 부딪칠 수 있는 단순하지만 아주 기본적인 사실들을 들여다볼 수 있는 디딤돌을 놓고자 한 것이다. 삶의 갈등과 고통이 잘못된 가치관에서 비롯된 자신의 문제라는 사실을 반드시 짚고 넘어가고자 했다. 한 걸음 더 나아가서는 삶과 죽음에 올바로 접근하는 가치관이 무엇인지를 자문해 봤는데 생명과 존재, 만남과 시간, 사랑과 자유, 감사의 문제들이 모두 예기치 않은 선물이라는 나름의 답을 제시했다.

우리가 큰 그림을 그리려 할 때 작은 점과 선들은 따라오기 마련이다. 4차원의 세계가 1, 2, 3차원의 세계를 포괄하고 있는 것과 같은 이치이다. 인간은 이상과 현실 사이에서 늘 갈등하는 존재이지만 지나치게 현실에 매몰되어 삶을 엉망으로 만들어 가는 경우가 허다하다. 좁은 현실의 한 모퉁이로 치우친 우리의 사고와 가치의 영역을 복원하여 이상과 꿈을 더 확장하고, 인생의 균형감각을 지켜갈 수 있다면 더없이 큰 기쁨이요 소망이 될 것이다.

인생 자체가 오묘한 기적들로 뭉쳐져 있는데 감히 부족한 필설로 근접하고자 시도한 것 자체가 과욕이 아닌가 부끄러운 생각마저 든다. 그럼에도 세상의 그 어떤 큰일들도 시작은 조그마한 단초였다는 사실을 들추어내면서, 독자들의 삶이 더 아름답고 행복해지도록 하는 데 뜻밖의 의미를 선물하는 하나의 물방울이 된다면 더 큰 영광이 없을 것 같다.

이 책이 완성되기까지 고견을 주시고 조언을 해 주신 여러분께 진심으로 감사를 올린다.

2014년 9월
이 갑 헌

# 제1부

# 길을 묻는 그대에게

**내가 살아가는 이유**
::
체 게바라


그것은,
때때로 당신이
살아가는 이유이기도 하다.

# 나는 어디서 왔을까

::

"엄마! 나는 어디서 왔어?"

"무슨 말이야?"

"엄마는 알 거 아니야, 내가 어디서 왔는지…."

다섯 살짜리 어린아이가 느닷없이 엄마에게 던진 질문이다. 왜 갑자기 어린아이가 그것이 알고 싶어졌을까? 아마 여러분도 어린 시절을 더듬어 보면 이런 질문을 했던 기억이 되살아날 것이다. 철들기 전에 던진 이 질문이 너무나 유치한가? 어려운 철학문제 같은가? 혹시 칼날처럼 예리하게 느껴지는가?

이런 질문을 받은 엄마들은 매우 난처해한다. 궁여지책으로 "너는 다리 밑에서 주워 왔어"라고 얼버무리거나 "쓸데없이 그런 건 묻는 게 아니야!"라고 말을 가로막으며 답을 피해 가려 한다. 그렇다고 어린아이들의 질문은 여기에서 멈추지 않는다. 궁금증은 증폭되고 스스로의 독백을 통해 답을 찾으려 한다.

"나를 어느 다리 밑에서 주워 왔을까?"
"우리 엄마는 진짜 내 엄마일까?"
"만일 친엄마가 아니라면….

어린아이가 던지는 이 질문은 무엇을 의미하는가? 별다른 의미 없이 무심코 던진 질문 같지만 사실은 그렇지 않다. 생각 없는 질문이 있을 리 없고, 이유 없는 생각이 있을 리 없다. 어린아이는 자신이 태어나기 이전 생명의 근원에 대해 어렴풋하게 궁금증을 갖게 된 것이다. 인간은 영혼을 가진 존재이기에 이런 질문도 가능한 것이다.

열대여섯 살쯤 되어서도 이와 비슷한 질문을 감춰 두지는 못하는 것 같다. 시골에서 중학교에 다니던 어느 날 수업을 마치고 돌아오는 길에 있었던 내 경험을 이야기해야겠다. 통학 길 중간쯤에 조그마한 강이 하나 있었다. 다리 위에 잠시 멈춰서서 흐르는 강물을 바라보고 있다가 문득 의문이 솟아났다.

"사람이란 반드시 죽게 되어 있다는데…, 내가 죽게 되면 지금의 나는 어떻게 되는 것일까? 나는 지금 여기에 엄연히 존재하고 있는데, 어느 날 갑자기 내가 없어진다니…. 그럼 나는 어디에도 없는 것인가?"

호기심보다도 막연한 두려움과 알 수 없는 막막함에 빠져든 적이 있었다. 코흘리개 어린아이가 자신이 어디서 왔느냐고 물었다면, 중학생인 나는 내가 사라지면 어디로 가는지를 묻고 있었던 것이다.

청소년기에 이르면 대개 갖게 되는 질문이지만, 내가 특별히 의문을 갖게 된 것은 당시 시골 읍내에서 살고 있던 한 장애인 거지의 죽음 때문이었다. 아이들의 말을 듣고 달려가서 그 거지의 주검을 목격한 곳은 마을 창고 한 구석이었다. '그 거지'가 죽었다는 정보는 쇼킹한 것이었다. 그는 한국전쟁 이후 가난하고 절박한 현실 속에서 한동네에 같이 살던 우리 이웃이었다. 온갖 풍상을 겪으면서도 우리 곁에서 분명하게 살아 숨쉬고 있던 한 사람이었다. 가까이서 말을 주고받은 적은 없지만 가끔 놀려먹기도 하고 가끔은 불쌍해서 먹을 것을 주곤 하던 사이였기에 적잖은 충격을 받았던 것 같다.

어른들은 이미 예견했을 수도 있었겠지만, 어린 우리에겐 그의 죽음은 갑작스러운 것이었고, 이것이 계기가 되어 나는 인간의 존재에 대한 의문을 갖게 되었다.

"나는 어디에서 왔는가?"

"누가 이 땅에 보냈나?"

"이 세상에 무엇을 하러 왔을까?"

청소년기에 서툰 질문을 많이 해 보았겠지만, 인생의 중대한 전환기에 있는 20대 초반의 젊은이들이 스스로에게 한 번쯤 진지하게 던질 수 있는 질문이라고 생각한다. 내가 어디에서 왔느냐는 이 질문은 형식과 시기가 약간 달랐지만 어린아이의 질문과 다를 게 없다.

나는 청년기에는 그 어느 것보다도 이 질문은 깊고 그리고 강렬하게 해야 된다고 믿는다. 보통 서른 살 전후해서 직장을 갖고 결혼을 하고 바삐 살다보면 이 심오한 의문은 살짝 뒤로 숨어 있다가 인생 후반부에 다시 등장하게 된다.

"어떻게 해야 할까요?"
"어떻게 생각하세요?"
"이게 맞아요, 틀려요?"

이런 또 다른 질문들이 자리다툼을 하게 된다. 삶의 목표와 미래의
소망이 무엇인지 정확히 깨닫게 될 때 질문은 달라진다. 분명한 것은
질문이 올바라야 해답도 올바르게 된다는 사실이다.
당신의 질문은 어떤가?

# 나그네의 길, 질문의 길

　　당신 앞에 나그네가 서 있다면 첫마디로 무슨 말을 던지겠는가? 아마도 이런 질문을 던질 것이다. 어디로 가십니까? 아니면 어디서 오셨습니까? 상대방 역시 당신에게 이렇게 물을 수도 있다. 당신은 어느 쪽으로 가고 있습니까? 서로 묻는 주제가 비슷하다. 가는 방향, 곧 길을 묻는 것이다.

　　당신의 경우는 어떤가? 스스로 이미 얻어 놓은 답이 있는가, 아니면 답을 찾지 못하고 계속 질문만 하고 있는가?

　　최근 들어 가장 많이 한 질문은 무엇인가? 추측건대 이런 질문들일 듯싶다.

　　"오늘 점심에는 뭘 먹고, 저녁에는 친구와 또 뭘 먹을까?"
　　"내일 소개팅에는 무슨 옷을 입고 가지?"
　　"어떻게 하면 돈을 더 많이 벌 수 있을까?"

"벼락출세할 수 있는 길은 어디에 있을까?"

"좀 더 편하고 쉬운 직장은 없을까?"

서른 살 즈음 직장인들의 질문도 크게 다르지 않다.

"어느 회사로 옮겨 가야 하지?"

"친구의 월급은 얼마나 되고, 그 회사는 승진 기회가 더 많을까?"

"그녀가 진짜 내 짝일까? 결혼하면 집은 어디에다 마련할까?"

"차는 사야 되나? 아니면 임대?"

"어떻게 하면 인생의 반쪽을 만날 수 있을까?"

이처럼 질문은 많고 많다. 즉 우리 삶은 질문과 대답이다.

이런 질문에서 얻어지는 결과물을 시간적인 효용가치로 따진다면 얼마나 될까. 먹는 것은 고작 4~5시간, 입는 것은 하루 정도의 효용가치가 있을 뿐이다. 차량 구매나 아파트 임대에 관한 질문도 10년 정도의 효용성을 두고 묻는 것이고, 어떤 직장에 들어갈 것인가, 어떻게 해서 벼락출세를 해 볼까 하는 고민도 따지고 보면 그 효용성은 20년이 채 안 된다. 모두 긴 인생의 시간에 비해 짧은 순간을 위한 것들이다.

이런 나의 생각을 모두 긍정하리라고 보지는 않는다. 너무 비관적이고 독선적이라며 비난하는 사람도 얼마든지 있을 수 있다. 물론 인생이란 이 짧은 순간의 연속이며, 이 시간 속에 주어지고 얻어지는 질문과 답변의 연속이다. 그러나 내 말의 뜻은 좀 더 길고 높은 어떤 것을 얻고자 하는 질문이 필요하다는 것이다. 내 생각엔, 인생의 질문이 오로지

예 기 치  않 은  선 물

먹는 것과 입는 것 그리고 돈과 성공에 대한 것이라면 더 높은 차원의 삶의 가치를 보지도 누리지도 못하고 마는 게 아닌가 하는 것이다.

나그네에게 던진 질문은 일평생 또는 영원한 생명의 효용가치가 무엇인지를 묻는 것이다. 우리는 모두 시간 속의 여행자이기 때문이다. 길을 떠나는 나그네에게는 네 가지 선물이 주어진다. 하나는 출발점과 종착점이라는 선물이고, 나머지 둘은 질문이라는 선물과 길진리이라는 선물이다. 여행자란 본디 길을 떠난 사람이다. 길을 떠나지 않았다면 여행자가 아니다. 길을 떠났으니 여행자일 수 있었다. 언젠가는 목적지에 이르러 여행자라는 신분도 벗어 버릴 날이 올 것이다.

어떻든 여행의 목적지인 진리에 안착하기 위해서는 자신의 존재 가치를 찾는 것이 시급한 일이다. 우리는 자신이 나그네 신분이란 것을 분명히 이해하고 있는 걸까? 출발지에서 그랬듯이 도착지는 꿈이 가득한 곳, 비전이 실현된 곳, 희망의 나라라는 막연한 기대를 가지고 있을 뿐 아닌가. 사실 우리는 오늘의 나로 존재하게 된 출발 당시의 목적과 이유를 잘 모르고 있다. 인생의 목적지에 도달한 이후에 전개될 시공時空에 대해서는 상상도 해 보지 않고 있다.

혹은 인생의 종착점은 죽음과 두려움뿐이라는 막연한 생각에 머물러 있을 수도 있겠다. 그곳은 이 세상에서 던지는 수많은 질문들이 멈추는 곳이면서 또 다른 소망의 시작점이 될 것이다. 목적지를 향해 가는 당신은 나그네로서 답변을 해야 한다. 지금 당신이 품어야 할 최상의 질문은 무엇인가, 더 크고 원대한 최고의 질문은 없는가, 일찍이 생각해 보았더라면 좋았을 텐데, 미리 알았으면 후회할 일을 면할 수 있었을 텐데 하고 느끼는 질문은 없는가?

여행자에게 중요한 것은 질문이다. 올바른 목적지로 가는 좁은 길을 찾아야 하기 때문이다.

그 길에 있어서 중요한 것은 속도가 아니라 방향이다. 차가 많이 다니는 복잡한 도로든 비좁고 한적한 농로든 모든 보이는 길에는 그 끝이 있다. 길에는 눈에 보이는 길도 있고 보이지 않는 길도 있다. 길은 한자로 도道이고, 도道는 진리를 말한다. 이 도라고 하는 길은 눈에 보이지 않는 길이며 그 길이 우리를 목적지로 인도한다.

눈에 보이는 길은 필요에 따라 가도 되고 되돌아가도 된다. 그러나 눈에 보이지 않는 길은 사람이 마땅히 가야 할 진리의 길이다. 공자는 "아침에 도를 들으면 저녁에 죽어도 좋다朝聞道夕死可矣" 하였고, 맹자는 "의義는 사람의 길"이라고 했다, 예수는 "나는 길이요 진리요 생명이니 나로 인하지 않고는 이를 수 없다"고까지 했다. 인간이란 어떤 존재이며, 문제는 어떻게 생겨나고, 변화가 어떻게 일어날 수 있는가를 생각해 보게 한다.

인생길은 나그네길이다. 시간 속의 여행자인 당신과 또 다른 여행자가 서로 어디로 가느냐고 묻고 있는 질문에서 우리는 서로 갈 길을 아직 완전히 알지 못하고 있다는 암시를 느꼈었다.

나그네는 길을 물어야 한다. 곧 사람이 가야 할 길을 묻고 또 물어야 한다. 정확한 목적지까지 차질 없이 도착하기 위해서는 질문이 절대적으로 필요하다. 나그네길이면서 질문의 길, 그것이 인생이다.

예 기 치   않 은   선 물

# 지금 무엇을 하고 있나요

∷

나름 열심히 그리고 진지하게 살았다고 하지만 인생은 언제나 아쉽고 후회스러운 경험만 남기는 것 같다. 좀 더 멋진 묘수 같은 것을 뒤늦게 발견하기도 하지만, 때는 이미 지나가 버렸다. 그때 좀 더 열심히 살았더라면, 그때 좀 더 사랑했더라면, 그때 좀 더 진실했더라면, 그때로 돌아갈 수만 있다면 어리석은 스스로에게 이렇게 말해 줄 텐데…. "방향이 틀렸어, 방향을 바꾸려면 질문을 바꿔야 해!"라고.

당신의 인생관, 직업관, 세계관 그리고 하루의 스케줄 등 삶의 모든 궤도를 바꿔 놓는 한 가지 질문은 무엇인가? 이 질문이야말로 당신 인생의 생명력이며, 깊은 사유의 길로 인도해 준다.

가장 핵심적인 질문 하나를 만들어 보자. 지금 어디쯤 와 있는가? 20대인가? 그렇다면 방황하고 있을 것이다. 걱정하지 마라. 도전하는 것이 청춘이다. 30~40대인가? 아직 질문의 혼돈 속에 있을 수 있다. 그러나 50대에 접어든다면 어느 날 문득 다시 찾아오는 질문들이 있다.

"달려온 인생길에서 이룬 것은 무엇인가?"

"나는 과연 의미 있고 가치 있는 삶을 살아온 것인가?"

"그런 나는 누구였고, 지금의 나는 누구인가?"

"나는 왜 항상 마음이 편치 못할까?"

이것은 인생 후반부에 던지는 질문이다. 젊은 날의 질문들이 변해서 이렇게 다가오는 것이다. 어린 시절에는 다가왔던 질문이었다면 이제는 기다렸던 질문으로 신분이 바뀐 것이다. 다가왔던 질문은 진취적이고 도전적이었다. 그러나 기다렸던 질문은 회고요 회한이며 초조함이 묻어 있다. 삶이 내가 원하는 방향으로 진행되었으면 하는 바람으로 질문을 해 왔기 때문일 것이다. 앞으로 살아갈 날이 얼마 남지 않았다는 직감이 현실에 은연중 반영된다. 그 직감을 느낄 때가 바로 인생의 또한 번의 전환기이다.

인생의 전환기를 맞이하면 더 깊고 심오한 인생의 질문들이 밀려온다. 이 질문은 '좀 더 일찍 어찌어찌했더라면 내 삶이 180도 달라졌을 텐데' 하는 아쉬움과 함께 앞날을 향해 서 있는 자신에게 던지는 것이다.

"은퇴 이후 제2, 제3의 인생을 어떻게 살아야 할까?"

"내 인생은 이렇게 끝나고 마는 것인가?"

"죽음이란 무엇이며, 죽음 이후의 나를 어떻게 해야 되는 것일까?"

살아온 역정에 따라 질문의 강도도 깊이도 달라지게 마련이다. 빗나간 것들을 어떻게든 회복시켜 보려고 몸부림을 칠 수도 있다. 그러나 세상사가 내 뜻대로만 되지 않는 것을 실감할 것이다. 시간에 더 쫓기고, 여건은 갈수록 더 어려워진다. 혼돈이 가중되는 것을 느낄 수도 있다. 게다가 부모님이나 가까이 지내던 친구 혹은 한평생 함께 살아온 배우자의 죽음까지 맞이하게 되면, 결국 인생이란 혼자 걷는 나그네길이라는 가혹한 진실을 깨닫게 된다.

"만일 20대 때 나는 누구인가에 대해 고민했더라면 인생이 달라졌을 텐데" 하고 아쉬워할 시기가 이때다. 누구나 60대 인생 후반기에 접어들면서는 혼돈이 아닌 평강의 시간을 갖기를 소망한다.

뛰어난 철학자이자 정치가인 프랜시스 베이컨은 "사람은 태어나고 죽는다. 그 둘 사이에서 사람은 언제나 무엇인가를 하려고 시도할 수 있다"고 말했다. 무엇인가를 하려는 시도가 곧 인생이라는 이야기다. 그렇다면 당신은 무엇을 시도했는가? 그 문제를 누구에게 물어본 적이 있는가? 질문의 초점은 무엇이었는가?

질문은 누구나 직면하고 있는 인생과제이다. 정리하자면 진리의 길은 어디에 있느냐다. 수많은 철학자와 과학자들이 이에 답하기 위해 오랜 세월 노력해 왔다. 그럼에도 그 질문은 여전히 의문으로 남아 있다. 만일 무지無知에 뿌리를 둔 것이라면 수수께끼를 풀어 낼 여지가 없다. 그 무지는 한없는 기다림이기도 하고, 내면을 향해 속삭이는 물음이기도 하기 때문이다. 왜? 왜라는 끝없는 질문을 통해서만 답을 얻어 낼 수 있다. 질문은 증거를 찾는 일이다. 우리는 그동안 그 누구도 증거를 묻지 않았다고 할 정도로 아무 생각 없이 현실을 받아들이며 살아왔다.

질문하지 않으면 답도 없다. 답이 없으면 무지하게 마련이다. 무지한 인생도 인생이긴 하지만 바람직하지는 않다. 무지는 공포와 편견을 낳기 때문이다. 이것들은 족쇄와 올무가 되어 인생을 한 걸음도 나아가지 못하게 붙들어 맨다. 무지, 즉 자기 자신에 대한 무지, 타인에 대한 무지, 신에 대한 무지는 모두 것에 대한 배제를 만들고, 스스로 외톨이가 되어 전혀 방향 감각 없는 인생길에서 헤매게 만든다.

그러면 이제 어떻게 해야 하나?

배관공의 관심사는 하수구이고, 애연가와 애주가의 관심사는 담배와 술이며, 천체과학자의 관심사는 우주이듯이 각자의 처한 상황에서 발생하는 일들이 각자의 관심사가 된다. 그러나 인간이면 누구나 느끼는 공통의 관심사는 무엇인가를 생각하며 공유해야 한다.

누구나 공유할 수 있는 가치가 곧 진리이다. 우리는 그 관심사를 가지고나 있는 것인가? 방향 감각을 잃고 방황하는 어느날이 찾아오기 전에 그 방황을 틀어막아야 한다. 당신과 나의 주된 관심사로….

# Why에 답이 있다

:::

인류가 산업화와 생산성 향상을 도모하기 시작한 이후 여러 세대에 걸쳐서 지탱해 온 희망은 끝없는 경제발전과 행복추구에 관한 믿음이었다. 오직 물질적 풍요와 그로 인한 최대 다수의 최대 행복, 그리고 민주주의 발전과 거기에 맞물려 있는 개인의 무한한 자유가 그 핵심이었다. 그렇게 숨가쁘게 달려온 우리는 이제 과거에는 상상 속에서나 가능했던 것들이 현실화된 과학 문명의 시대에 살고 있다. 산업화 이전에 의지했던 인간과 동물의 노동력에서 기계와 핵에너지로 발전되고, 컴퓨터와 IT, 스마트폰이 주도하는 수준까지 왔다.

그런데도 우리를 살아가게 하는 근원의 힘, 즉 보이지 않는 능력에 대해서는 아직도 정확하게 설명을 하지 못한다. 인간의 물질주의와 타락이 인생관마저 철저히 왜곡시켜 놓았기 때문이다. 인생에 전혀 중요하지 않은 문제들을 놓고 허겁지겁 해답을 찾아나서고 있기 때문이기도 하다. 그래서 사람을 살아가게 하는 에너지와 운동력이 어디서 어떻게 시작된 것인지도 모른다.

과학자들은 힘은 단지 일할 수 있는 능력이며, 에너지는 $E=MC^2$라는 수학공식의 하나라는 정도로 말한다. 에너지의 존재론적인 구조를 정확하게 표현해 낼 수가 없다. 매 순간순간 직면하는 수많은 인생의 질문에 근원적인 대답을 할 수 없는 것도 마찬가지다.

당신은 누구이며 무엇을 해야 하는 사람인가라는 질문에 대해 눈에 보이는 외형적인 삶의 모습을 설명해 주는 것은 그리 어렵지 않다. 직장과 직위는 어떠하고, 주로 읽는 책과 즐겨 듣는 음악, 좋아하는 음식은 무엇이며, 자주 만나는 사람들이 어떤 부류라고 말할 수는 있다. 그것이 당신의 현주소지만 그렇다고 오리지널 당신은 아니다.

그래서 존재와 영혼에 관한 또 다른 질문이 생겨난다. 이 세상은 어떻게 생겨났을까? 나의 생명은 어디에서 와서 어디로 가는가? 죽음 이후의 내 영혼은 어떻게 되는가? 삶이란 도대체 무엇인가? 이러한 질문들은 꼬리를 물고 일어나며 깊은 사색의 초원으로 인도한다. 과거 수천 년 전의 사람이 그랬던 것과 별반 다르지 않다.

우리는 육하원칙이라는 것을 모든 의문에 적용한다. 인생에 있어서도 마찬가지다. 당신이라면 육하원칙 중에서 어떤 의문을 가장 먼저 던지겠는가? 우리는 흔히 누가Who, 언제When, 어디서Where를 첫 번째 의문으로 삼는다. 그 다음에는 무엇What과 어떻게How를 질문한다. 그러다 보면 왜Why는 온데간데없이 놓쳐 버린다.

What이 드러난 결과를 의미한다면 Why는 이유와 시작을 뜻한다. 시작이 잘못되면 결과가 달라지는 것은 당연한 이치이다. 잘못된 결과

예 기 치 않 은 선 물

는 시작을 탓할 수도 있다. 인생에 대한 질문은 '왜'로 시작되어야 한다. 인생의 끝과 시작점이 모두 Why를 요구하고 있다. 왜 이 땅에 왔으며, 왜 사는가를 묻는다. 유한한 시간 속의 여행자인 당신은 지금 어디에 있으며, 어디로 향하고 있는지를 묻는다.

Why에 답이 숨어 있다. 생명의 시작점을 이해할 수 있다면, 인생의 끝자락도 볼 수 있지 않을까? 인생의 시작점과 종착점 사이에서 숨쉬고 있는 지금 당신은 자신의 근원을 알아보았는가? 인생의 목적을 분명히 해야 하지 않을까? 왜 호흡하고 있고, 왜 공부하고 있고, 왜 돈을 벌려고 하는가를.

우리는 맹자에 관해 그의 어머니가 자식 교육을 위해 세 번이나 이사를 했기에 위대한 인물이 되었다는 정도로 알고 있다. 그러나 맹모삼천지교孟母三遷之教는 이사 세 번에 의미가 있는 것이 아니라, 왜Why와 무엇What에 관한 지혜를 얻을 수 있는 것에 의미가 있다. 맹자의 어머니가 자식의 장래를 위해서 세 번 이사를 결행할 만큼당시에는 일생에 한 번 이사하기도 쉽지 않았다 교육열이 높고 현명할진대, 처음부터 학교 근처에 집을 얻어 살면 될 일이었다. 그런데 왜 하필이면 공동묘지 근처에서부터 살았을까. 분명히 어떤 이유가 있을 텐데, 우리는 별다른 관심을 가져보지 못했던 부분이다.

맹자 어머니는 Why, 즉 중국어로 '웨이썸머爲什嗎'를 가장 시급한 질문으로 아들의 인생에 던져 놓았다. 교육은 왜 받아야 하느냐에 대한 깨달음을 얻는 것을 급선무라고 본 것이다. 맹모삼천지교에서는 질문도 대답도 스스로 하고 스스로 얻도록 했다. 사람은 언젠가는 죽고,

그리고 무덤에 묻혀서 흙으로 돌아간다는 현장교육을 통해서 왜Why와 무엇What을 은연중 깨닫게 한 것이다. 다시 말해서 영혼의 문제에 대해 우선순위를 둔 것이다.

이어서 곧바로 학교 근처로 가지 않고 시장 근처로 이사를 간 이유는 또 무엇일까? 어떻게How를 깨닫게 하려는 것 같다. 시장바닥에서 일어나는 다양한 사람들의 살아가는 모습을 보고 당면한 문제는 무엇이며, 합리적인 해결 방안은 어떠해야 하는지를 폭넓게 고려할 수 있도록 바탕을 깔아두려는 의도가 있는 듯하다. 사람들이 한편에서는 열심히 살아가려고 서로 부대끼고, 다른 한편에서는 속고 속이는 각양각색의 모습들을 직접 목도하는 것은 지도자건 범인이건 절대적으로 필요한 요소이다.

마지막으로 학교 근처로 이사를 해서 왜Why와 무엇What을 근거로 한 배움의 터를 닦도록 했다고 보는 것이다. 살아가는 이유와 목적을 분명히 하지 않는 공부란 모래 위에 탑을 올리는 꼴이 될 수 있기 때문이다. 기껏 배워서 자신만을 위해 써먹고, 심지어 인간사회에 해악까지 끼친다면 차라리 배우지 않는 편이 본인을 위해서나 사회를 위해서 바람직한 일일지도 모른다. 오늘날까지 맹자가 동양사회에 끼친 영향은 상당하다. 가치 있는 삶과 지혜로 안내하는 그의 가르침은 현대사회에서도 여전하다.

# 어느 백만장자의 마지막 질문

::

　　한국의 대표적 글로벌 기업 삼성그룹을 일군 창업자 고 이병철 회장도 생전에 성직자들과의 담론에서 인생의 근원적인 문제에 대해 질문하곤 했다고 한다. 그의 질문은 인생의 끝자락에서 생겨난 것으로 두 권의 책, 《내 가슴을 다시 뛰게 할 잊혀진 질문》과 《백만장자의 마지막 질문》'에서 소개하고 있는데, 그 중 질문만을 발췌해 소개하자면 이렇다.

신(하나님)의 존재를 어떻게 증명할 수 있는가?
신은 왜 자신의 존재를 똑똑히 드러내 보이지 않는가?
신은 우주만물의 창조주라는데 무엇으로 증명할 수 있는가?
생물학자들은 인간도 오랜 진화 과정의 산물이라고 하는데,
신(하나님)의 인간 창조와 어떻게 다른가? 인간이나 생물도 진화의
산물 아닌가?

신이 인간을 사랑했다면, 왜 고통과 불행과 죽음을 주었는가?
신은 왜 악인을 만들었는가?예 : 히틀러, 스탈린 또는 갖가지 흉악범들

예수는 우리 죄를 대신 속죄하기 위해 죽었다는데, 우리 죄란 무엇인가?
왜 우리로 하여금 죄를 짓게 내버려두었는가?
성경은 어떻게 만들어졌는가, 그것이 하나님 말씀이라는 것을 어떻게
증명할 수 있나?

종교란 무엇인가, 왜 인간에게 필요한가?
영혼이란 무엇인가?
인간이 죽은 후에 영혼은 죽지 않고 천국이나 지옥으로 간다는 것을
어떻게 믿을 수 있나?
지구의 종말은 언제 오는가?

이 질문은 누구나 한 번쯤 고심해 보았을 주제들이다. 이 질문의 핵심은 존재와 생명의 문제, 삶의 이쪽과 죽음 저쪽의 문제, 그리고 신과 인간의 관계, 보이는 세계와 보이지 않는 세계의 문제에 대한 해답을 찾고자 하는 것이다.

우리가 일상의 삶 속에서 던지는 질문과는 전혀 다른 인생의 근원을 향한 질문이다. 어떻게 해야 돈을 많이 벌 수 있을까, 어떻게 해야 남보다 더 큰 저택과 자동차를 살 수 있을 것인가, 어떻게 해야 원하는 것을 가장 빠르게 얻을 수 있을까 하는 따위의 질문과는 차원이 다르다.

자기 생명이 어떻게 시작되었고, 앞으로는 어찌 될 것인지를 고뇌해

예 기 치 않 은 선 물

보지도 않고 일상의 질문을 아무리 자주 답변해 본들 무슨 의미가 있을까? 질문은 관점을 바꾸는 데서부터 큰 효력을 발휘하기 시작한다.

이 회장만이 이런 질문을 던지며 살다 간 것은 아니다. 조선 최고의 천재라는 매월당 김시습도 말년에 이런 글을 남겼다.

"미친 듯이 옛 사람에게 물어본다. 나는 도대체 어디서 와서 어디로 가는가? 왜 아무도 나에게 대답하지 않는가? 미친 듯이 옛 사람에게 물어본다. 나는 소학을 읽고 논어를 읽고 대학을 읽고 공자를 읽고 맹자를 읽고 노자를 읽고 장자를 읽고 불경을 읽었는데, 그곳에서는 왜 아무도 이 인생에 대한 질문을 대답해 주지 않는가?"

세 살 때 글을 다 깨우쳐 대학大學에 통달하고 최초의 소설인 금오신화를 썼던 그도 인생의 핵심 문제에 대해서는 답을 찾지 못했던 것 같다. 하긴 공자도 한 제자로부터 죽음 이후에 대한 질문을 받고 "이 세상의 삶도 잘 모르는데 어찌 죽음을 알겠느냐"고 답했다고 한다. 이쯤이면 난제가 아닐 수 없다.

그러나 포기할 수 없는 주제이다. 분명히 어디엔가는 정확한 정답이 있을 것이다. 도대체 무엇을 믿어야 할지, 바로 안다는 것이 결코 간단한 문제가 아니긴 하지만….

# 시작과 끝을 알면 달라진다

::

    세상 만물과 자연의 이치에는 인과법칙이 작용한다. 어떠한 경우에도 시작이 있고 끝이 있다. 일단 시작이 되면 반드시 끝이 있게 되고, 끝에 이르렀다면 반드시 그 이전에 시작이 있었다. 시작과 끝은 그 중간 과정보다도 더 큰 관심을 끈다. 시작은 과거이고, 끝은 미래이다. 시작은 이미 지나간 것이고, 끝은 아직 오지 않았다. 그래서 시작과 끝은 모호하기도 하고 쉽게 관심권에서 벗어날 수도 있다.

    인생 행로에서도 그렇다. 시작과 끝을 알아야 현재의 삶을 정확히 읽어 낼 수가 있다. 현재에서 과거나 미래를 바라본다는 것은 자칫 오류를 범할 수도 있다. 그럼에도 현재의 좌표를 명확히 하기 위해서는 시작과 끝을 명확히 알고 가야 한다. 혹시라도 뒤틀려 있는 현재라면 과거와 미래에 의해 바로잡아 가는 것이다. 그러므로 과거와 미래에서 현재를 바라보는 것도 의미 있는 일이다.

    얼마나 올바른 인생을 살아가고 있는지 알아보기 위해 뒤를 돌아보

자. 태초에 있었던 생명의 근원을 찾아보면 언젠가는 가게 될 다음 세상에 관한 정보도 얻을 수 있다. 시작과 끝에 대해 알게 되면 인생관, 세계관이 달라지고 행복과 기쁨의 수은주도 높아질 것이다. 그런 의미에서 알 수 없는 태초와 보이지 않는 미래를 여행해 보는 것은 흥미로운 일이다. 태초와 미래를 탐험하는 것이 지금은 안개 속 같을지라도 포기하지 말아야 한다. 사람이 지식을 습득하는 방법에는 '지식, 이성, 경험 그리고 계시'라고 한다. 인생 탐험에 이 네 가지를 동원해야 한다.

우리는 어떤 일의 결과에 대해 미리 예측해 보려 한다. 예측이 맞아떨어진 경우를 선견지명先見之明이 있었다고 한다. 이와 반대로 어떤 결과를 놓고 "내 이럴 줄 알았지" 하면서 마치 처음부터 마음속으로 예측했던 것처럼 말하는 것을 후견지명後見之明이라고 한다. 만시지탄晩時之歎이라는 격언이나 심리학에서 말하는 사후과잉확신 편향hindsight bias이라는 말이 같은 의미이다.

그런데 선견지명이나 후견지명에는 큰 차이가 없어 보인다. 이미 눈앞에 놓인 결과를 두고 하는 말이기 때문이다. 하지만 인생 문제에 있어서는 큰 차이가 난다. 이미 늙어서 죽음을 앞두고 후견지명을 발휘한들 무슨 소용이 있겠는가? 인생은 두 번 다시 살아볼 수 없는 것이기에 더욱 그렇다.

인생은 선견지명만 요구한다. 항상 미래를 예측하는 능력을 준비하고 발휘해야 한다는 것이다. 그러려면 어떻게 해야 할까? 역시 생명의 근원을 되돌아보는 일부터 시작해야 한다. 근원을 바탕으로 해야 미래를 예측하는 데 확률을 높일 수 있기 때문이다. 목적지의 목표물 또한 분명해진다면 방향감각 없이 무작정 달리는 것과는 판이하게 다른 결과를 안겨 줄 것이다.

"우물쭈물 살다 이렇게 끝날 줄 알았지"를 반복하지 않으려면 삶의 과정만큼이나 생명의 탄생과 인생 끝자락의 의미도 소중하다는 것을 깊이 인식하는 수밖에 없다. 첫걸음의 의미를 모르면 그 과정은 엉망이 되고, 과정이 뒤죽박죽이면 결과가 빗나가는 것은 세상 이치이다.

우리 사회는 하루도 빠짐없이 각종 범죄가 발생하고 있다. 범죄자들이 감옥에 들어가면서 갖는 공통된 생각은 무엇일까? 모두 한결같이 이렇게 중얼거릴 것이다. "내 이렇게 될 줄 알았다면 도둑질, 살인, 성폭행 같은 짓은 하지 않았을 텐데, 지금이라도 되돌릴 수만 있다면 그 짓을 하지 않을 텐데"라고 말이다.

후회한다는 것은 출발이 잘못되었음을 인정하는 것이다. 그야말로 결과가 어찌 될 것인지를 전혀 상상도 예측도 하지 않았던 것이다. 후회할 일을 왜 미리 깨닫지 못하는 것일까. 시간의 무대 위에서 시간 차를 두고 바꿔 생각해 보아야 할 이유가 여기에 있다. 한 번쯤 인생의 종착지에 미리 가서 거꾸로 자기 삶을 바라본다면 오늘 내가 어찌해야 할 바를 판단할 수 있지 않을까. 인생을 바라보는 관점부터 달라질 것이다. 어찌 살아야 할지 분명한 삶의 태도를 선택할 능력이 거기에 있다.

재판관은 처음 죄를 범한 자를 초범이라고 부른다. 초범에게는 가급적 정상을 참작해 주고 회개의 기회를 준다. 형량도 보다 가볍게 선고한다. 그래서 다시는 범죄의 길에 들어서지 않기를 바란다. 그러나 범죄는 여기서 그치지 않는 경우도 많다. '이번 한 번만' 하다가 재범,

3범이 된다. 13범, 23범 그 이상의 숫자가 붙은 전과자도 나온다. 인간이 얼마나 연약하고 무너지기 쉬운 존재인가를 보여 주는 사례이다.

올곧게 살겠다는 삶의 원칙을 세우지도 지키지도 않으며 세상의 오염된 가치관과 유혹에 물들지 않을 사람은 아무도 없다. 유혹에 자신을 맡겨 버리고 감옥을 안방 드나들 듯하며 영영 자유를 빼앗기고 일생을 낭비하고 마는 인생이 안타깝다.

범죄 사실이 드러나지 않아 당장은 처벌받지 않을 수도 있다. 그러나 완전범죄란 불가능하다. 하늘이 알고 땅이 알고 자기 자신이 알고 있다는 말도 있지만, 그보다 과학수사의 발달로 범죄자들이 숨을 곳이 없다. 범죄자들은 흔적을 남기지 않으려고 기를 쓰지만 뜻대로 되지는 않는다.

경찰은 범인 추적에 총력을 기울이고 범죄자는 흔적을 숨기기에 모든 지혜를 쏟는다. 하지만 흔적은 반드시 남는다. 흔적만 찾아내면 이제 추적은 시간 싸움이다. 10년, 13년이 지나서도 범인은 반드시 체포된다. 죄짓고 평생 쫓기며 숨어 지내다가 공소시효가 끝나가는 그 순간 체포되는 경우도 있다.

체포 현장에서 이렇게 평생 숨어 사는 것보다 일찌감치 붙잡혀 죗값을 치르는 것이 더 나았을 것이라고 탄식하는 범인도 있다. 그러니 죄를 범하기 전에 처음부터 훗날 감옥에 갇히고 자유 없는 고통이 있음을 알아차렸더라면 얼마나 좋았을까. 정말 모두 그렇게만 할 수 있다면 이 세상은 범죄 없는 하얀 백지상태로 있게 될 것 아닌가.

# 한 살이라도 더 젊었을 때

∷

어떤 잘못된 결과를 두고 "아, 그래서 그랬구나" 하고 나중에 깨닫게 된들 이미 돌이킬 수 없는 상황이 얼마나 많은가. 깨달음은 부족하고, 시간은 기다려 주지 않는다. 젊었을 때는 갈 길이 멀어 보이나, 걸어온 길을 돌아보면 너무도 짧게 느껴지는 법이다.

잠된 인생의 길道인 진리를 찾는 데도 마찬가지다. 젊어서는 늙지 않고 병들지 않으며 죽지 않을 것 같은 착각에 빠져서 진리탐구를 소홀히 한다. 소홀함은 방종과 교만의 돌부리를 만들어 낸다. 영혼이 방황하는 만큼 인생도 우왕좌왕하게 된다. 세월이 한참 지난 후 아쉬움을 느끼는 그때가 비로소 착각에서 벗어나는 시점이다. 비록 늦었지만 깨닫는 순간이 어떠한 어려운 과제라도 넉넉히 해낼 수 있는 또 하나의 혹은 어쩌면 마지막 기회이다. 그 깨달음을 얻기 위해 안타까움을 더해야 한다.

켄 가이어는 《영혼의 창》에서 이렇게 썼다.

예 기 치 않 은 선 물

"여기 좀 보렴. 이 창을 들여다보렴. 네 영혼을 보여 주는 창이란다. 이 창은 너에게, 네가 누구이며 네가 사랑하는 것이 무엇인지, 네 삶의 소리에 귀 기울일 때 네가 평생 하게 될 일이 무엇인지, 그리고 네 삶이 너를 어디로 부르고 있는지 보여 주고 있단다."

영국 시인 존 옥센함도 영혼의 길을 이렇게 말해 주고 있다.

누구에게나 길은 열려 있다네
이 길, 저 길, 그리고 또 다른 길이
숭고한 영혼은 높은 길을 오르고
미천한 영혼은 낮은 길을 더듬네

그리고 다른 영혼들은
이리저리 헤매고 있네
저 안개 낀 들판 사이를

누구에게나 길은 열려 있다네
높은 길, 낮은 길
그대는 골라야 하리
그대는 영혼이 나아가야 할 길을.

이렇듯 짧은 문장과 시에서도 영혼이 나아갈 길의 소중함을 일깨워 준다. 인생은 기쁘고, 행복하고, 멋져야 한다. 행복은 신의 섭리 아래 영혼과 마음, 육체가 함께 일하는 곳에 있다. 신성한 조화는 아낌없이 주는 신의 자비와 우리 영혼의 환희 사이에 존재한다.

쇼팽을 좋아했던 낭만파 소설가이자 여성해방운동 선구자인 조르주 상드도 이렇게 말했다.

"우리는 부지런히 신의 자비와 영혼의 환희 사이를 탐험해야 한다. 자기 영혼을 위한 신앙과 인생을 위해 자기 철학을 갖는다는 것은 매우 중요한 일이다. 인생의 나침반이 되기 때문이다. 하루라도 일찍 다른 사람과 다른, 자기 존재와 정체성을 확립하는 것은 바람직한 일이다. 자기만의 가치관과 인생 목표를 설정하는 것이 빨라지는 만큼 남아 있는 반평생을 더 평안하고 더 행복하게 만들어 갈 수 있다. 그래서 부모들은 태아교육과 조기교육에 심혈을 기울이는 것인지도 모르겠다."

준법교육의 예를 들자면, 법을 하루라도 빨리 배우고 익힌다면 준법 정신은 강해지고, 그만큼 법을 위반하여 죄를 짓는 일도 줄어들 것이다. 지식이나 기술이나 그 어떤 것도 마찬가지다. 하루라도 일찍 배우고 깨달아서 자기 가치관으로 만드는 것은 참 잘하는 일이다. 굳이 투자대비 효과라는 경제원칙을 적용하지 않더라도 개인이나 국가 발전에 크게 기여하게 된다.

깨달음에 대비한 이익은 사용 연한에 비례한다. 하루라도 빨리 터득한 기술의 경우 그만큼 더 오랜 기간 사용될 수 있고 유익을 가져다준다. 올바른 사고와 가치관 역시 하루라도 빠르면 빠를수록 낭비 없는 삶으로 인도해서 인생의 평안을 안겨 준다.

일생에 필요한 공부를 25세에 마친 사람과 30세에 가서 완성한 사람과는 어떤 차이가 있을까. 그 지식과 기술, 가치를 일생동안 써먹을 수 있는 기간이 5년 이상 더 늘어난다. 더 많은 다른 사람에게도 이로움을 주는 계기가 된다. 어떤 회사가 아이디어 상품을 보다 일찍이 창안하여 생산한다면 그만큼 더 많은 사람들의 생활에 혜택을 주는 것과 같다. 하루라도 일찍 쌓은 지식이나 기술은 또 다른 새로운 지식이나 기술 발전의 전환점을 마련하게 한다. 1+1=2가 아니라 $2 \times 2 = 4$나 ∞처럼 기하급수적으로 확장되는 발전 모드가 될 수 있다. 수치로만 본다면 모두 행복해질 수 있는 가능성도 그만큼 커진다.

일찍 인생에 필요한 지식과 기술과 정보를 얻는 것은 그만큼 시간 낭비와 실패의 요인을 줄일 수 있다. 이 점은 인생에 있어서 큰 유익이다. 일찍이 터득한 지식과 기술의 경험은 그만큼 실패 요인을 줄이게 된다. 다만 이 장점이 자신과 인류 사회에 좋은 목적을 이루려 할 때 드러나야 할 것이다. 만일 나쁜 일을 추구하는 데 있어서 이러한 장점이 드러나게 된다면, 결국은 자신을 더 빨리 더 많이 해치는 결과에 이르게 될 것이니 그야말로 비극이다.

나쁜 가치관을 가지고 있는 사람은 아무리 좋은 지식이나 기술을 얻더라도 자기 자신과 인류에게 나쁜 영향을 끼치게 된다. 그러므로 의도와 목적이 기술과 지식보다 더 중요하다. 그러니 좋은 의도와 목적으로 인생 항로에 관한 이정표를 하루라도 빨리 배우고 깨달아 가야 한다. 그 이정표를 깨닫는 지름길은 생명의 근원, 즉 자신의 탄생을 알아가는 것이기도 하다.

# 제2부

# 생명은 선물이다

|

**그대를 처음 본 순간**

::

칼릴 지브란


그 깊은 떨림

그 벅찬 깨달음

그토록 익숙하고

그토록 가까운 느낌

그대를 처음 본 순간 시작되었습니다


이 육신을 타고나

그대를 만나기 훨씬 전부터

나는 그대를 사랑하고 있었나 봅니다

그대를 처음 본 순간 알아버렸습니다

운명

우리 둘은 이처럼 하나이며

그 무엇도 우리를 갈라놓을 수는 없습니다.

# 내가 나를 모른다

••

대학의 새 학기는 강의실마다 새로운 학생들로 가득 찬 새로움의 시작점이 된다. 학과목에 대한 소개로 시작되는 첫 강의는 또 다른 의미를 찾는 데서 출발한다. 같은 시대에, 같은 강의실에서, 같은 과목을 수강하는 학생들에게는 강의 못지않게 중요한 것이 있다. 서로를 알고 좋은 인연의 고리를 만들어 가는 일이다.

그래서 학생들에게 자기 소개 시간을 갖도록 한다. 대부분 이름과 나이, 학과 정도를 소개하는 선에서 멈추고 만다. 이럴 때 교수는 다그치듯 주문한다. 그것이 자기의 전부인가, 자신이 소중하게 간직하고 있는 꿈과 비전은 무엇인가, 그것을 어떤 방법으로 이루고자 하는가, 꿈과 비전의 뒤에 있는 가치는 무엇인가…. 그리고 자기의 모든 것을 털어놓고 깊은 교제를 나누어 보라고 주문한다. 그러나 학생들은 어떻게 자신을 더 표현해야 할지 몰라 당황해한다.

이러한 어려움은 대학을 졸업하고 사회생활을 하는 사람에게도 흔히 찾아볼 수 있다. 직장인은 처음 자기 소개를 할 때 어느 직장에 직책이 무엇이며, 어디에 살고, 가족은 몇 명이며, 취미는 뭐라고 하는 정도이다. 그러면서 일종의 비애를 느끼는 경우도 있다. 남들과 비교가 되어서도 그렇고, 그것이 전부가 아니었으면 좋겠다는 느낌이 들어서도 그렇다. 현실적으로 자신을 달리 소개할 수단과 방법이 없는 한계는 있지만, 그럼에도 이러한 대화는 지극히 형식적이고 표면적인 것이다.

어떤 상황에서도 변하지 않는 일관된 자기 내면의 생각이나 가치관, 인생관을 서로 나누는 것이 쉽지 않다. 자기 삶을 통해 우러난 깊이 있는 성찰과 경험을 나누는 일 또한 자기 소개의 변죽만 울린다. 깊은 인간관계, 더 친숙한 사이로 발전해지기 어려운 측면이다.

혹자는 매일매일 쫓기는 삶 속에서 자신을 돌아볼 시간조차 없다고 변명할 것이다. 당연한 변명이다. 자기 자아와 대화를 나누어 보지 못했으니 삶의 진리에 대한 관점을 말하는 것은 여간 힘든 일이 아니다. 그러기에 자신의 근원에 대해 생각해 보는 일은 더욱 의미 있는 일이 된다.

"자네가 누구인지 1초 내에 말해 보게."

애플사를 일으킨 스티브 잡스가 엘리베이터에서 마주친 한 직원에게 던진 말로 알려져 있다. 만일 누군가 당신에게 "당신은 누구입니까?"라고 묻는다면 어떻게 대답할 것인가. 황당한 질문이라며 힐난할 것인가. 준비되지 않으면 그 어떤 질문에도 대답할 수 없다는 사실만 확인할 것인가. "과연 나는 누구인가?" 이 문제에 대해서 그동안 수많은 철학자들이 화두를 던졌으나 여전히 답변은 조심스러울 뿐이다.

그래서 고대 그리스 철학자 소크라테스는 '너 자신을 알라'고 강조

예 기 치 않 은 선 물

했는지도 모르겠다. 어떻게 해야 나 자신을 잘 알 수 있는가? 나 자신이 누구인지를 모르는데, 다른 무엇을 얼마나 깊이 알 수 있을까? 무엇을 안다는 것은 그 대상이 나이든 타인이든, 아니면 생명과 자연이든, 지구와 우주이든 깊은 관심을 가지고 있다는 것을 말해 준다. 이 무지한 인간의 소견으로 무엇부터 시작해야 참된 나를 발견할 수가 있을까. 내가 누구이며, 무슨 일을 하여야 할지를 알아간다는 것은 필생의 과제이기도 하다.

중국 고대 병법가 손자는 적을 알고 나를 알면 백번 싸워도 위태롭지 않다知彼知己 百戰不殆고 했다. 지피知彼와 지기知己의 순서를 보면 적을 아는 것이 먼저이고, 나를 아는 것이 그 다음이라고 해석된다. 그 시절은 지형적·종족적 경계가 강해서 자기 사정은 알기 쉬워도 다른 쪽 사정을 알기란 쉽지 않았다. 그러나 이제는 선후가 바뀌어서 '나부터 먼저 알고 상대방을 알면 백번 싸워도 백번 위태롭지 않다'로 바뀌어야 할 것 같다. 곧 지기지피 백전불태知己知彼 百戰不殆다. 손자에게는 미안한 이야기지만 오늘 이 시대는 옛날과 너무 많이 달라졌다.

오늘날은 과학기술의 발달로 진화된 정보화 시대이다. 하루에도 수많은 정보를 양산해 냄으로써 혼돈의 시대가 되고 있다. 정보과잉시대에서는 나는 묻히고 다른 사람과 사물들에 관한 스토리만 드러나게 된다. 그 많은 정보들이 나를 혼돈케 하며 자아상실에 이르게까지 한다.

나를 회복하고 나를 살리기 위해 필요한 것은 나에 관한 정보이다. 내가 목적하는 바는 무엇이며, 필요로 하는 것은 무엇인가를 생각해야 한다. 그러기 위해서 자기 생명의 근원 문제부터 파고들어야 한다.

# 누가 당신을 만들었는가

한 개인은 자신의 과거에 대한 회상을 통해서만이 현재의 자신이 누구인지를 어렴풋이나마 알 수 있다. 자기 생명의 뿌리를 찾는 것은 어떻게 지금 여기에 있는가를 알게 해 준다.

그것은 곧 자기 존재감의 확인과 정체성의 확립에 대한 특별한 기회가 된다. 다시 말해서 자기가 살아가야 할 이유를 설명해 준다. 현재를 슬기롭게 살아갈 지혜를 주고, 미래에 대한 소망과 의지를 분명하게 세워 주는 것이다. 그러므로 자기 자신을 알고 자기 출발의 원류를 찾아가보는 것은 그만큼 큰 의미를 발견하는 길이다.

너는 누구인가에 대한 질문에 명확히 대답할 수 없다면 인생의 목적 또한 불분명할 수밖에 없다. 내가 나 자신도 잘 모르는데 어떻게 인생의 목표가 분명해질 수 있겠는가. 자신의 출생의 비밀을 거슬러 올라가면 어렴풋이나마 해답을 찾아낼 수 있지 않을까.

나는 어디로부터 왔는가, 태어나기 이전에 나는 어디에 있었으며그때도 나는 존재했었는가, 과연 어떤 존재였는가? 다음은 이 질문을 나누는 스승과 제자의 대화를 보자.

스승 : 자네는 누가 낳았나?

제자 : 부모님께서 저를 낳아 주셨습니다.

스승 : 그렇다면 부모님께서 도공이 도자기를 만들 듯 밤을 세워 가며 자네의 눈, 코와 손, 발, 심장 등 신체의 각 부분을 직접 만들어 주셨나?

제자 : 그건 아닙니다. 하지만 부모님이 저를 낳아 주신 것만은 분명합니다.

스승 : 자네를 낳아 주신 분이 부모님이신 것은 분명하군. 그러나 부모님이 직접 손으로 자네의 얼굴과 육신, 마음과 영혼을 만들어 주시지 않은 것 또한 분명하지?

제자 : 네.

스승 : 자네의 부모님 역시 할아버지 할머니가 직접 밤을 새워가며 디자인하여 낳아 주시지 않았다는 것 또한 확실하지?

제자 : 네, 그렇습니다.

스승 : 만일 부모님이 조각가가 작품을 조각해 내듯 자네를 직접 만드셨다면 혹시 지금과는 전혀 다른 모습으로 만드셨을 수도 있지 않을까? 부모님이 유명화가나 디자이너는 아닐지라도 자신들의 의지가 반영된 창작품을 만들려고 했지 않았을까? 물론 이리 고치고 저리 만지다가 결국 자네를 낳지 못했을 수도 있겠지만….

제자 : …….

스승 : 또한 자네의 육체 내에 생각의 공터까지 직접 만들고 생명을 불어넣어 주신 분이 부모님은 아니지? 역으로 올라가며 생각해 보면 부모를 낳으신 조부 내외와 외조부 내외의 경우도 마찬가지 아닌가. 그러니 부모님은 단지 결혼만 하고 자연의 섭리에 의해 임신하고 출산 과정을 통해 자네를 낳았을 뿐이다, 이렇게 말할 수 있지 않을까?

제자 : 맞는 것 같기는 한데요….

스승 : 이런 방식으로 자네의 선대 시조始祖까지 거슬러 올라가면 어떻게 될까. 그 시조 위의 시조가 있을 것이고, 첫 시조에게는 누군가 최초로 직접 눈과 코와 영혼을 디자인해 준 분이 계시지 않겠나? 그분을 우리는 창조주라고도 부르고 하나님이라고도 부르지. 그런데도 우리는 창조주에 대해서는 아주 먼 이야기처럼 관심조차 두지 않는다네. 항상 진실에는 둔감한 인간의 속성 때문인지는 몰라도 말일세.

제자 : 네, 그런 것 같습니다.

스승 : 누구나 다 아는 예를 하나 더 들어 보도록 하겠네. 자네가 오늘 아침 식탁에서 먹은 밥은 어떻게 생겨났나? 부모님이 직접 쌀을 디자인하여 논에 뿌리고, 수확하고, 밥을 지은 것이 아니지 않는가. 사람을 만물의 영장이라고 하지만 그 누구도 생명이 담긴 볍씨를 직접 디자인하거나 창조하지 못했다네. 왜냐하면 생명력을 부여할 능력이 없기 때문이지. 그것이 인간의 한계라네. 인간은 다만 쌀의 유전자가 숨어 있는 볍씨를 논에 뿌리고, 병충해를 방지하며 잘 자라도록 관리하고 그 결과물을 얻어 자신

의 생명을 유지해 갈 수 있을 뿐이네. 그 법씨가 자란 땅도, 물도, 공기도 원래부터 주어진 환경이었다네. 이렇듯 만물은 주어진 조건의 도움으로 낳기를 거듭하며 수십 배, 수백 배의 생명줄을 이어가는 것이 아닌가.

제자 : 네. 이제 저를 낳아 주신 이는 부모님이시만 저를 만드신 분은 창조주라는 스승님 말씀의 뜻을 이해하겠습니다. 아주 새로운 사고와 가치를 발견한 듯합니다.

스승 : 부모님도 낳으심을 입었고, 그 낳으심의 법칙에 따라 자네를 낳으신 것일세. 직접 창작하여 낳으신 분은 따로 계시네. 그러니 그저 감사할 수밖에 없지 않는가. 생명은 거저 얻은 것이라네.

나를 안다는 것은 곧 우주의 섭리를 깨닫는 길과 통한다. 우주의 섭리는 영원한 것이다. 콩 심은 데 콩 나고 팥 심은 데 팥 난다고 하는데 과연 나는 씨를 뿌린 적이 있었던가. 아니라면 누가 '나의 나 된 씨'를 뿌렸다는 것인가. 씨 뿌림 없이 싹이 날 수가 없지 않는가.

결국 자기 안에서 해답을 찾아야 한다. 멕시코 출신 거장 프리다 칼로는 "나는 나 자신을 그린다. 왜냐하면 나는 너무도 자주 외롭고 또 무엇보다 내가 가장 잘 아는 주제가 나이기 때문이다"라고 고백했다. 만일 당신이 당신의 삶을 지독히 사랑한다면 당신의 신체적 근원부터 찾아보아야 하지 않을까?

# 신기하고 오묘한 인체 구조

::

　당신은 어느 한순간이라도 자신의 신체 구조에 대해 관심을 가져본 적이 있는가? 우리는 자신의 몸과 마음이 어떻게 구성되어 움직이는지 깊이 생각해 보지 않는다. 하루살이처럼 그날 그날 살아가기 바빠서일 것이다. 자기 생명의 근원도 이해하지 못한다면 자신의 존재에 대해 절반도 이해하지 못하고 있다고 해야 할 것이다. 어쩌면 다음 몇 개의 질문에 자신 있게 답변할 수 없을지도 모르겠다.

　당신의 생명이 최초 시작될 때 어디에 있었는가? 당신은 어떻게 해서 오늘 살아 있을 수 있는가? 철학자들은 늘 '내가 우주의 중심'이라고 강조해 왔다. 그런 나는 누구인가? 나의 실체는 어떠한가?

　두뇌를 한 번 생각해 보자. 두뇌는 출생할 때 약 140억 개의 세포로 형성되어 있다고 한다. 여기에 위키피디아 정보량의 5배를 담을 수 있다고 하니 놀랍지 않은가. 뇌세포는 20세 때부터 노화되기 시작하여

하루 10만 개씩 죽어 간다고 한다. 10년이면 3억6천 개, 30년이면 약 10억 개의 세포가 죽고, 80세쯤 될 때는 보통사람들이 사용하는 뇌세포 수 약 40억 개의 절반인 약 20억 개가 죽게 된다고 한다. 어떻게 이처럼 많은 뇌세포가 두뇌 속에서 정보창고 역할을 하고 있는가. 때로는 생각과 창의력 발굴의 보고가 되기도 하고, 때로는 영적 소통의 통로가 된다. 이 기적 같은 기능을 하고 있는 뇌세포가 아무 근거나 설계 없이 우연히 저절로 생성된 것일까?

심장 역시 그의 역할이 대단하다. 하루에 18만 번이나 박동하면서 8,600리터의 피를 실어 나른다. 무게로 따지면 약 15톤에 해당하고, 거리로 따지면 2억7천만 킬러미터에 달하며, 시간으로 따지면 피가 몸을 한 바퀴 도는 데 46초밖에 안 걸린다고 한다. 피와 심장은 우리가 태어난 순간부터 죽을 때까지 일평생 단 1초도 쉬지 않고 전자동으로 수고하며 생명을 유지시켜 주고 있다. 물론 심장 박동을 위해 하루에 2만 3천 번이나 되는 코의 호흡과 하루 1만2천 리터나 되는 공기의 협찬이 있기에 가능한 것이다.

정자와 난자의 만남은 또 어떤가? 세포들 중에서도 생명을 잉태하는 난자의 경우 인체의 가장 큰 세포이고, 정자는 가장 작은 세포라고 한다. 정자의 무게는 난자의 75분의 1에 불과하여 가장 적합하게 생식이 가능하게 만들어졌다고 하니 놀라운 일이다. 정자는 한 번에 1억8천만 마리가 분출되어 치열한 경쟁을 뚫고 하나의 난자와 조우한다. 그 순간 생명체의 출발이 시작되며, 수정란 하나에 '사람을 사람 되게' 하는 모든 정보가 들어 있다. 바로 지금의 당신에 관계되는 정보량이 하나의 수정란 속에 몽땅 들어 있었다는 이야기다.

혹시 지구가 돌아가는 소리를 들어본 적이 있는가? 조그마한 물체가 움직여도 소리가 나는데 반지름 6,400킬러미터에 질량이 59해8천경 톤 5,9736e24kg : e24는 0이 24개이나 되는 지구가 자전과 공전을 거듭하면서 내는 소리란 실로 어마어마한 것이다. 그런데도 우리는 그 소음을 귀로 들을 수 없다. 참으로 기이한 일이 아닌가. 들을 만한 것을 듣고, 들어서는 쓸모가 없는 것은 듣지 못하도록 설계되어 있기 때문이다.

우리 눈도 마찬가지다. 너무 큰 것도, 너무 작은 것도, 너무 먼 것도, 너무 가까운 것도 볼 수 없다. 적절한 크기만을 볼 수 있게 되어 있다. 손안에 있는 세균을 직접 볼 수 없을 뿐만 아니라 우리가 살고 있는 지구도 직접 볼 수가 없다. 만일 미세한 세균을 볼 수 있다면 우리는 매순간 구역질이 나서 단 하루도 살 수 없을 것이다. 우리가 지구를 직접 볼 수 없고, 다른 혹성에 누가 살고 어떤 풀이 자라고 한 방울의 물에 살고 있는 생물체를 지각할 수 없는 것이 얼마나 다행인지 모른다.

우리가 눈으로 볼 수 없다고 해서 미생물이 존재하지 않는 것이 아니다. 전기가 눈에 보이는가? 아니다. 그러나 전기는 존재한다. 우리가 들이마시는 공기도 보지 못한다. 가장 큰 자연의 힘인 바람도 보지 못한다. 하지만 공기는 존재하고 바람도 존재한다. 생명체가 그 공기와 바람을 먹고 살아갈 수 있다는 것이 참으로 기묘한 일이다. 이 세상은 보이지 않는 어떤 큰 힘이 작동하고 있음이 분명하다.

예 기 치 않 은 선 물

# 내가 받은 최고의 선물 : 생명

∶∶

눈과 귀에 관해서 내가 특별히 아쉬워하는 점이 두 가지 있다. 그 중 하나는 투명한 것은 존재하나 볼 수 없다는 것이고, 다른 하나는 인간의 생명과 직결되는, 우주 영감의 세계에서 오는 소리를 들을 수 있는 한계가 있다는 점이다.

인간의 능력으로 지구 돌아가는 소리는 구조적으로 들을 수가 없지만, 영혼의 음성은 들을 수 있는 가능성이 열려 있다는 것이 다행이다. 영혼의 음성을 듣기 위해서는 다른 귀가 열려야 한다. 곧 생명에 관한 소리를 듣고 볼 수 있는 것이기 때문에 그렇다.

여러분은 자신에게 자신을 선물로 줄 수 있는가? 다시 말하면 여러분의 생명을 자신에게 선물할 수 있느냐는 질문이다. 선물할 수 없다면 여러분의 생명은 누군가로부터 받은 것이다. 인간으로서 자기 스스로 생명을 가지고 이 땅에 태어난 사람은 없다. 자기 육체를 스스로 만들어서 온 사람이 없다면 여러분의 뜻과 의지가 반영되지 않은 여러분 자신의 생명은 선물임이 분명하다. 여러분의 기억 어디에도 과거 그 어느 때에 당신의 생명이 탄생하기를 간절히 원했던 기억은 없다.

당신이 출생하기 이전에 어디에 존재하고 있었는지 아는가? 그런데 당신은 지금 여기에 존재하고 있다. 우리는 육체만으로 태어난 것이 아니다. 육신의 내면에 존재하는 영혼도 함께 탄생했다. 그러므로 감탄할 일은 신체의 신비함과 영혼의 거룩함이 내 자신을 감싸고 있다는 점이다. 육체와 정신 모두 강건해지려면 영혼에 대해서도 깨달음이 있어야 한다.

생명과 영혼은 가깝게는 부모님께로부터 왔다. 그러나 올라가고 또 올라가 보면 가문의 시조가 있다. 그 위로는 에덴동산의 아담과 하와가 있었고, 그 위에 창조주가 있다. 이 기나긴 과정을 통해서 여기까지 온 것이 '우리의 생명이요 선물이다.' 당신은 당신을 선물로 받은 것이다.

독일 철학자 헤겔은 이런 고백을 했다. "오직 한 분만이 나를 이해했다. 그런데 나는 그를 이해하지 못했다." 오직 신神, GOD은 자신을 이해하고 계시는데 정작 그는 그분을 이해하지 못하고 있다는 것이다. 추측과 짐작으로 갈 길을 찾으면서 평생 방황하고 있는 인생을 말하는 것 같다. 그분을 이해할 수 있는 길은 영혼의 눈으로만 만나볼 수가 있다. 그 눈은 자기 생명의 근원에 대한 관심을 가질 때라야 열릴 것이다.

우리 스스로 이 세상에 태어난 것이 아니라는 사실만 깨달아도 창조주의 은총에 대해 조금은 느낄 수 있을 것이다. 창조주로부터 부모님을 통해 받아 누리고 있는 우리 생명은 그 어떤 재화나 보물과도 바꿀 수가 없는 은총이다. 은총이란 받을 만한 노력을 했거나 그럴만한 이유가 있어서 주어지는 것이 아니며 쟁취해서 얻을 수 있는 것도 아니다. 무조건적으로 주어지는 선물이다.

만일 당신이 은총을 선물로 인식할 수 있다면 이미 자기 생명의 가치를 충분히 알고 있는 것이다. 생각지도 않았던 선물에 대해 감사할 수 있다면 당신에게는 더 큰 축복이 이미 시작된 것이다. 지금 당신이 지구상에 존재하며 호흡하고 있는 숨결을 다시 느껴 볼 일이다. 생명이 선물이라는 사실이 더 가깝게 다가올 것이다.

자기 내면으로 깊숙이 들어가 묵상하고 기도할 때 자신의 영혼과 대화를 나눌 수 있다. 그 대화는 자신의 존재 이유와 생명의 근원, 그리고 영원한 자유, 복락을 누리는 길로 인도하는 안내자가 된다.

기도의 사전적 의미는 인간보다 능력이 뛰어나다고 생각하는 절대적 존재에게 비는 일이나 그 의식이라고 정의되고 있다. 기도하는 사람은 자신의 근본 자아를 향해 집중하는 것이며, 간절하게 성취하고자 하는 것에 대해 집중하는 것이다. 곧 내면의 자신과의 대화이면서 신성과의 대화이다. 세속적인 난마亂麻로부터 벗어난 신아일체神我一體, 곧 내면 깊숙한 곳에 존재하는 신성과 하나 되기 위한 것이다. 이것은 나 아닌 다른 사람, 내 영역 밖의 상황에 대해 더 깊고, 더 섬세한 이해를 넓혀 가는 삶의 에너지원이 된다.

# 생명의 근원에 관한 두 논쟁

::

우리 생명은 어떻게 시작된 것일까. 생명의 근원에 대한 논쟁은 창조주와의 관계성을 두고 크게 유신론과 무신론의 두 갈래로 나누어진다. 근대를 지나 현대에 이르러서는 좀 더 구체적으로 표현되었는데, 즉 창조론과 진화론의 논쟁이다. 창조론에서는 인간을 포함한 만물은 창조주 신에 의해 창조되었다는 사고思考이며, 진화론은 빅뱅이라는 우주 대폭발로 인해 아주 우연하게 생명체가 생성되었고 점진적으로 진화해 왔다는 주장이다.

이 논쟁은 창조의 시점인 태초, 즉 우주의 기원으로까지 거슬러 올라가는 추론이기에 끝없는 논쟁이 이어질 수밖에 없다. 문제는 인간이 이두 세계관 중 어디에 중점을 두느냐는 것이다. 두 갈래 길은 인생을 전혀 다른 삶의 형태로 갈라놓는다. 논쟁의 목적은 선택이고 이 선택은 결국 극에서 극의 선택이 되기 때문에 민감할 수밖에 없다. 사랑, 소망,

행복과 쾌락, 좌절, 파멸로 이어지는 대비적인 인생관, 세계관이 형성될 뿐만 아니라, 인류가 누릴 삶의 질과 양의 측면에서도 큰 차이를 보일 수 있기 때문이다.

　우선은 진화론자들이 주장하는 논거를 살펴보자. 이 세상은 자연선택, 돌연변이, 진화와 분화에 의한 결과로 단정짓는다. 이 주장에 따르면 세상 만물은 우연히 생겨난 존재로 적자생존과 자연도태, 정글의 법칙과 약육강식의 법칙 같은 것에 의해 어떤 것은 사라지고 어떤 것은 진화되며 오늘에 이르렀다는 것이다. 인간의 생명 또한 아주 우연히 생겨난 아메바 같은 미생물에서 시작되었고, 수억 년을 지나는 동안 원숭이가 되었다가 오늘의 인간으로 진화되었다는 것이다.

　왜 최근의 인류 역사에 원숭이가 사람으로 진화되었다는 확실한 현장을 목격한 기록이 없는지에 대한 설명은 없다. 또한 진화론에서는 만물은 반드시 죽어 소멸되므로, 오직 이 땅에서의 삶이 마지막이며 끝이라는 주장이다. 그러니 남이야 죽든 말든 나만 즐기며 잘 살다 죽으면 된다는 생각을 갖게 할 수 있다. 약자는 도태되고 강자만 살아 남았다면 왜 아직도 강자가 있고 약자가 있는가. 약자가 약자만으로 있는 것이 아니라 강자를 물리치고 더 강한 자가 되는 경우는 어떤가. 죽음 이후의 영생이 더 이상 없다는 것을 어떻게 증명할 수 있는가? 많은 질문 앞에 허둥대거나 어정쩡한 태도를 보이고 있다.

　이와 반대로 창조론적인 사고는 어떤가. 우선 창조주의 존재를 인정하고 모든 생명체가 신에 의해 창조되었다는 것이다. 즉 창조 없이 저절로 난 것은 단 하나도 없으며, 신은 지금도 살아 역사를 주관하고 있다는 견해를 갖는다. 또한 인간은 죽어 몸은 없어지더라도 영혼은 살게 되며 영생의 길, 부활의 길이 있다는 믿음을 근간으로 하고 있다. 그러므로 이 세상을 살아가는데 선한 양심을 가지고 경건하게 상생의 삶을 살아야 한다는 주장이다.

18세기 이전까지만 하더라도 창조론에 근거한 사유의 틀이 기본이었다. 그러나 다윈이 '자연선택도태에 의한 종의 기원'이란 진화론evolution theory을 들고 나오면서 창조론을 부정하는 움직임이 싹트기 시작하였다. 이후 시작된 산업화와 과학문명의 발달은 오늘날의 맘몬이즘과 포스트 모더니즘에까지 이어져서 일신론, 다신론, 무신론으로 갈라져 있다.

창조론과 진화론의 논쟁은 과연 신이 존재하느냐 존재하지 않느냐의 문제이면서, 신이 사람을 만들었느냐 아니면 사람이 신을 만들었느냐의 문제이기도 하다. 클라이맥스가 되는 핵심 주제는 인간에게 있어서 죽음이 곧 모든 인생의 끝이냐 아니면 영원의 세계로 들어가는 문이냐다. 인간 세상의 주장이 서로 꼭 같아야만 하는 것은 아니기 때문에 자기 주장만 옳다고 고집할 일은 결코 아니다. 다만, 만일 세상 만물을 창조한 창조주가 존재하지 않는다면 별문제가 아니다.

그러나 전지전능한 신이 진짜 존재한다면 이는 엄청난 실책을 범하는 일이다. 엄연히 살아 있는 신의 존재 자체를 부정하며 능력까지도 인간의 발바닥 아래에 두려고 했으니 불경 중의 불경임에 틀림없다. 사실 사람이 만든 신이란 이미 신이 아니다. 신은 인간과 전혀 다른 분이

예 기 치 않 은 선 물

며 신이 인간에게 종속된다는 것 자체가 있을 수 없는 일이기 때문이다. 인간과 곰팡이, 인간과 기생충이 각기 다른 영역이듯 인간이 신의 세계를 이해할 수도 없을 뿐만 아니라 신의 능력에 견줄 수도 없다.

그러므로 신의 존재를 부정하고, 인간 스스로가 신이라도 되는 것처럼 행세하는 것, 이것이 과연 옳은 태도인가의 문제이다. 두 주제 중 어떤 사고와 논리가 기조를 이루느냐에 따라서 생명의 기원과 생사관이 달라지고 인류 역사에 미치는 영향 또한 크다. 예술작품은 물론이고 인간을 이해하는 기준도 각기 달라진다. 우리에게 상생과 소망을 주는 가치관이 될 수도 있고, 인간을 하나의 우연한 존재로 전락시키는 악이 될 수도 있다.

따라서 이 논제에 관해 알아도 그만 몰라도 그만이거나, 이래도 좋고 저래도 좋다는 식으로 적당히 넘어갈 문제는 아닌 것 같다. 물증이 없으면 심증으로라도 확정하고 나가야 할 부분이 아닌가. 인류가 행복해지기 위해서…. 자연과 우주를 관통하는 위대한 힘 앞에 머리를 숙일 때 인간은 비로소 자기 자신을 올바로 볼 수 있고, 현재의 자신보다 더 위대해질 수 있을 것이다.

# 파스칼의 내기에 참여하기

::

여러분은 수족관에 가본 적이 있을 것이다. 거기 있는 형형색색의 크고 작은 물고기들은 과연 어떻게 생명체로 탄생된 것일까? 또한 하늘을 나는 새들과 아프리카 대륙을 뛰어다니는 수많은 야생동물들이 어떻게 완벽한 생명의 개체로 존재하고 있을까? 지금 지구상에 존재하는 수만 종의 각기 다른 모양과 색깔로 빚어진 생명체는 누가 만들었는가. 아주 우연한 조합인가. 아니면 초자연적 존재인 창조자의 작품인가. 끝없는 생명의 근원에 대한 의문이 질문으로 이어질 수밖에 없다.

"파스칼의 내기만이 안전한 내기인가 Pascal's Wager, the only safe bet?"라는 말이 있다. 파스칼이 내기를 해 보라고 한 말에 관한 것이다. 당신도 이 내기에 참여할 의사가 있다면 간단히 소개하겠다.

"만일 신이 존재하지 않는다면 신을 믿어도 잃을 것이 전혀 없다. 그러나 만일 신이 존재한다면, 신을 믿지 않음으로써 모든 것을 잃게 된다."

예 기 치 않 은 선 물

이를 다른 말로 바꿔 보면 사람이 죽은 이후에 반드시 천국 또는 지옥을 가게 되어 있다. 그러니 천국에 가는 길에 일단 도박을 걸어 보라는 것이다. 죽은 이후에 가보았더니 천국과 지옥이 없다면 손해 볼 것도 없다. 그러나 만일 천국과 지옥이 실제로 있다면 사정은 달라진다. 천국행을 선택하지 않고 지옥행을 선택한 사람은 모든 것을 잃게 되기 때문이다. 지옥에 떨어지게 되면 그때는 이미 늦어 구원받을 길이 없다. 지옥이란 그런 곳이다. 회복의 가능성이 전혀 없는 곳, 그곳이 바로 지옥이다.

파스칼은 보이지 않는 것을 보고 말하는 것이라서 보이지 않는 것을 볼 수 없는 사람에게는 이해하기 힘든 도박 제의일 수도 있다. 그러나 분명한 것은 더 늦기 전에 반드시 선택해야 할 일이 무엇인가를 깨닫게 하고 있다는 점이다. 그렇다면 천국행이냐 지옥행이냐를 선택하는 기준은 무엇인가? 간단하다. 창조주의 존재를 인정하고, 창조의 섭리 가운데 인생을 살아가려는 세계관과 인생관, 가치관을 가지면 되는 것이다.

〈세계에서 가장 악명 높은 무신론자는 어떻게 마음을 바꾸었나〉의 주인공 앤터니 플루A. Flew의 방법을 따라 내기를 걸어 보는 것도 하나의 지혜가 될 수 있을 것 같다. 그는 원래 무신론자였다. 타인 의존적으로는 깨닫는 데 한계가 있다고 보고 신이 존재하지 않는다는 것을 입증하려고 했다. 증거가 이끄는 곳으로 줄기차게 따라가다가 결국에는 신의 부재를 입증할 수 없다고 결론내렸다. 결국 그는 신은 존재한다고 확신하고 《존재하는 신》이란 책을 썼다.

사람들은 근거도 없이 신은 존재하지 않는다고 단정해 버린다. 누군가가 신은 존재한다고 주장하면 신의 존재를 당장 입증해 보라고 요구한다. 그러나 이제부터는 앤터니 플루의 방법에 따라 신이 존재하지 않는다는 것을 거꾸로 입증해 보면 된다. 그러다 보면 반드시 신을 만나게 될 것이다. 예컨대 자기 몸의 신비함과 자연만물의 오묘함을 좀 더 세밀하게 관찰하면서 인류 역사의 변천과정을 거슬러 올라가 실마리를 찾는다면, 자기 존재를 확인하는 것이 곧 신의 존재를 증명하는 방법이 될 것이다.

오늘날 과학 문명의 발달로 인해 파생되는 문제점과 모순, 그리고 최첨단 기술일지라도 풀어 내지 못하는 근원적인 문제들에 관해 깊이 사고해 볼 필요가 있다. 자연은 존재하고 있는데 그 자연을 운행하는 섭리는 누가 만들었는가? 섭리로 인생이 시작된 것이라면 창조주에 대해 방관자적 태도를 가질 수는 없다.

생명은 신과 관계된 것이므로 소중하게 다뤄져야 한다. 생명은 자신의 몫이며 언젠가는 반납하고 책임질 부분에 대해서는 책임을 져야 할 문제이기에 그렇다. 지금 내릴 수 있는 결론은 파스칼의 내기에 참여하는 것이다. 모든 것을 잃지 않는 게임을 하는 것이 가장 현명한 길임을 뒤늦게라도 깨닫게 된 사람에 한해서 권유하는 것이다.

예 기 치 않 은 선 물

# 제3부
# 누구나 존재 이유가 있다

|

내 자신의 노래 중에서
::
휘트먼


한 마리 짐승이 되어 그들과 함께 살고 싶다.

저렇게 평화롭고 만족스러운 삶이 있는 것을.
나는 선 채로 오랫동안 짐승들을 바라본다.

그들은 자신이 처한 상황을 걱정하거나 불평하지 않는다.
어둠 속에 깨어 자신의 죄를 뉘우치며 눈물짓지도 않고
하나님에 대한 의무를 들먹여 나를 역겹게 하지도 않는다.

불만을 드러내는 놈도 없고,
소유욕에 혼을 빼앗기는 놈도 없다.
다른 놈이나, 먼 먼 조상에게 무릎 꿇는 놈도 없다.

이 지구를 통틀어 보아도 어느 한 마리
점잔 빼는 놈도, 불행한 놈도 없다.

# 존재를 가능하게 하는 힘

우리는 스스로 존재할 수 있는 능력과 힘이 있으며 그것을 증명할 수 있는가? 증명의 출발은 서술이다. 그렇다면 자신의 존재를 어떻게 서술할 수 있는가?

존재를 증명하려면 존재의 근원부터 알아야 한다. 우주 안에서는 그 무엇이 있기 위해서는 있게 하는 그 어떤 것이 먼저 있어야 한다. 그 어떤 것은 존재를 가능하게 하는 힘을 지니고 있어야 한다. 먼저 있어야 하는 그 무엇이 없다면 아무것도 존재할 수가 없다. 그러므로 존재의 근원을 염두에 두고 증명해야 한다.

당신은 지금 살아 숨쉬고 있음으로써 존재를 입증하고 있다. 즉 자신을 서술하고 있는 것이다. 그럼에도 사진을 찍듯이, 지금 그것이 거기에 존재하고 있다는, 객관적이고 결과론적인 서술만으로는 존재 자체를 설명하기에는 뭔가 부족하다. 그래서 단순히 "당신은 누구인가?"라는 질문에 대해 그냥 "나는 나"라고 대답하는 것은 충분하고 완전한 대답이 되지 못한다. 그런 대답은 존재의 근원 , 즉 자신을 존재하게 하는 그 어떤 것이 없는 존재만이 할 수 있다.

우리는 생명 유지에 없어서는 안 될 물과 공기의 실재를 잊고 사는 것처럼, 자기 존재에 대해 별로 의식하지 않고 살고 있다. 마치 건강할 때 건강함의 진가를 모르고, 살아 있을 때 생명의 소중함을 모르는 것과 같다. 심각한 질병으로 병마에 시달리고 나서야 건강의 귀중함을 깨닫고, 죽음의 끝자락에 직면하고서야 생명의 소중함을 깨닫는 것처럼 어리석은 일은 없을 것이다.

세월이 변하여도 절대 변하지 않는 것은 여전히 존재하고 있다는 사실이다. 그런데 이것을 설명하지 못하고 무언으로 대신할 수밖에 없다면 안타까운 일이다. 우리가 매 순간 자신의 영혼을 느끼지도 못하고, 그것을 자신의 삶 속에 녹여 낼 수 없다면 존재 의미는 없다. 존재란 생명을 느끼는 것이며, 생명의 근원을 이해하는 것이기 때문이다.

우리로 하여금 생각하고, 신념을 가지며, 여전히 감동을 받고, 행복과 불행의 두 영역을 넘나들며 사랑에 빠지게 하는 힘은 어디에서 오는가? 때로는 좌절과 비탄에 빠지며, 맥이 탁 풀리게 하다가 또다시 용기와 도전과 열정이 넘쳐나게 하는 변화의 힘은 도대체 어디에서 오는 것일까? 예쁜 꽃을 예쁘게 볼 수 있고, 추한 것을 추하게 느낄 수 있으며, 위기를 방어할 수 있게 하는 능력을 누가 만들어 준 것일까?

눈으로 볼 수도 없는 들숨날숨이 우리 폐 속을 드나들며 생명을 지탱시켜 주는 에너지는 어떻게 된 것일까? 요술방망이처럼 불가사의하게

예 기 치  않 은  선 물

접해야 하는 알 수 없는 공기는 어떤 힘의 주체들로 꽉 차 있는 것 같은데, 이런 현상들이 우연히 시작된 것일까? 이런 질문들로부터 존재의 확인은 시작된다.

에리히 프롬은 《소유냐 존재냐》에서 존재 문제에 대해 구체적인 묘사의 어려움을 이렇게 설명하고 있다.

"소유는 사물과 관계하며 사물이란 구체적이며 묘사할 수 있는 것이다. 존재는 체험과 관계하며, 체험이란 원칙적으로 묘사할 수 없는 것이다. 묘사할 수 있는 것은 어디까지나 인물, 우리 모두가 쓰고 있는 탈, 우리가 내세우는 자아이다. 인물 자체도 실상 한낱 사물이기 때문이다. 이와는 달리 살아 있는 인간은 죽은 물상이 아니므로 사물처럼 묘사할 수 있는 성질의 것이 아니다. 근본적으로 우리는 인간 자체를 결코 묘사할 수 없다. 물론 나에 대해서, 나의 성격, 인생관에 대해서는 얼마든지 이야기할 수 있다. 그리고 이와 같은 통찰이 나 자신이나 타인의 심리구조를 이해하는 데에 도움이 될 수도 있다. 그러나 총체적인 나, 있는 그대로의 나의 모든 개성, 지문처럼 나에게만 뿌리박힌 일회적인 나의 실체는 결코 완전히 포착될 수 없다. 그것은 감정이입의 방법으로도 불가능하다. 완전히 일치하는 두 사람이란 있을 수 없기 때문이다. 인생이라는 무도회에 참여하고 있는 한, 너와 나는 서로 살아 있는 관계의 과정 속에서만 우리를 갈라 놓은 장벽을 극복할 수 있다."

에리히 프롬은 존재에 있어서의 능동성이란 독립과 자유 그리고 비판적 이성을 지니는 상태이며, 인간의 힘을 생산적으로 사용한다는 의미에서 내면적 활동 상태로 정의하고 있다. 존재하기 위해서는 자기중심주의와 아집을 버려야 하며, 신비주의자들의 표현을 빌리자면 마음을 가난하게 하고 텅 비워야 한다. 즉 소유지향성을 포기해야 한다는 것이다.

오늘날에는 단순히 바쁘다는 의미에서의 소외된 능동성은 실제로는 수동성, 즉 비생산성이고, 반면 단순히 바쁘지 않다는 의미에서의 수동성은 소외되지 않은 능동성일 수도 있다고 본다. 따라서 많은 종류의 능동성이 소외된 수동성인 반면, 생산적 수동성을 체험하는 기회는 극히 드물어져 가기 때문에 구분하기가 심히 어렵다는 것이다.

그러나 여기서 주목해야 할 것은 자신의 존재 가치를 알고, 숨겨진 능력을 살리며, 동시에 다른 사람과 사물에게 생명을 일깨우고, 생명력을 일깨워 주는 역할을 다해야 한다는 점이다.

예 기 치 않 은 선 물

# 나만의 특급 비밀 DNA

::

　　세상에 존재하는 모든 것은 자기만의 특성과 개성을 가지고
있다. 특성과 개성은 사람마다 다르고, 인간과 동물 사이에도 다르다.
동식물끼리는 외양이나 속성에서 서로 다른 독특성을 가지고 있다.

　　사람이 동물과 다른 점을 굳이 들자면 생각하고, 말하며, 감동하고,
감사할 수 있다는 것이다. 특히 사랑하며, 가치를 판단하고, 선택과 결
정을 할 수 있다는 것은 인간만이 지니는 분명한 차이점이다.

　　그렇다면 인간과 인간 사이의 다른 점을 확인해 주는 것은 무엇일까.
단순한 시각 정보와 인지 정보만으로 사람을 구별하는 것은 간단하지
만 오류가 많을 수밖에 없다. 피부 색깔, 키나 외모는 닮은 사람이 많
다. 성씨, 출신 학교, 출신 지역 등 인지 정보도 비슷한 사람은 무수히
많을 수 있다. 그렇다면 사람과 사람 사이를 확실하게 특징지어 주는
것은 무엇이 있는가? 개개인을 식별하는 가장 중요한 단서가 되는 것
은 바로 DNA이다.

우리는 각종 범죄사건에 대한 뉴스나 영화, 드라마의 한 장면에서 경찰 감식반원들이 볼록렌즈 같은 것을 들고 현미경 들여다보듯 살펴보고 있는 장면을 본 적이 있을 것이다. 범인들이 현장에 남긴 지문이나 흔적을 찾아내고 있다는 사실도 알고 있다. 머리카락 한 올만으로도 DNA 분석을 통해 범행 현장에 누가 있었는지를 판별할 수 있게 된다.

DNA는 각 사람마다 고유정보를 간직하고 있어서 범죄자 식별에 중요한 물증이 되고 있다. 이렇듯 경찰이 범죄자를 신속하게 체포하여 사회정의를 실현하는 데는 DNA가 톡톡히 한몫을 하는 셈이다. 설사 범인을 당장 체포하지 못하고 10여 년의 긴 세월을 지났다고 해도 언제든지 동일한 DNA임이 확인되면 범인 체포는 시간문제가 된다. 화재사건 현장이나 유골의 신원을 확인할 때, 또는 혈연관계를 판별할 때도 DNA 분석이 적극 활용된다.

학자들의 연구 결과에 의하면 사람의 DNA 한 개에 담긴 유전인자 지침은 60억 글자에 약 3천여 권의 책이 된다고 한다. 이 엄청난 정보들을 담고 있는 DNA의 실제 분자 무게는 지극히 작아서 지금까지 지구상에 존재하는 모든 동식물과 인간의 유전인자를 합친다 해도 소금 알갱이 하나 정도에 지나지 않는 적은 무게라고 한다.(《창조과학》 참조) 또한 사람 세포 내의 DNA를 추출하여 연결하면 전체 길이가 약 2m, 무게는 10조분의 1mg 정도라고 한다. 사람이 30년간 먹지도 마시지도 않고 1초에 1개씩 주워 담는다고 해도 겨우 1mg밖에 안 된다고 하니 10조분의 1mg가 얼마나 작은지 가히 짐작할 수조차 없다.

더욱 놀라운 사실은 2m나 되는 DNA 실이 눈에 보이지도 않는 그야말로 작고도 작은 핵 속에 들어 있다는 사실이다. 그 핵의 직경이 불과 0.000005m라고 하니, 그 작은 핵이 자신보다 무려 4천만 배나 되는 2m 길이의 DNA 실을 품고 있다는 사실이다. 그것도 아무렇게나 구기고 접어서 무질서하게 들어 있는 것이 아니라 아주 정교하게 일정한 나선형의 모양을 갖춘 형태라고 한다.

게다가 100조 개의 세포로 이루어져 있는 사람 신체의 전체 DNA 실을 연결하면 지구에서 태양까지 10번 왕복할 수 있는 길이라고 한다. 과연 어느 누가 이런 것을 설계하고 저장하며 계속 만들어 낼 수 있을까. 인간이 감히 엄두도 낼 수 없는 창조과정에 실로 감탄하지 않을 수 없다. 인간으로서는 도저히 흉내 낼 수 없는 솜씨이다. 사람은 저마다 이렇게 길고 긴 실타래가 담긴 DNA, 즉 자기만의 독특한 비밀을 간직하고 있는 존재이다.

이제 DNA를 단순히 생물학적 측면에서 기능적인 면이나 정보 보관 구조면에서만 보지 말고, 생명체를 탄생시키고, 유지하며, 자손대대로 이어질 수 있도록 설계한 비밀 중의 비밀, 곧 숨겨진 참뜻을 이해하는 데 노력해야 할 것이다. DNA나 지문 외에도 당신만의 비밀은 홍채Iris와 정맥인식 등에도 숨겨져 있다. 관심을 가져볼 일이다.

# 72억분의 1의 존재 : 너와 나

••

앞에서 확인한 것처럼 당신은 자신만의 DNA와 지문, 홍채 등을 가지고 있다. 당신은 이 지구상에서 단 하나밖에 없는 유일무이한 존재라는 사실을 웅변적으로 말해 주는 것이다. 2014년 8월 말 현재 전 세계 인구가 72억 명을 넘어섰으니, 당신은 72억5700만5429분의 1이라는 아주 희귀한 존재라는 사실을 알아야 한다.

당신은 지구의 역사에서도 오직 하나뿐인 존재이다. 당신과 똑같은 DNA와 지문, 홍채를 가진 사람은 과거에도 없었고 미래에도 없을 것이기 때문이다. 우주적 관점에서 보아도 하나밖에 없는 유일한 존재이다. 얼마나 귀하고 독특한 존재인가.

이런 연유로 석가모니는 '천상천하 유아독존天上天下 唯我獨尊'이란 말을 남긴 것 같다. 하늘 위와 하늘 아래 내가 유일하게 존재한다는 것이다. '나'는 우주의 한 일원이면서 우주의 중심이다. 만물은 '나'로부터 시작된다. 내가 인식하는 순간 삼라만상은 나의 존재를 확인시켜 주는

예 기 치  않 은  선 물

대상이 된다. 유한한 존재가 무한한 우주와 연결되어 있다는 사실에서 자신의 존재 가치를 인식하는 데는 별다른 어려움이 없을 것이다.

유아독존에는 두 가지 전제가 고려되어야 한다. 먼저 내가 유아독존이듯이 다른 사람도 유아독존이라는 사실을 인정해야 한다는 것이다. 나아가 유아독존이라는 말은 자기중심적으로 자신의 이익만을 추구하는 독선과 아집으로 살라는 뜻이 결코 아니며, 서로가 협력과 조화로 화합을 이루어 갈 책임이 있다는 것이다.

　　　　　　　　　　　　．

내가 유일무이한 존재라면 저 사람도 72억분의 1의 귀한 존재라는 것이다. 그렇다면 당신 주변의 또 다른 사람들 모두 72억분의 1의 하나뿐인 존재들이다. 당신도 나도, 그도 모두가 지구상에 단 하나밖에 없는 귀한 존재라는 사실을 부인할 수 없다.

이처럼 세계 72억이 넘는 인구 중에 지문이나 DNA, 홍채가 같은 사람을 단 한 명도 찾을 수 없다는 사실, 5대양 6대주에 흩어져 사는 사람들이 저마다 다른 독특한 비밀정보를 간직하고 있다는 사실 앞에 숙연해진다. 나는 이와 같은 사실이 신의 섭리가 아니고서는 이루어질 수가 없다고 설명할 수밖에 없다.

인간은 각기 다르고 다를 수밖에 없는 독특한 존재들이기에 상호 존재 가치의 인정과 이해, 조화와 협력의 하모니가 요구된다. 당신이 존재하므로 다른 사람의 존재가 증명되는 것이고, 다른 사람이 존재하므로 당신의 삶에 의미를 찾을 수 있다. 서로의 존재를 무시하고 자기만의 욕망에 따라 행동하고 자기만의 법칙을 주장한다면, 이 세상은 만인이 만인의 늑대가 되는 아비규환의 현장으로 변할 것이다.

인간의 존재는 신의 섭리가 아니고서는 그 이유도 결과도 설명할 길이 없다. 그러므로 신의 섭리를 부정하는 것은 인간의 존재적 근원을 파괴하는 짓이다. 우리나라 건국신화의 시조인 단군의 홍익인간 정신이나 사해동포 정신을 보아도 그렇다. 누구에게나 이익이 되는 협업의 책임의식을 가져야 한다. 우리에게 전해 주는 메시지를 분명히 인식해야 한다.

이 우주 가운데 당신과 내가 유일무이한 존재로 살아가고 있다는 것은 축복이며 은총이다. 축복과 은총 가운데 사는 사람은 특별한 삶을 살려고 노력해야 할 것이다. 특별한 삶이란 결코 타인에 대한 우월한 존재로 군림하는 것이 아니라 동등한 존재로 사는 것이다. 당신의 특별함과 타인의 유별함을 동시에 인정하는 가치관을 가지라는 의미이다. 그래서 특별함이 곧 평범함이라는 사실을 깨닫는 것은 의미 있는 일이다.

이와 반대로 일상의 평범함 또한 특별함이라는 것을 깨닫는다면 그 의미는 더욱 크다고 할 수 있겠다. 특별함이란 자신에게 주어진 생명 창조의 특별함과 특별한 존재로서 최선을 다해 살아감으로써 창조의 질서에 즐겁게 동참하는 것이다. 전 인류가 특별함의 축복 속에 평화를 누리는 것이어야 한다. 그러므로 다른 사람을 자기보다 더 낫거나 더 못하다고 할 수 없다. 동시에 자신이 남보다 더 잘났거나 못났다고 비하할 이유도 없는 것이다. 당신은 다른 누구와도 대체될 수 없는 특별한 사람이다. 당신만의 새로운 세상과 새롭게 만나라는 뜻이다.

# 너와 나의 만남은 기적이다

::

만남에는 반드시 만나는 이유가 있다. 아무런 목적도 없이 이루어지는 만남이란 없다. 그래서 만남에는 대단히 큰 의미가 숨어 있다. 만남은 인연이 있기에 이루어지고, 관심이 있기에 약속되는 것이다. 좋은 만남은 힘과 용기를 주고, 살아갈 지혜와 정보도 주고받게 된다. 사람이 옷깃만 스쳐도 몇 억겁 년의 인연 때문이라고 말하지 않은가?

우리가 이 세상에 태어나 최초로 만난 사람은 누구인가? 부모님 아닌가. 첫 만남을 시작한 부모님께 정성껏 효도해야 하는 것은 당연한 의무이다. 그렇다면 이 세상에 태어나기 이전에 만난 분은 누구인가? 생각해 보지 않아서 모른다고 할 것인가. 바로 이 세상 만물을 만드신 창조주가 아닌가. 인정하든 안 하든 혹은 기억하든 기억하지 못하든 상관없다. 우리가 누구를 어떤 형식으로 만나든 만남은 곧 선물이다. 사실 우리 생명 자체가 특별한 선물이라면, 똑같은 생명을 특별한 선물로 받은 또 다른 누군가를 만나는 것은 대단한 기적 중의 기적이 아닐 수 없다.

창조주는 우리가 태어나자마자 이 세상과 첫 만남을 이루게 해 주었다. 우리는 태어난 고향을 만나고, 대한민국이라는 나라를 만났다. 고향과 국가는 바꾸고 싶다고 해서 바꿀 수 있는 것이 아니다. 부모를 바꿀 수 없는 것처럼 바꿔치기 할 수가 없다. 당신이 직접 선택한 만남이 아니라 오직 선물이요 은혜이기 때문에 그렇다.

부모님을 만나고 태어난 고향과 나라를 만난 것이 우리에게 주어진 만남이라면, 우리가 발견하고 약속을 만들어가는 만남도 있다. 좋은 친구와 멘토를 만나고, 좋은 책과 음악을 만나며, 훌륭한 가치를 만나는 것들이다. 이 만남 역시 우리에게 주어진 선물이다. 자신이 받은 선물을 선물로 아는 것은 큰 복이다. 만남을 이뤄 가는 것은 얼마나 다행이며 큰 복인가. 우리가 마음껏 선물을 선택하고 누릴 수 있으니 말이다. 행여 스스로 발견하고 획득한 만남이라고 해서 가치를 두지 않거나 무의미한 것으로 치부해서는 안 된다.

잠시 생각해 보자. 너와 나의 만남은 하나의 대사건이다. 기적 위의 기적이다. 너와 나는 단 하나밖에 없는 DNA와 지문을 가진 72억분의 1의 존재가 아닌가. 더욱이 수천억 개의 별들이 떠 있는 무한공간의 우주 가운데서 유일무이한 생명으로 존재하고 있다는 사실은 더 큰 기적이다. 현재까지 천체 과학자들이 확인한 바로는 지구로부터 수억 광년 떨어져 있는 우주공간에는 수억 개의 별들로 구성된 수억 개의 은하계가 있다고 한다. 실로 상상할 수조차 없는 광활한 우주 공간이다. 그 공간의 한쪽 끝자락에 자리 잡고 있는 아주 조그마한 행성, 지구 위에서 이루어지는 우리 두 사람의 만남은 예사로운 일이 아니다.

예기치 않은 선물

우리가 누구를 만나든 어떠한 만남을 이루든 만남은 이미 기적이다. 단 5분이든 반나절이든, 시간을 함께한다는 것은 생명을 같이 나누는 것이다. 모든 사람의 만남은 우주적 사건이며 기적이다. 하물며 결혼을 해서 평생 동지처럼 산다는 것은 기적 중의 기적이 아닐 수 없다.

우리에게 이루어지는 무수한 만남은 그렇게 간단한 문제가 아니라는 사실을 명확히 해 두자. 쉽게 자주 만날 수 있다고 기적이 아니고, 아주 어렵게 이루어진 만남이라고 해서 기적인 것만은 아니다. 기적은 만남의 횟수와 관계되는 것도 아니고, 만남의 쉽고 어려움에 달린 것도 아니다. 기적은 기적이고, 더 이상의 조건이 붙을 이유가 없다. 그러니 부모님에게, 배우자와 친구에게, 나라와 민족에 대해 기적적인 만남, 그 가치를 인정하고 최고의 정성을 다해 주는 것이 사람의 도리가 아닐까?

제발 나에게 이익이 되고 나를 기쁘게 하는 만남은 기적이고, 나에게 손해를 끼치고 고통을 주는 만남은 기적이 아니라고 생각지 마라. 기적은 귀천이나 손익을 따지지 않는다. 어떠한 만남이라도 의미 있게 바라보면 기적이다. 그러므로 기적의 축복을 누리는 사람은 지금 자기 앞에 있는 사람에게 최선을 다하는 삶을 산다.

어떤 만남을 눈앞에 두고 딴 생각, 딴 짓을 한다면 상대방을 무시하는 오만이기도 하지만 자신의 가치도 떨어뜨리고 시간을 낭비하는 것이다. 당신이 만남을 소중한 기적으로 알고 기쁨으로 여길 때 기적은 기적을 낳아 줄 것이다. 당신의 멋진 미래를…. 그러니 기적을 만나라. 더 좋은 만남을 발견하고 획득하라. 주어진 만남에 감사하면서!

# 우리는 한 뿌리 : 세계인 가계도

::

　　이 우주 안에서 공존공생과 상부상조가 가장 절실히 필요한 곳은 그 어느 곳보다 인간사회일 것이다. 만물은 살아가되 서로 조화를 이룰 뿐 죽이려 들지 않는다萬物生而 和育不爭는 옛말도 있지만, 자연은 대칭을 대립이나 갈등으로 만들지 않고 있는 그대로 자기 역할을 변함없이 이어간다. 자연은 평화와 균형을 이루어 가고 있다.

　　그러나 인간사회는 만남과 만남 사이에 군더더기 같은 이해관계가 들러붙어서 서로 헐뜯고 다투게 만든다. 이제 그럴 이유가 전혀 없다는 사실을 알고 나면 정말 불필요한 짓을 했노라고 한숨짓게 될 것이다.

　　최근 인류학이 발달해 가고 있다. 가족관계를 연구하는 어느 학자는 11대로 거슬러 올라가면 모두가 한 뿌리에서 만나게 된다고 한다. 너나 할 것 없이 성씨나 혈통에서 같은 뿌리임이 확인된다는 것이다. 가령 아버지의 성씨를 따라 이름 앞에 김, 이, 박, 홍 등의 성씨를 붙이고

'○○가문'이라고 하면서 족보와 혈통을 말한다. 이것은 아버지 중심의 가부장적 체계이기 때문에 그렇다. 만일 어머니 중심의 모계사회라면 정반대 현상이 나타났으리라.

파푸아 뉴기니 원주민들은 아직도 모계사회이고, 지구상에 유일하게 남아 있다고 자부하는 중국 윈난성雲南省 리장麗莊의 모계사회에서는 어머니의 성을 따라 다른 집안과 구별 짓는다. 사실 부모 중 어느 성을 따르는가는 그리 중요하지 않다. 부계사회에서는 아버지 성씨를 따르고 있으나 사실 어머니 뱃속에서 10개월을 태아로 있었던 것을 보면 어머니의 영향을 더 많이 받는다고 할 수 있다.

아무튼 부계사회에서의 정씨, 라씨, 조씨 가문이라 할지라도 모계를 중심으로 따져 올라가 보면 어떤 현상이 나타날까? 11대 위에 가서는 모계 혈통에서 모두 만나게 된다는 것이다. 모계의 핏줄을 조금씩 나눈 형제자매 간이라는 이야기다.

예를 들어 어머니는 김씨이고, 할머니는 이씨이며, 그 위 증조할머니는 박씨, 이런 식으로 거꾸로 따라 올라가다 보면 약 200년 전에는 직간접적으로 피를 나눈 형제자매 간이 된다는 것이다. 옛날 기준으로 스무 살에 결혼하여 아들을 낳는다고 가정하면 11대는 약 220년 정도가 된다. 11대에서 계속 거슬러 올라간다면 최초로 생명을 얻었던 한 조상의 뿌리로 이어진다. 더 올라가면 인류의 조상은 한 부모일 수밖에 없다.

그리고 그 한 부모에 대한 설명으로서 유일하게 가능한 것은 애초에 그렇게 지음 받았다는 것인데, 앞서 언급한 것처럼 인간은 태초에 창조주로부터 생명을 부여받은 피조물이라는 점에서 전 인류의 한 가족 개념이 확증된다.

아담과 하와에서 시작된 후손들이 낳고 또 낳고 하여 오늘에 이르렀다. 그러나 아무리 대가족이 되었다고 하더라도 그 뿌리가 변한 것은 없다. 그러므로 같은 피조물이면서 한 가족인 내가 다른 피조물인 당신을 구박하거나 업신여길 권한이 전혀 없는 것이다.

따져 보면 한두 집 건너 모두 일가친척이다. 그러니 우리 모두 고통과 행복을 함께하며 동행해야 할 생명 공동체 구성원들이 아니겠는가. 그래서 피조물의 집합체인 인간세계는 지구촌이 한 가계도로 구성된 것이다. 서로 도움을 주고받으며 아름답게 살아갈 의무가 있다. 더 멋진 인생을 공유하기 위해서는 먼저 우리가 생명이라는 선물을 받고 잠시 이 땅에 여행 중인 나그네 신분이라는 사실을 자각해야 한다.

우리는 수많은 울타리를 쳐놓고 살아간다. 성씨로 갈라지고, 종족이나 민족으로 갈라지고, 국가로 갈라지고, 가진 자와 못 가진 자, 진보와 보수로 나뉘어 갈등하며 산다. 설사 갈라져 살아도 인류가 한 뿌리임을 의식한다면 전쟁이나 테러 같은 것들은 이 땅에서 사라질 것이다. 울타리를 쳐놓고, 담벼락을 세워 놓고, 병뚜껑을 닫아 놓고는 그 어느 선물도 주고받을 수가 없는 것이다.

무관심과 미움의 울타리, 부정적 사고의 울타리, 사람과 사람 사이의 소통을 가로막는 울타리, 마음의 울타리를 활짝 열어야 한다. 서로 돕고 사랑하며 기쁨과 행복을 나누어야 할 대상인 것이다. 평등사회를 이루어가야 할 이유가 여기에 있다.

# 나의 가치는 얼마인가

••

　　한 해가 저물어가는 12월 어느 날, 학기말 시험을 마친 졸업
반 중국인 유학생이 연구실을 찾아왔다. 졸업 후 진로문제를 상담하러
온 것이다. 우리는 세상 속에서 간직해야 할 가치관과 진로문제 등에 관
해 대화를 나누었다. 학생이 자신의 고민과 살아온 이야기를 모두 털어
놓으면서 대화는 무르익어 갔다. 그 중에서 가장 핵심이 되는 문제는 자
신의 존재 인식 부족과 미래에 대한 불안감이었다.

　　대학 졸업반 학생이라면 누구나 겪게 되는 진통이기도 하지만 한 번
쯤 다시 생각해 볼 문제라고 보여 대화 내용의 일부를 소개한다.

학생 : 교수님! 내일 모레면 졸업인데 진로를 어떻게 정해야 할지 아직
　　　방향을 잡지 못하고 있습니다. 집안 사정도 여의치 않아 우선
　　　연봉 1~2천만 원 정도만 된다면 아무 곳이나 가서 일하려고 합
　　　니다.

교수 : 이것저것 따지지 않고 일단 일을 해 보겠다는 결심은 대단히 훌륭한 생각이네. 사람은 노동을 통해 삶의 보람을 느끼고 자기 발전을 도모할 수 있기 때문일세. 그러나 한 가지 생각해 볼 문제는, '우선은'이란 생각과 '아무 곳'이라는 표현과 관련한 마음 자세일세. '우선은'이란 임시방편이란 의미이고, '아무 곳'이란 목적의식이나 목표가 불분명하다는 뜻이네. 방향이 불분명한 상태에서 임시방편으로 직업을 선택한다는 것은 인생 실패의 길로 찾아들어가는 것이 된다네.

학생 : 그것이 왜 실패의 길로 찾아들어가는 것이 됩니까?

교수 : 자기 특성과 능력을 충분히 발휘할 수 없는 상황에 직면할 수 있기 때문이지. 학생은 자기 자신이 얼마 정도의 가치가 있다고 생각하나?

학생 : 한… 10억이요.

교수 : 10억이란 한화인가? 런민삐人民幣, 중국 화폐단위인가?

학생 : 런민삐입니다.

교수 : 왜 10억밖에 안 된다는 거지? 내 생각에는 학생이 스스로의 가치를 너무 낮게 평가하고 있는 것 같네. 자신의 가치를 스스로 낮게 평가하는 사람은 세상에 대한 가치도 낮게 평가할 수밖에 없지 않겠나? 자기에 대한 평가가 낮아지면 삶에 대한 가치도 낮아지게 마련이지. 내가 평가하기에 학생은 '수천억 억 억 억 억 원짜리네. 죽을 때까지 억 억 억 하며 세더라도 돈으로는 계산할 수 없는 존재네. 끝없는 억 억짜리의 값비싼 존재라고 하는데도 가슴이 뛰지 않는가? 초등학교 때는 크레파스 하나만

예 기 치 않 은 선 물

새로 사도 가슴이 설레었지 않았나? 중고등학교 때는 몇십만 원짜리 자전거 한 번 탈 수 있어도 가슴이 뛰었었고….

학생 : 무슨 말씀인지 어렴풋이 이해가 갑니다.

교수 : 세상의 모든 물건들은 수요와 공급의 원칙에 따라 가격이 결정된다네. 희소가치에 따라서 가격의 폭도 크게 달라지지. 재래시장에는 단돈 이삼천 원만 가지고도 배부르게 먹을 수 있는 음식이 있는가 하면, 귀금속 판매점에는 수억 원짜리 다이아몬드 반지가 있네. 고화古畵 경매장에서는 수백억 불짜리 고흐나 피카소의 그림이 거래되고 있지. 물건에 따라서, 사고자 하는 사람의 의중에 따라서 가격은 천양지차라네. 재래시장의 음식값이 값싼 이유는 언제 어디서나 쉽게 구할 수 있기 때문일세. 그러나 골동품이나 다이아몬드, 희토류 같은 광물이 비싼 이유는 단지 희귀하여 구하기 힘들기 때문이네. 이처럼 세상은 모든 것을 희소성에 따라 가치를 매기고 있는 것이지. 이런 세상 논리로 따진다면 학생은 얼마짜리라고 생각하나? 수천 억 억 억 억짜리라고 해도 부족하지 않겠나?

학생 : …….

교수 : 사람들은 그저 살아가기에 바빠서 자기 자신에 대한 진정한 가치를 생각해 보지 않는다네. 우선 학생도 이 지구상에 단 하나밖에 없는 DNA와 지문을 가진 유일무이한 존재가 아닌가! 희소가치를 따지는 세상의 풍습뿐만 아니라 창조주가 심혈을 기울여 만든 작품이라는 측면에서 생각해 보게. 그리고 우리 삶이 한시적이라는 점까지 보태면 자신의 존재 가치는 참으로 고귀

한 것일세. 별것도 아닌 것을 대단한 가치가 있는 것처럼 과대 포장해서 이익을 챙기는 것만 죄악이 아니라네. 우주에 단 하나밖에 없는 유일한 존재를 겨우 몇억 단위로 평가 절하하거나, 스스로 왜소하게 느끼는 것도 죄악이네. 인간의 존엄성을 무시하는 짓이기 때문에 그렇다네.

학생 : 교수님의 말씀을 듣고 제 자신의 존재 가치에 대한 새로운 생각을 갖게 되었습니다. 이제는 제가 하고자 하는 일에 대해 제 존재의 의미를 투영하여 기쁨과 행복을 찾도록 노력하겠습니다.

학생과의 대화는 이후로도 좀 더 진행되었고 다음과 같은 결론을 맺었다. 비록 형편이 어렵더라도 다른 사람에게 초라하고 비참하게 보이도록 해서는 안 된다. 왜냐하면 인간은 움츠리기보다 활짝 피어나도록 만들어진 존재이기 때문이다.

자신에게 주어진 인생을 소중히 여기고, 보다 가치 있는 삶을 위해 노력하는 사람이야말로 진정한 승리자가 될 것이다. 성공이나 행복은 저 멀리 있는 것이 아니다. 당장 눈앞에서 벌어지는 돈벌이 수단 정도로 사람이나 직업을 평가하는 그 어떠한 시도도 거부하는 데 있다. 짧은 소견으로 잘못된 가치 매김을 하는 것이기 때문이다. 진정한 인생의 승리는 아주 가까운 곳, 자기 내면의 깊숙한 곳, 마음속으로부터 시작된다는 것을 굳게 믿고 전진해 나아가자.

# 누구나 존재 목적이 있다

:::

인간은 왜 존재하는가? 가장 간단하게 말하자면 이렇다. 각기 스스로를 나타내 보이기 위해서다. 결코 자연발생적으로 이 땅에 태어난 우연한 존재가 아니라는 사실을 증명하기 위해서라는 말이다. 따라서 한 사람, 즉 어떤 사람이 되는 것이란 오늘 내가 살아야 할 이유이기도 하다.

당신이 사는 이유는 무엇인가? 세상에 아무 이유 없이 존재하는 것은 없다. 자연에는 신의 섭리 가운데 인과법칙이 있다. 지금 현재의 모든 존재물의 모습은 과거 원인들의 결과들이다. 원인 없는 결과가 없고, 결과 없는 원인도 없다. 만물은 반드시 존재 이유와 목적이 있다.

그렇다면 당신이 존재할 이유와 역할 역시 반드시 있는 것이다. 이 땅에 존재하며, 존재했던, 그리고 존재하게 될 인간 한 사람 한 사람마다 창조주가 만들어 낸 확실한 창작품이며, 독특한 존재이다. 그 시대, 그 때에 맞는 자기만의 존재 목적이 있다.

당신은 지금 이 세상에 꼭 필요한 존재이며, 지금 그 자리에 있어야 할 사람이다. 모두 다 제자리에서 해야 할 특별한 자기 역할이 있다. 중국말에 톈성워차이삐여우융天生我才必有用이란 말이 있다. 하늘이 나를 낳았다면 반드시 쓸모가 있다는 말이다. 당신이 존재할 이유와 목적이 따로 있음을 말해 준다. 비가 오나 눈이 오나 제 자리에서 불을 밝히는 등대와 같이 자기만의 사명을 발견해야 한다.

그 누구도 필요 없는, 없어져야 할 사람은 없다. 가령 당신의 눈이 손발더러 너는 없어도 된다고 하거나, 입이 오장육부더러 필요 없으니 떼어 버리자고 하면 어떻게 대처할 생각인가. 육체가 영혼더러 너는 형체도 없으니 아예 없어도 된다고 할 수 있을까? 두 눈이 얼굴 위쪽에 놓인 이유는 무엇이고 귀가 두 개, 입이 하나인 이유는 또 무엇인가. 눈은 감을 수 있고, 입은 담을 수 있는 반면 귀는 왜 항상 열려 있는 이유는 무엇인가. 남의 말을 항상 잘 들으라는 뜻이라고 해석하는 사람도 있다. 우리 신체기관 하나하나에도 철학적 의미가 깃들어 있다.

이렇듯 신체의 각 구조가 그 역할에 알맞게 디자인되어 있다면, 세상 만물도 각 개인의 삶도 자기만의 사명을 하도록 디자인되어 있다고 생각하는 것은 당연하다. 각 사람은 저마다 꼭 필요한 존재이며, 반드시 적정한 때에 합당한 역할을 해야 하는 존재이다. 이 땅에 살며 감당해야 할 자기 몫이 있다. 그러므로 키가 작다고 없어져도 되고, 얼굴이 못생겼다고 불필요한 존재가 아니다. 돈이 많으니까 살아가야 하고, 가난하니까 쓰레기처럼 버려져야 할 존재가 아니라는 말이다.

그럼에도 우리는 너와 나, 자연과 우주가 다같이 존재의 의미를 깊이 의식하지 않고 살아간다. 우리가 지구촌에 살고 있다는 사실에 대해

예 기 치  않 은  선 물

별다른 의미를 부여하지 않는다면 결과적으로 어떤 삶의 형태가 될까? 내 주변의 것들 역시 아무런 의미가 없고 느낌 또한 없게 될 테니, 이 얼마나 삭막한 삶이겠는가. 묵묵히 자기 길을 걸어가는 자연은 다 존재 이유와 목적을 깨우치고 있는 듯하나, 그 가운데 만물의 영장이라 스스로 자부하는 인간만이 자기 존재에 적합한 역할을 다 감당해 내지 못하는 것 같다.

여러분은 지금 자신의 몸이 점하고 있는 그 공간을 동시에 다른 사람과 공동 점유할 수 있는가? 아니면 그 누구에게 양도할 수 있는가? 나의 대답은 결코 그럴 수가 없다는 것이다. 반대의 경우도 마찬가지다. 당신이 임의로 다른 사람의 공간을 점유하거나 공동 점유할 수 있는가? 불가능한 일이다.

사람에게는 저마다 주어진 공간이 있다. 각양각색의 모양으로 자기에게 부여된 공간을 점유하고 있는 것이다. 당신은 제3의 빈 공간을 점유하거나 양보할 수는 있어도 자기 몸이 차지하고 있는 공간을 타인이 점유하도록 허락하거나 양도할 수가 없다. 자기에게만 주어진 공간이기 때문에 누구에게 내주거나 빼앗기면 자신은 없어지는 것이다.

그러므로 당신의 공간은 당신만의 독립성과 독자성을 확인해 주는 것이다. 이는 각자가 독자적이면서 그 누구도 침범할 수 없는 부여된 공간이며, 동시에 공동체를 이루는 주체임을 의미한다. 그런 의미에서 자기 자신은 물론 타인과 자연에 대한 가치 평가를 제대로 해야 한다. 각자의 존재 공간에 대한 의미를 잃어버려서는 안 된다.

# 한 묶음으로 만든 자연의 섭리

∷

　　우리가 살아가면서 동행할 수밖에 없는 만남은 한 가지 원리가 있다. 창조의 섭리와 자연법칙, 곧 세상 돌아가는 이치이다. 날마다 만나는 자연계 현상은 서로 다른 상반된 두 모습을 보여 준다. 하나의 모습은 서로 대칭관계를 이루고 있다. 예를 들면 하늘과 땅, 동양과 서양, 흑과 백, N극과 S극, 가로와 세로, 밀물과 썰물, 주관과 객관이 그렇다. 이것뿐만이 아니다. 낮과 밤이 있으며, 더하기와 빼기, 합격과 불합격이 있는가 하면, 동쪽과 서쪽도 있고, 높음과 낮음, 성공과 실패도 있다. 이렇듯 세상 만물은 양면성을 가지면서 대칭관계에 있고, 대칭관계에 있으면서 동행하는 모습을 보여 준다.

　　특히 주목해야 할 점은 세상 만물은 서로 대칭을 이루면서도 결코 그 지위를 다투지 않는다는 점이다. 한쪽이 높은 곳에 서면 다른 한쪽은 낮은 곳에 선다. 있는 그대로 존재하며 서로 상생하는 관계요 상호 보완적인 공생 공존관계이다. 둘이 하나가 되는 관계요 항상 함께하는 관계이

　　　　　　　　　　　　　　예 기 치 않 은 선 물

다. 따로 떼어놓을 수 없는 한 묶음이다.

동양의 음양사상陰陽思想이 여기에서 나온 것이다. 만일 여자가 없다면 남자도 없게 되고, 들숨이 없다면 날숨도 없으며, 고통이 없다면 기쁨도 없게 되는 것 아닌가. 그렇듯 죽음이 없다면 삶도 없게 되는 것이다. 사실 이 모든 현상들은 우리 삶 속에 각각의 모습으로 그냥 함께하고 있을 뿐이다. 오직 우리 인간만이 이것들을 나누고 구별 지으며, 마치 치열한 경쟁관계에 있는 것처럼 만들어 간다.

그래서 자연세계에서는 있지도 않은 일등과 꼴등이 인간세계에서 생겨난 것이다. 자연세계에서는 어떤 것도 등급을 나누지 않는다. 꼴등과 일등을 하나로 본다. 일등이 꼴등이 되고, 꼴등이 일등이 될 수도 있기 때문이다.

한 면은 반드시 다른 한 면을 볼 수 있어야 한다. 양면을 다 보아야만 균형이 잡히기 때문이다. 양면은 서로의 존재를 인정하고, 상대방의 입장을 고려하는 역지사지易地思之를 말한다. 서로가 맞물려 순환하며 세상의 안정을 도모하는 관계이지, 경쟁하는 관계가 아니기 때문이다.

산이 물보다 낫고, 열차가 버스보다 더 빠르다는 식으로 비교 우위를 논할 수 있는 것이 아니다. 서로 포용하고 함께 가는 동행 관계이다. 우주가 세상 만물을 품고 가는 것과 같다. 사랑 안에는 용서가 포함되어 있고, 갈등 안에는 화해가 포함되어 있다. 서로가 서로를 품고 조화를 이루는 것이다. 그러므로 사랑한다면서 용서하지 못하는 것이나 갈등하면서 화해 못하는 것은 자연의 섭리를 어기는 것이다. 넘어지고 쓰러지더라도 서로 일으켜 세워서 동행하는 관계라는 점을 분명히 할 필요가 있다.

그리고 반드시 그렇게 해야 한다. 그래서 인생의 성공과 실패는 따로 있는 것이 아니라 한 묶음으로 돌아가고 있다. 분리하려는 착각 속에 빠질 때 결핍현상이 나타난다. 한쪽만을 바라보며 고집한다. 이것이 편견이요 부작용의 원인이 된다.

그런데도 사람 사는 세상에는 기회만 되면 싸우려 드는 동행자 그룹이 많다. 지역이니 혈연이니 무슨무슨 주의니 하며 다툰다. 예를 들면 좌파와 우파의 관계이다. 다른 말로 표현하면 진보주의와 보수주의다. 정치적 상황에서 두드러지게 나타나지만 국가의 정체성 문제나 역사 문제에서까지 좌우로 나뉘는 것은 심각한 문제이다. 각자의 색안경으로 자기 쪽만을 옳게 보고 상대방에게 색깔이 변하지 않는다고 비판한다. 안타까운 것은 진보와 보수는 한 묶음이라는 사실을 모르고 있다는 점이다.

그러나 우리는 한 시대를 살아가는 동행자이다. 언젠가는 다같이 죽음 앞에 서야 할 존재로 목적지가 같다면 미운 사람이든 고운 사람이든 서로 행복하게 해 주어야 한다. 대립각을 세우고 헐뜯고 싸우며 갈등을 위해 존재하는 것이 아니다. 좌우가 서로 완전히 다른 방향을 지향하는 것도 아니다. 영원한 좌측은 영원한 우측이 되기 때문이다.

# 다름과 차이가 전부이다

::

같은 부모에게서 태어난 형제도 비슷할 수는 있으나 꼭 닮은 사람은 없다. 성격과 개성도 이미 달라져 있어서 비슷할 수가 없다. 모두 다른 모습을 하고 있는 다른 존재들이다. 심지어 바닷가 백사장의 모래도 똑같은 모래알은 하나도 없다고 한다.

그러고 보면 그 어느 것도 같은 것이 없다. 다름과 차이는 구조적으로 바뀔 수 없는 이치이다. 그러므로 다름이라는 것은 저마다 다른 생각과 다른 접근 방식을 갖고 있고, 다른 스타일의 삶을 살고 있는 것을 말해 준다. 각기 눈, 코, 입을 가지고 있다는 사실만 비슷하고, 서로 같을 수 있는 것이 하나도 없다.

만일 지구상에 똑같은 나무, 똑같은 짐승과 새만 있으며, 똑같은 사람만 있다면 어떻게 될까? 얼마나 재미없겠는가. 모두 똑같다는 사실은, 극단적으로 말하자면, 오직 하나만 존재 의미가 있고 나머지는 없어져도 될 대상이라 할 수도 있다. 그 상상 속에는 누구라도 예외가 아니어서 당신과 나도 포함된다. 그러나 누가 누구를 없어져야 할 대상이라고 할 수 있겠는가. 만일 그런 기회가 주어진다면 서로 서로를 손가락질 하게 되지 않을까?

우리가 흔히 내뱉는 말 가운데 잉여인간이나 잉여동물, 잉여식물이라는 표현이 있는데, 이것은 오직 자신의 기준에 따라 붙인 이름일 뿐이다. 이런 표현은 자기를 제외한 모든 것은 생명의 존재에서 삭제해 버리고 싶다는 나쁜 뜻이 들어 있다고 봐야 할 것이다.

서로 다름은 자연스러운 것이며, 서로 차이가 있는 것도 당연한 것이다. 그러므로 다르다는 것이 곧 틀리다는 것을 의미하지 않는다. 사람은 공장의 기계에서 동일하게 생산되는 제품처럼 찍어 낼 수 있는 존재도 아니며, 의미 없는 탄생으로 여기에 있는 존재도 아니다. 그 누구도 복제나 복사를 할 수 없고, 변형시킬 수도 없다. 그 누구도 나를 대신할 수가 없고, 나 또한 그 누구의 대체물이 될 수도 없는 독특한 존재이다. 다양함과 복잡함 속에서도 여전히 나는 나다.

그러므로 나는 그 누구와도 다른 존재이고 달라야 한다. 동시에 서로 다름을 인정하고 지켜 줄 때 서로가 진정한 자기 삶을 완성하게 된다. 서로 다른 존재라는 사실을 인정한다는 것은 다른 누군가를 꼭 닮아가려고 애쓰지 않는 것이다. 동시에 나의 기준과 판단으로 어떤 사람도 비판하거나 재단하지도 않는 것이다. 우리 삶을 역동적이고 변화 있게 살아가기 위해서 늘 생각해야 할 것은 무엇이며, 무엇을 어떻게 다르게 할까 하는 문제를 고민해야 한다. 이 세상은 조화를 이루며 상생하라고 다양하고 독특하게 창조된 것이라고 생각한다.

오늘날의 대량 생산과 대량 소비사회에서는 모든 것이 균등화, 균일

화, 평준화되어 간다. 비슷한 아파트 공간에 살며, 같은 것을 먹는다. 성형수술을 해서 유명 연예인을 닮으려 하고 심지어 생각까지도 같아지려고 안달하는 것 같다. 다른 존재가 비슷한 존재가 되려고 한다. 사회적으로 고립되는 것도 바람직하지 않지만 단순히 비슷하기만 해도 그만큼 자신의 가치를 상실하게 된다는 사실을 아는가. 자신의 타자화他者化를 주의해야 한다. 특별히 유념해야 하는 것은 내 안에서 생겨나는 다름과 차이의 문제이다.

예를 들면 가정에서 가족과 함께 있던 나와 학교나 직장에서 활동하던 나, 애인을 만나는 나와 싫어하는 사람을 만나는 나는 다르다. 또한 여행 중이던 나와 홀로 골방에 들어가 독백하던 나는 각각 다르다. 다르게 생각하고 다르게 행동한다. 그래서 허상의 내가 허상의 다른 사람에게 허상의 대화를 나누는 꼴이 된다. 가식과 형식으로 겹겹이 둘러쳐진 허상 간의 대화가 되기 쉽다.

그러나 한결같은 나, 본질적인 나는 변함없이 작동해야 한다. 그렇지 않고 껍데기의 나, 허상의 나를 앞에 내세우는 이중적인 태도는 위선에 그치고 만다. 설사 바깥은 다름과 차이가 있더라도 내 안에서만큼은 다름과 차이가 없는 자기의 핵심 가치관을 가지고 있어야 하지 않을까?

제**4**부

# 미래는 준비해 둔 오늘이다

오늘
::
칼라일

여기에 또 다른
희망찬 새 날이 밝아온다.
그대는 이 날을
헛되이 흘려보내려 하는가?

우리는 시간을 느끼지만
누구도 그 실체를 본 사람은 없다.
시간은 우리가 자칫
딴 짓을 하는 동안
순식간에 저만치 도망쳐 버린다.

오늘 또 다른
새 날이 밝아왔다.
설마 그대는 이 날을
헛되이 흘려보내려 하는 것은 아니겠지?

# 시간은 공평하다

∵

"이 세상에서 가장 길면서도 가장 짧은 것, 가장 **빠르면서도** 가장 느린 것, 가장 작게 나눌 수 있으면서도 가장 길게 늘일 수 있는 것, 가장 하찮은 것 같으면서도 가장 회한을 많이 남기는 것, 그것이 없으면 아무것도 할 수 없고, 사소한 것은 모두 집어삼키고, 위대한 것에는 생명과 영혼을 불어넣는 그것."

그것은 무엇인가? 무얼 의미하는지 짐작은 가는가? 위대한 것에는 생명과 영혼을 불어넣는 것, 그것이 곧 시간이라는 사실을 좀 더 깊이 깨달을 수 있다면 참 좋을 것 같다.

시간은 원래 인간에게 생명과 함께 주어진 선물이다. 그러나 그 선물이 정확히 무엇인지를 아는 사람은 드문 것 같다. 오죽하면 철학자이자 신학자인 아우구스티누스도 시간이란 무엇이냐는 질문에 대해 알다가도 대답하려면 모르겠다고 말했을까.

시간은 상대성이론과 양자역학을 이해하는 현대인에게도 미스터리다. 그래서 누구나 시간이 언제부터 생겨났을까 궁금해한다. 우주적 관점에서 보면 시간은 시작도 없고 끝도 없다. 그래서 호기심은 더해진다. 인류의 시간은 태초에 시작되었다는데 누가 만들어 놓았는가. 내 생명의 시간은 언제부터 시작된 것인가.

내 생각엔, 원래 시간이란 없었다. 다만 우리 인간에게는 생명의 탄생과 함께 시간이 있게 된 것뿐이다. 이 시간들은 세상을 떠나가는 날 마감될 것이다. 그래서 이 시간은 나에게 국한된 나만의 시간이다. 혹자는 사람이 죽으면 시간 개념이 없는 영원한 세계로 들어가는 것이라고 말하는지도 모른다.

시간과 생명은 한 묶음으로 된 신의 선물이다. 그 어느 것으로도 대체할 수 없는 것이다. 오직 신의 주권 아래에서만 누릴 수 있는 인간의 특권이다. 나는 시간이 있음으로 살아 있고, 생명이 있음으로 존재한다. 시간이 없다는 것은 곧 죽음을 의미한다. 그러므로 시간을 낭비한다는 것은 자기 생명과 영혼을 파는 것이다.

시간의 탄생은 찰나에서부터 시작된다. 끝나는 것 역시 찰나로 마감된다. 모든 것이 찰나의 한순간 위에 놓여 있는 셈이다. 우주적 관점에서의 인생이란 찰나적 한순간이지 않는가. 찰나란 생명을 얻을 수도 잃을 수도 있는 경각의 시간이다.

생로병사로 이어지는 한 인간의 일생은 소수점 하나 찍는 데 불과하지 않는가. 일촌광음一寸光陰이 곧 생명의 연속이다. 아차, 하는 간발의 차이by a hair's breadth로 생명의 역사가 다르게 쓰여진다. 그 찰나의 순간들을 모아서 연, 월, 일, 시간대로 묶어 놓았다. 초는 찰나의 모음이고, 시간과 시간의 사이도 찰나의 연속일 뿐이다. 시간을 묶어 놓으면 오래 잘 살 수 있을 것 같아 보인다. 결국 찰나의 순간을 제대로 사는 것이 잘 사는 길이다.

시간은 공평하다. 누구에게나 똑같이 하루 24시간을 부여하고 있다. 모든 사람에게 동일한 조건으로 대하는 아주 착한 순종자이기도 하다. 그러나 24시간을 어떻게 사용하느냐에 따라 그 주인에게 폭군이 되기도 한다. 사람의 얼굴이 천차만별이듯 시간의 쓰임새도 다를 것이다. 하루 24시간의 3분의 1에 해당하는 잠자는 시간 6~8시간과 세수하고, 화장하고, 밥 먹고, 화장실 가는 시간을 빼고 나면 정작 남은 시간은 10~14시간 정도이다. 그렇게 많지 않은 시간을 어떻게 쪼개 쓰는지에 따라 인생의 성공과 실패를 가름해 준다.

당신이 아침에 깨어나자마자 침대 위에서 첫 번째 던지는 말은 무엇인가? 대다수 사람들은 지금 몇 시냐는 질문으로 시작한다. 하루를 시간에 대한 질문으로 시작하는 것을 보면 시간과 생명의 관계를 말하려는 것 같다.

그러나 시간을 묻되, 시간을 아끼려는 의도가 없는 질문이라면 이상한 일이다. 도리어 시간에 쫓기어 불안한 긴장감으로 하루를 시작하는 것이라면 더욱 이상한 일이다. 지금이 몇 시인가 질문하지 않고서도 "오늘도 힘찬 하루! 새로운 시작을 위하여 파이팅! 감사합니다"라고 하든가, "오늘은 어떻게 더 어려운 사람에게 더 많은 사랑을 베풀 수 있을까?"라고 자문하는 아주 멋진 시작이 가능하다. 하루의 삶의 질이 완전히 달라지지 않겠는가.

# 시간의 두 모습 : 크로노스와 카이로스

::

시간은 어떻게 사용하느냐에 따라 아름다운 음악의 선율이 될 수도 있고, 나른하고 무기력한 탄식이 될 수도 있다. 시간의 모든 것은 기회chance, 변화change, 도전challenge이 될 수도 있고, 좌절, 절망, 파괴로 이어질 수도 있기 때문이다. 그런 의미에서 '시간은 살아 있는 생명' 이다. 고대 사람들은 생명과 같은 시간을 어떻게 쓰느냐의 문제로 고심하다가 크로노스Chronos와 카이로스Kairos로 구분해 놓았다.

크로노스 시간이란 해가 뜨고 달이 지며, 겨울이 가면 봄이 오고, 한 해가 가면 또 한 해가 오는 시간을 말한다. 다시 말하면 어김없이 찾아오는 오늘, 내일, 다음달, 내년과 같은 정기적인 시간이다. 우리가 어찌해 볼 수 없는 규정된 시간이다. 세월과 함께 흔적도 없이 모두 흘러가 버리는 시간이다.

이에 반해 카이로스 시간이란 각 개인이 주관과 인식, 판단으로 기회

예 기 치 않 은 선 물

를 만들어 가는 시간을 말한다. 특별한 의미가 부여되거나, 결단의 사건이 만들어지는 시간이다. 크로노스가 양적 시간을 뜻한다면, 카이로스는 질적 시간을 의미한다. 카이로스는 사랑하는 애인에게 달도, 별도 모두 따 줄 수 있다는 시간이다. 시간의 노예를 시간의 자유인으로 변화시켜서 능력과 가치를 창출하는 사람을 만들어 내는 시간이기도 한다.

우리는 오로지 주어진 크로노스적 시간 내에서 카이로스적 시간을 만들어 갈 수 있을 뿐이다. 그러나 크로노스 시간은 그냥 흘러가는 것이므로 카이로스 시간을 얼마만큼 만들어 보내느냐에 따라 인생의 성공 여부가 결정된다. 다시 말해서 시간을 쪼개어 체계적으로 질적 의미를 부여하는 것이 곧 순수한 자기 인생의 시간이 된다. 주어진 시간에 대해 자신의 생각과 가치관을 대입시키고, 삶의 선택과 결정, 행동을 주도적으로 해 나가는 것을 말한다.

크로노스 시간은 하고자 하는 일과 치밀한 시간 계획, 그리고 구체적인 실천 방안에서 만들어질 수 있는 것이다. 예를 들면 불후의 명작을 만들어 냈던 톨스토이 같은 철학자도, C. S. 루이스 같은 사상가도, 헨델 같은 음악가도, 미켈란젤로 같은 조각가도 모두 카이로스 시간이 탄생시킨 것이다. 카이로스 시간을 만들어 가는 사람들은 구도자처럼 영원한 진리를 찾아 영혼의 깨달음으로 뜻한 바를 일궈낸다.

그러나 보통사람들의 일상을 들여다보면 대부분 크로노스 시간으로 보낸다. 하루 24시간 중 상당 부분을 TV나 인터넷 서핑에 사용한다. 대화에서도 65%를 남을 헐뜯고 흉보는 데 쓴다고 한다. 마치 좀비처럼 아무 생각 없이 습관적으로 TV를 켜고, 두 사람만 모이면 남을 비판하거나 정죄한다. 이런 삶의 태도는 시간을 무의미하게 낭비하는 것이다.

시간에 특별한 변화도 없고, 의미도 부여하려 하지 않는다. 날마다 똑같은 패턴, 행동의 관성으로 보내는 시간은 더 빠르게, 더 허망하게 느껴지는 법이다. 시간은 똑같은 속도로 흘러가지만 각자 느끼는 차이는 크고, 시간이 지나가고 난 흔적도 다르다. 그 이유는 무엇일까?

네덜란드 심리학자 다우베 드라이스마는 《나이들수록 왜 시간은 빨리 흐르는가》라는 책에서 인생을 강물과의 달리기 시합에 비유하고 있다. 강물보다 더 빨리 달릴 수 있다고 믿기에 강물이 더디게 흐른다고 느낀다. 중년엔 강물과 비슷한 속도로 뛴다. 숨이 찬 노년엔 강물이 너무 빠르다고 느낀다는 것이다.

아마 여러분도 이런 기억이 있을 것이다. 어린 시절의 시간은 유난히도 느리게 지나간다고 느꼈던 추억 같은 것들이다. 지금의 시간은 총알처럼 스쳐가는데 왜 그때는 그렇게 느렸을까? 어린 시절에는 날마다 부딪치는 것이 모두 새롭고 낯선 새로운 경험들이기 때문에 그렇다.

새로움은 긴장이며 도전이고 감탄이다. 짧은 시간에 많은 것을 겪은 체험들이 시간은 느리다고 느끼게 하는 것이다. 그러나 나이가 들면서 세상을 대하는 자세가 달라지고, 시간도 빨리 스쳐간다. 새로운 감동 없이 모든 것은 '그저 그런', '다 아는', '이미 경험한 것들'이라는 생각으로 특별한 관심이나 흥미를 스스로 차단해 버리기 때문이다.

역설적으로 어린 시절에는 그다지 바쁘지 않았지만 시간은 느렸고, 지금은 대단히 바쁘게 살지만 시간도 빨리 지나간다. 어린 시절은 카이로스 시간이고, 어른이 되어서는 크로노스 시간을 살기 때문이다.

어른과 아이에게 시간의 흐름이 다르게 느껴지는 또 다른 연구 결과

예 기 치 않 은 선 물

를 보면, 뇌가 세상을 샘플링 하는 속도가 다르기 때문이라는 것이다. 뇌 안의 모든 정보는 시냅스 사이 신경전달물질의 방출을 통해 이루어진다. 그런데 어린 시냅스일수록 신경전달물질이 더 많아서 같은 시간에 어른보다 더 많은 정보를 보낸다는 것이다. 즉 정보전달 속도가 더 빠르면 그만큼 시간은 느려진다고 느낀다. 마치 1초당 25~30장의 영상을 보여 주는 보통 TV보다 수백~수천 장의 영상을 보여 주는 슬로모션이 더 느리게 보이는 것과 같다는 것이다.

세상을 더 빠르게 샘플링 하는 어린 뇌가 결국 시간을 더 느리다고 인식한다는 것이다. 뇌의 정보 샘플링 속도는 카페인 같은 화학적 물질이나 주의력을 통해서도 바뀔 수 있다. 결국 시간의 속도라는 개념 자체가 뇌가 만들어 내는 착시 현상일 가능성이 있는 것 같기도 하다.

아무튼 우리 일생은 한 번뿐이다. 반면 꼭 하고 싶은 일, 반드시 해야 할 일들은 많다. 중요한 일을 다 하지 못하는 것은 시간이 없어서가 아니라 자기 관리를 잘 못했기 때문이다. 바로 지금 긴박감을 가질 수 있는 도전과 계획을 설계해야 한다. 가령 테러리스트들의 살해 협박 아래 있는 사람의 단 몇 초는 몇 년같이 느껴질 것이다. 죽음이 눈앞에 있기 때문이다. 시간이란 가장 작게 쪼개서 아껴 쓸 수도 있고, 적당히 뭉뚱그려 허비해 버릴 수도 있는 것이다. 그래서 시간은 늘 없다고 하면서도 늘 있는 것이고, 끝이 없음이면서 동시에 끝이 있음이다.

# 어떻게 시간을 죽일 수 있어요

**⋮⋮**

　우리는 흔히 할 일 없이 빈둥거릴 경우 시간을 때운다고 거리낌 없이 말한다. 시간을 무가치하게 낭비해 버렸다고 자랑하듯 말한다. 자동차 타이어 펑크를 때우는 것처럼 임시방편으로 처리한 시간을 부끄러워하지 않는다. 끼니를 때우고, 책임을 때우고, 기회를 때운다. 모든 일을 땜질하듯 때우면 어떻게 될까?

　영어나 중국어에도 할 일 없이 멍하니 시간을 보내는 것에 대한 표현이 있다. 영어로는 killing time, 중국어로는 싸스지엔死時間이라고 한다. 이는 시간을 죽인다는 뜻이니, 시간을 때우는 것보다 더 심한 말이다. 아무려면 할 일 없이 시간을 죽인다는 것이 말이나 될 법한 일인가. 시간을 죽인다고 시간이 죽겠는가. 결코 시간은 죽일 수도 없고, 시간은 죽지도 않는다.

　시간은 사람이 죽일 대상이 아니다. 시간은 영원불멸이다. 유한한 생명

　　　　　예 기 치　않 은　선 물

의 인간들이 시간을 죽일 수 있다고 호들갑을 떠는 것은 오만 아닐까. 인간의 시간은 인간의 생명과 같지만 유한하다. 인간은 죽어 사라질지라도 우주의 시간은 살아남는다. 시간이야말로 우주 최후의 승자이다. 그런 위대한 시간 앞에 세월이 좀먹느냐 하는 태도는 바람직한지 모르겠다.

우리는 시간의 중요성을 강조하기 위해 Time is money, time is gold라는 표현을 쓴다. 이는 마치 돈이나 황금으로 시간을 살 수 있는 것 같은 착각을 불러일으켜 시간의 중요성을 반감시키고 있는 것이다. 다이아몬드는 돈으로 살 수 있고, 황금은 금광에 가서 캐면 된다. 그러나 시간은 돈이나 금으로도 살 수가 없다. 돈과 황금은 대체 가능하고, 없으면 없는 대로 견딜 만하다.

인간은 그 어느 것도 만들어 쓸 수 있는 능력을 가지고 있지만 시간과 생명만큼은 단 1초도 어찌해 볼 도리가 없다. 그러나 시간 없음은 곧 인생 없음이다. 무無이며, 공空이며, 죽어 있는 삶이다. 아무것으로도 환산할 수 없는 제로 상태가 아니겠는가. 시간을 거래할 수 있다면 어느 부자가 죽었을 것이며, 시간을 단 1초라도 손아귀에 잡을 수 있다면 어느 권력자가 죽었겠는가.

금권만능시대라서 그런지 시간보다는 다른 물질과 재화를 더 귀하게 여기는 경향이 있다. 일확천금 벼락부자를 꿈꾸며 돈 돈 돈 하는 사람들이 많다. 게다가 돈의 세계를 좌지우지할 권력이나 명예를 돈으로 사겠다는 사람들까지 합한다면 시간은 안중에도 없다. 목적 없는 성공신화를 추종하며 시간을 그냥 낭비하는 자, 곧 자기 영혼을 파는 자들만 넘쳐나게 된다.

돈과 권력과 명예, 먹는 것과 입는 것, 직장에서의 승진 등에 대해서는 과분할 정도의 열정을 쏟아붓는다. 열정은 욕심이 있는 곳에서 싹이 더 잘 튼다. 욕심은 어느 경우에나 가장 먼저 가치와 가격을 따진다. 돈까지 돈으로 평가하는 세상에서 가치와 가격을 돈으로 환산하는 것은 자연스러운 현상일 수도 있다. 가격이 높고 비싼 것일수록 더 가치가 있다고 생각한다. 그래서 더 비싼 것에 대해서는 항상 호의적이다. 이것저것 따지지 않고 선호하며, 더 아끼려 집착한다.

우리에겐 이제 시와 분, 날과 계절을 초월하는 시간에 대한 관념이 필요하다. 시간의 거대함을 볼 때, 우리는 평안을 누릴 수 있다. 아침 햇살은 통곡하며 오지 말라고 해도 떠오르고, 저녁 노을은 안타까워 간절히 붙잡으려 해도 가버린다. 그러므로 [시간 = 금]이라거나 [시간 = 돈]이라는 등식이 성립될 수가 없다. 시간은 금이나 돈 그 이상의 것이다. 금이나 돈보다 훨씬 더 귀하다. 값으로는 계산할 수 없는 생명이다.

시간을 죽이는 것은 때를 놓치는 것이다. 자기 시간, 자기 때를 안다는 것은 인생을 잘 꾸리고 있다는 의미가 된다. 바다에는 밀물과 썰물의 때가 있고, 농장에는 씨를 뿌리는 시기와 열매를 수확하는 시기가 있다. 봄에 뿌려지지 않은 씨앗은 생명을 잃는다. 씨를 뿌릴 수 있는 기간은 오직 7일 정도라고 한다. 이때 뿌려지지 않은 씨앗은 아무런 과실도 얻을 수가 없다. 사람에게도 반드시 때가 있다. 지금 살아 있는 것도 나의 때다. 시간은 자기 때를 놓치지 않는 사람에게 영원을 꿈꾸게 한다. 그래도 당신은 시간을 죽이려 할 것인가?

예기치 않은 선물

# 현재는 선물이다

．．

　Yesterday is history, tomorrow is mistry, today is a gift 어제는 역사이고, 내일은 미지수이고, 오늘은 선물이다. 이 말은 과거, 미래, 현재의 시간관계를 가장 적절하게 압축해 놓은 표현이다. Today is a gift는 곧 Present is present 현재는 선물이다와 같은 뜻이다. 우리가 어떻게 살아야 하는지를 의미하고 있다.

　우리는 과거와 미래 사이에 끼어 있는 존재이다. 다시 말하면 지나간 '이미' 와 오지 않은 '아직' 사이에 끼어서 '지금' 이란 선물을 받고 사는 존재이다. 그러므로 '현재는 선물이다' 는 점에 동의한다면 당연히 기뻐하고 감사할 것이다. 그리고 그 선물에 대한 답례로 최고의 삶을 살아 보답하려고 할 것이다. 그것도 지금 당장.

　연말 동창 모임에서 있었던 인사말 소동 하나를 소개하겠다. 차례가 되어서 나는 이렇게 말했다.

"오늘 이 시간은 우리에게 남은 생애의 첫날, 첫 시간이라고 생각하고 삽시다. 동시에 오늘은 우리 일생의 마지막 날이라고 생각하고 삽시다. 오늘은 어제 죽어간 사람들이 그토록 살고 싶어 하던 내일입니다. 지나간 날들을 돌이키려 하지 말고, 내일 지구의 종말이 오더라도 오늘한 그루의 나무를 심겠다는 새로움으로 살아갑시다."

이 말에 특별히 재미있는 반응을 보이는 선배 한 분이 있었다. "뒤에 한 말은 빼고…"였다. 똑같은 오늘이란 의미인데 인생의 마지막 날이라는 느낌은 갖고 싶지 않았던 것 같다. 사람은 누구나 생사문제에서만큼은 마지막을 아주 싫어하고 첫날만 좋아하는 것 같다. 그러나 모든 인간에게 주어진 시간은 첫날도 마지막 날도 없는 오직 '오늘 지금' 뿐이다. 오늘은 언제든지 첫날이고, 또한 언제든지 마지막 날이 된다.

현재란 어디서부터 어디까지인가? 오늘이 현재인가? 아니다. 오늘 안에 현재가 포함되어 있긴 하지만 현재란 지금 이 순간을 뜻한다. 그래서 현재란 지금 느끼는 한순간의 찰나일 뿐이며, 그 찰나가 모여서 초, 분, 시간이 되고 오늘이 된다. 오늘에는 지금이라는 현재의 시간과 잠시 후라는 짧은 미래가 함께하고 있다. 앞으로 다가올 5분 후나, 10년 후나 모두 다 미래이다. 단지 가까운 미래, 먼 미래로 구별할 수 있을 뿐.

사실 생각해 보면 우리에게 미래란 없다. 미래란 아직 오지 않은 실체 없는 소망일 뿐이다. 5분 후의 시간을 내가 지금 소유할 수 없지 않는가. 아직 이르지도 않았는데 어떻게 소유한단 말인가. 미래란 지금 만질수 없는 무형의 시간이다. 지금 내가 서 있는 곳 외에는 그 어떤 공간도 내가 점유할 수 없는 것처럼 미래란 내 손안에 들어왔을 때 비로소 나의 시간이다. 지금 내 앞으로 다가오는 그 순간 미래라는 시간의 임무는 끝나 버린다. 따라서 지금, 이 순간이야말로 내가 장악할 수 있는 확실한 시간이다.

지금, 현재란 곧 과거도 없다는 뜻이다. 이미 지나간 이제에 대해서 할 수 있는 일이란 없다. 과거란 돌이킬 수 없고, 돌이켜보아도 별 의미가 없다. 과거는 과거로서 영원한 것이다. 과거에 연연해하지 말라는 의미이다. 옛날이 참 좋았었다고 그리워하고만 있다면, 이미 현재는 빼앗기고 과거에 매달려 있는 꼴이 된다. 현재의 시간을 옛것들에게 빼앗겨 버리면 더 이상 미래로 전진할 수 없게 된다.

지난일로 공연히 걱정하거나 변덕스러운 후회를 해서는 안 된다. 오늘을 더 아름답게 살기 위해 과거를 던져 버리고 우리는 현재로 돌아와야 한다. 현재는 미래를 받아먹으며 과거를 낳는 존재이다. 우리가 진정으로 지금 현재에 매달리며 살아야 할 이유가 여기에 있다. 어느 곳에 살든 무엇을 하든 누구와 함께 있든 언제나 현재의 순간에 살고 행복하기를 원하는 사람이어야 한다. 인생은 현재를 살라고 강력히 요구하고 있다.

어떤 사람들은 인간이 신으로부터 받은 아주 비싸고 중요한 세 가지 '금'이 있는데, 그것은 황금과 소금과 지금이라고 한다. 누구나 황금이 비싸고 귀하다는 것을 모르는 사람은 없고, 소금 또한 생명 유지에 없으면 안 되는 필수적인 요소임을 안다. 하지만 가장 귀중한 금은 바로 지금이다. 지금 이 시간이 존재하지 않는다면, 황금도 소금도 다 무용

지물이 되기 때문이다. 지금은 곧 한 걸음 한 걸음이다. 한 걸음에 집중할 때 지금이라는 선물에 감동하게 될 것이다. 감격하는 자만이 기뻐하는 자이고, 진정 행복한 사람이다.

착각은 귀중한 시간을 놓치게 하고, 자기를 잃게도 만든다. 또한 빛을 발견할 수 없게도 하고, 삶을 바위처럼 무거운 짐으로 만들어 버리기도 한다. 우리는 한평생을 산다고 말한다. 이것은 어떤 의미에 있어서 큰 착각이다. 사실 한평생이라는 용어 자체가 과거회고형이다. 되돌아보면 이미 자신을 떠나 과거가 되어 있는 것이 한평생이다. 혹은 나와 상관없는 타인의 생이 한평생이다. 우리는 단지 오늘을 살아갈 뿐이다. 나중에 행복하고, 나중에 기뻐하고, 나중에 사랑하겠다고 생각한다면 그것도 착각이다. 나중이라는 시간은 결코 믿을 수 없다.

행복하려면 지금 행복해야 하고, 기뻐하려면 이 순간 기뻐해야 한다. 사랑을 하려거든 지금 눈앞에 있는 사람에게 전심으로 사랑해야 한다. '지금 여기'의 삶에 충실해야 한다. 그렇게 되면 우리 삶을 짓누르는 무거운 짐들이 모두 벗겨지고 한결 가벼워질 것이다. 우리는 늘 지금 여기를 벗어나 과거나 미래에로 가 있기 때문에 고난의 짐을 스스로 지고 있는 것이다.

우리가 누려 온 좋은 시절good old days은 절대 돌아오지 않는다. 과거와 미래의 연장선상에서 현재의 좌표를 점검하는 자만이 보다 값진 인생의 주인공이 될 수 있다. 현재의 좌표를 점검하는 일은 더 많은 상상력을 갖는 것이다. 더 많은 상상력은 더 많은 자유를 일깨워 준다. 그 자유함 속에서 더 현명한 결정을 하고, 즉시 즉시 행동으로 옮기는 것이 좋은 시절을 만든다.

예 기 치  않 은  선 물

# 인생은 ing, 현재를 살아라

::

"시간이 날 때 공부하겠다고 말하지 마라. 아마 시간이 나지 않을 테니까." 유대인의 명언이다. 우리는 내일부터, 다음에, 라는 말을 자주 한다. 시간이 난다고 어느 누가 보장을 해 주지도 않는데 말이다.

인생에서 시간이란 선물을 통해 부여되는 것은 기회이다. 기회란 추종자의 삶이나 끌려다니는 삶이 아니라, 진정한 현재적인 삶을 살 때 얻을 수 있는 것이 아닐까.

현재라는 시간에는 두 가지 특성이 있다. 하나는 일순간, 찰나일 뿐이라는 점이고, 다른 하나는 현재는 ing, 즉 진행형이라는 점이다. 진행형이란 생방송과 같다. 재방송이나 다시 보기 같은 것이 불가능하다는 것이다. 생방송은 아주 중요한 상황이나 특별한 이벤트인 경우에 진행한다. 그래서 누구에게나 현장감과 생동감, 관심과 공감대를 형성하게 만든다. 우리 인생과 시간도 생방송이다. 재방송이나 다시 보기가 그

내용을 고칠 수 없듯이 우리 인생도 다시 살아볼 수 있는 것이 아니다.

사실 우리 인생은 삶 전체가 하나의 생방송이다. 각자가 필드에서 뛰는 생방송의 주인공들이다. 다만 TV 생방송과 다른 점이 있다면 자신이 대본을 쓰고, 주인공이면서 감독, PD로서 일인다역을 하며 모든 책임을 진다는 것이다. 인생이란 생방송에는 녹화방송이나 재방송이 있을 수도 없고 있어서도 안 된다. 생방송은 말 그대로 현장이다. 한 번 지나가면 결코 다시 오지 않는 순간순간을 새롭고 활기차게 뛰는 것을 보여 주는 것이다.

우리 생활환경의 모든 것이 현장이고 생중계이다. 제한된 시간과 공간 안에서 다시 없는 지금 이 순간을 만들어 낸다. 우리는 지구라는 제한된 무대와 일평생이라는 제한된 시간 속에서 땀 흘려 뛰며 환호하고, 열광하며 살아가는 존재이다. ~ing의 현장은 진실한 것이고, 정직한 것이다. 우리 삶의 현장도 순수해야 하고 거짓이 없어야 한다.


인생에 있어서 과거를 향해 if절 가정법이란 없다. 있어서도 안 된다. 사람이 하는 못난 짓은 지난날을 돌아보며 …했을 텐데, …할 수 있었는데, …했어야 했는데, 라고 말하는 것이다. 그보다 더 못난 짓은 이미 망가지고 부서진 인생인데도 후회할 줄 모르는 것이다. 절대로 내일 해야지 말하지 마라. 결코 …때문에 못했다고 변명하지도 마라. 그런 생각과 말들은 인생을 실패로 인도하는 가장 확실한 함정이다.

시간에는 늦은 때도 없고, 빠른 때도 없고, 오직 그때만 있을 뿐이다. 그때란 바로 합당한 때, 지금을 말한다. 지금은 무엇을 시작하기에 너무 늦었다고 말하는 그 순간이 가장 빠른 시간이다. 왜 그런가? 계속

예 기 치 않 은 선 물

머뭇거림으로 남아 있는 때의 가장 빠른 때는 언제인가를 생각해 보라. 바로 지금이다. 미루어 두었던 일, 머뭇거렸던 일을 바로 지금 하면 된다. 즉시 결단하는 것이다. 지금 당장 확신과 실행의 길로 고개를 돌리는 것이다.

지금 해야 할 일이 있는가? 그렇다면 지금, 즉시, 당장 하라Just do it right now. 오늘 할 일을 내일로 미루지 않는 것, 잠시도 뒤로 미루지 않는 것, 즉시, 즉각 실행하는 것이다. 내일의 자신을 믿지 마라. 대신 오늘의 자신을 믿어라. 오늘의 자신을 믿고 시작하라. 어떤 일에 대해 머뭇거리거나 미루게 되면 그것은 그대로 남아 있게 된다. 미루는 것은 그 다음에 할 일도 함께 미루게 되는 것이다.

또 한 가지 명심할 일이 있다. ~ing, 생방송에는 철저한 준비가 있어야 한다는 점이다. 준비했던 과거가 있었는가? 그렇다면 당신의 현재는 성공한 삶이다.


아일랜드에 이런 속담이 있다. "오늘은 우리 인생의 하루, 하지만 다시 오지 않는다." 이 말 속에는 시간 속에 기회를 얻는 비법, 준비와 실천practice, 변화를 만들어야 할 이유, 핑계나 자기 합리화, 엉뚱한 생각을 버려야 할 의무 같은 뜻이 숨겨져 있다. 매일매일 현재에 충실한 사람, 시간에 진실한 사람, 인생에 감사하는 사람이 되면 어떨까.

# 자기 관리가 곧 시간 관리다

::

하루가 천년 같다거나 하루—日가 마치如 세三 번의 가을秋이 지나가는 것같이 길게 느껴진다는 일일여삼추—日如三秋라는 말이 있다. 중국의 연인들은 하루를 못 보면 삼 년을 보낸 것 같다는, 이르뿌젠루 꺼싼치우—日不見如隔三秋라는 말을 자주 한다. 카이로스 시간이 간절한 보고픔으로 표현된 것이다. 이런 모든 표현들에는 시간을 통제할 수가 없는 안타까움이 들어 있다.

우리는 흔히 성공을 하려면 시간을 잘 관리해야 한다고 말한다. 그런데 어떻게 시간을 잘 관리할 수 있는가? 시간은 막무가내로 스쳐 지나가 버리지 않는가? 무한한 우주의 시간 위에서 겨우 한 점에 불과한 인간의 유한한 시간이 아니던가. 인간은 시간을 붙잡아 멈추게 할 수도 없고, 자르거나 묶거나 더하며 통제할 수도 없다.

어찌 해 볼 방법이 없다면 시간은 관리의 대상이 아니다. 시간을 관리하겠다는 것은 인간의 오만함에서 나온 소치일 뿐 애당초 잘못된 표현

　　　예 기 치　않 은　선 물

이다. 시간 관리가 아니라 자기 자신의 관리이다. 자신의 의지와 실행력을 관리하는 것이다. 시간은 곧 인생이며, 생명이고, 존재이다. 시간이 곧 '나' 다. 시간의 흐름에 편승하는 것은 곧 나 자신이기 때문이다. 시간과의 동행에서 스스로 할 수 있는 일이란 자기를 잘 관리하는 것뿐이다. 그것이 지혜이다.

자기 관리를 위해 가장 시급한 일은 자기 존재의 이유와 살아가는 목적과 목표를 분명히 세우는 일이다. 자기 삶의 원칙과 기본, 즉 자기다움과 제자리를 확실하게 하는 것이다. 인생의 목적을 분명히 하여 구체적인 목표를 세우는 것은 후회 없는 하루, 희망이 담긴 나날을 보내기 위한 절대적인 조건이다. 어제와 다른 오늘의 시간, 다양한 촉감의 시간을 준비하는 것이다.

가장 높은 가치와 가장 넓은 유익을 위한 곳, 인류의 평화와 사랑을 실천하는 곳에 뜻을 두는 일이 아닐까. 사랑하는 시간과 사랑을 받는 시간, 이타적인 시간과 이기적인 시간에는 큰 차이가 있다. 사랑하는 이타적 시간은 살아 있는 시간이고, 사랑을 받으려는 이기적인 시간은 죽어 있는 시간이다. 친구나 이웃이, 애인이나 아내남편가 어찌 해 주기를 기대하며 기다리다가는 쉽게 실망하게 된다. 불필요하게 남을 의식하거나 주도적으로 움직이지 않는 경우라면 잠자는 시간과 같다. 가치가 없고, 목적이 없고, 사랑도 없는 시간이란 인생의 본질을 벗어난 허송세월이 되기 때문이다. 시간의 상실은 곧 고통이고, 절망과 좌절이다.

자기 관리에는 감정을 잘 컨트롤하는 것도 중요한 일이다. 감정에 휘둘리는 사람은 시간 낭비에서 자유로울 수가 없다. 우리는 불필요한 경쟁심이나 갈등, 분노, 근심, 걱정으로 감정을 낭비하는 경우가 많다. 지나치게 흥분하고 사리판단을 할 수 없을 정도가 되면 곧 시간 낭비가 된다. 시간 낭비도 죄라면 죄다. 감정에 치우치지 않기 위해서는 좀 더 이성적이고 객관적인 삶의 태도를 가질 필요가 있다. 그것은 지금 내 앞에 있는 사람과 일에 대해 최선을 다하는 데서 나온다. 귀한 선물인 시간을 좀 더 아름답고, 좀 더 가치 있는 일에 활용해야 하지 않겠는가?

매일 자신이 하는 일에 자신이 원하는 일까지 겹쳐서 중압감 속에 살아가는 사람이 있다. 그의 머리는 오직 할 일로 꽉 차 있다. 이것도 해야 하고 저것도 해야 한다. 수면 시간이 줄고, 영양상태가 나빠지고, 운동도 못한다. 가족 간의 관계도 소홀해지며, 스트레스만 쌓이는 악순환의 나날을 보낸다. 아닌 것은 아니라는 것을 알지만 어쩌지 못하고 떠밀려 산다. 마치 내일은 태양이 동쪽에서 떠오르지 않을 것 같은 불안, 돌연 지구가 돌지 않고 멈춰 버릴 것 같은 두려움으로, 무너지고 또 무너지는 인생을 산다. 이처럼 무너지는 인생을 복구하는 길은 무엇인가?

시간을 아끼는 방법 중의 하나는 주변의 온갖 유혹과 갈등에서 벗어나는 것, 선과 악에 관한 분별 능력으로 불필요한 일들을 거둬 내는 것이다. 삶 자체를 심플하게 구성하고 오로지 지금 현재를 충실하게 살아가는 설계를 하는 것이다. 시간 계획은 우리가 이 지구상에 머물러 있는 시간이 유한하다는 깊은 인식이 전제되어야 한다. 잘 사는 비법은 지금 당장을 의미 있게 보내면서 동시에 미래를 느끼고 준비하는 것이다. 그 미래는 어느 날 오늘이 되기 때문이다.

# 천리 갈 사람, 오리 갈 사람

∷

성공하기 위해서 사는 것은 아니지만 경쟁에서 이기는 의미가 아닌 자신의 삶을 충실하게 살아 그 결과에 만족한다는 의미로서의 성공을 지향해야 한다. 그리고 인생의 성공 여부는 시간의 흐름과 자기 관리 사이에서 벌어지는 치열한 싸움터에서 얼마만큼 현명하게 계획하고 판단하느냐에 달려 있다.

첫째, 시간을 효율적으로 활용하기 위한 시간 계획을 수립하자. 시간 계획을 갖고 있지 않으면 자기 시간을 다른 일에 빼앗길 수 있다. 별로 중요하지도 않는 일들이 시급하다는 탈을 쓰고 불쑥 찾아오는 순간 자기가 하고자 하는 일이나 계획들은 밀려나게 된다. 자기 뜻과는 달리 질질 끌려다니다가 아무 일도 마무리하지 못하게 된다. 그러므로 자기 시간을 스스로 지켜야 한다.

그러기 위해서는 엉뚱한 시간 침입자가 나타날 때 단호히 'No'라고 거절할 수 있도록, 최소한 일주일 전 또는 한 달 전에 시간 계획을 세우는 것이다. 물론 인생에는 예상치 못한 뜻밖의 일들이 항상 기다리고 있다. 그러나 그것까지 계획에 넣을 수는 없지 않은가. 그런 일이 벌어지면 그때 대처하기로 하고 우선 실현 가능한 계획부터 세우자.

둘째, 일의 우선순위를 정하자. 어떤 경우에도 적용될 수 있는 좋은 규칙은 항상 우선순위를 정하는 습관이다. 특히 많은 일이 한꺼번에 밀려올 경우는 무엇부터 먼저 해야 할지 우왕좌왕할 수 있다. 조그마한 항아리에 자갈과 모래와 큰 돌을 모두 넣고자 한다면 어떤 순서로 해야 할까? 만일 넣는 순서가 뒤틀리면 다 넣을 수가 없게 된다. 큰 돌을 먼저 넣고 그 다음 자갈과 모래를 넣어야만 항아리 속에 다 넣을 수 있다.

시간 사용도 마찬가지다. 우선 할 일을 네 가지로 구분해 보아야 한다. 중요하고 긴급한 일과 중요하나 긴급하지 않는 일, 긴급하나 중요하지 않는 일과 긴급하거나 중요하지도 않는 일로 구분해 본다. 그리고 필요한 일이 무엇인지를 생각해야 한다. 누구나가 자신이 원하는 일을 하길 좋아하지만 필요한 일과 원하는 일은 전혀 다르다. 필요한 일을 하는 것이 성공의 길이라면 원하는 일을 하는 것은 실패의 길이라고 할 수 있다. 당장 해야 하는 일과 무시해도 될 일을 구분할 수 있어야 한다.

셋째, 한 가지 일에 집중하자. 모든 일을 동시에 다 해치울 수는 없다. 우리에게 주어진 시간과 에너지는 한정되어 있고, 세상일은 시간과 공간의 제약을 받는다. 모든 일을 한꺼번에 다하려 들다가는 오히려 한 가지도 마무리할 수 없을지도 모른다. 일의 성과는 몰입의 정도와 비례

한다. 일을 하다가 몰아沒我의 경지에 도달하는 기쁨과 보람을 맛보는 것은 보너스이다.

넷째, 시간 계획에 반드시 마감시간을 설정하자. 끝을 분명하게 확정하는 것은 시작을 계획하는 일 못지않게 중요하다. 어느 직장이나 퇴근 시간이 있고, 일에는 데드라인이라는 게 있다. 은행 대출, 대학 입학 또는 입사 원서, 비행기 탑승 등 어느 것 하나 마감시간이 없는 경우는 없다. 그런데 우리는 시간의 끝마침에 대해서 명확하지 않는 경우가 많다. 끝마침이 없으니 결과적으로 시간을 낭비하게 되는 것이 아닌가.

방송 프로그램처럼 다음 일정이 분명하다면 앞의 일정의 끝마침은 자동적으로 이루어진다. 각별히 신경을 써야 하는 부분은 많은 시간을 요구하는 일들이다. 국가에서는 5개년 또는 7개년 경제계획을 수립하듯 단기, 장기, 주간, 월간, 분기로 나누고, 마감시간을 분명히 해 두어야 한다. 만일 마감시간이 없다면 반성도 평가할 시점도 새로운 시작도 없다.

다섯째, 먼저 일주일 시간 계획을 바보처럼 실천해 보라. 시간 계획을 짜보지 않은 사람은 단 한 사람도 없다. 문제는 무엇인가. 계획대로 실현하지 않는다는 사실이다. 계획이 엉성한 탓일 수도 있고, 너무 과도한 때문일 수도 있다. 나태하고 안일한 삶의 태도일 수도 있고, 계획의 실천에 대한 두려움이나 불안감, 자신감 결여 때문일 수도 있다. 아무튼 수만 번에 걸쳐 아무리 좋은 시간 계획을 세울지라도 실천하지 않으면 아무런 의미가 없다.

"천리 길도 한 걸음부터"라는 속담이 있듯 행동에 옮기는 것이 중요하다. 실천에 옮기는 비법은 무엇일까. 쫓기지도 않고 너무 느슨하지도 않은 계획표를 작성하는 것이다. 그리고 반드시 일주일만 실행에 옮겨 보라. 주변 상황이나 여건들이 그 계획을 무너뜨리려 할 때도 단호히 거부하고 꼭 실천해 보라. 스스로 시계가 되었다고 생각하고 행동으로 옮겨 보라. 아마 일주일 후에는 정말 시간 계획을 완수했다는 뿌듯함과 함께 자부심이 생기고, 주변의 유혹을 물리쳐도 내가 죽지 않는다는 사실을 확인하게 될 것이다.

뿐만 아니라 시간의 소중함과 앞으로의 시간 계획을 짜는 지혜까지도 얻을 수 있다. 그리고 곧이어 다음 주 시간 계획을 짜는 것이다. 천리 갈 사람과 오리 갈 사람은 마음부터 다르다. 출발부터 마음이 다르니 준비도 다르다. 마음먹기에 달려 있으니 우선 일주일만 시간 계획을 시작해 보자.

# 미래는 준비해 둔 오늘이다

:: ::

미래란 존재하는 것인가? 과거는 이미 지나갔고 미래는 아직 오지 않았다. 미래는 현재가 아니며 여전히 미래이다. 그래서 과거나 미래는 이미 지나갔거나 아직 오지 않은 실체 없는 무형의 시간이다. 과거는 어떻게 해도 되돌릴 수 없는 시간이고, 미래란 단지 초청의 대상일 뿐 새롭게 경험해 가야 할 불확실한 시간들이다.

초청장을 어떻게 발송할 것인지는 전적으로 초대자의 몫이다. 초청장이 발송되면 곧바로 손님맞이 준비에 들어가야 한다. 결국 미래란 오늘 내가 준비한 결과물로서 찾아온 현재일 뿐이다. 미래를 준비하면서 현재를 사는 시간인 것이다. 그래서 인생은 순간순간인 지금뿐이다.

현재가 곧 삶의 중심이므로 현재를 살아야 한다. 그 현재 속에는 반드시 포함되어야 할 하나가 있다면 곧 미래이다. 미래에 펼칠 꿈을 반드시 품고 있어야 한다는 말이다. 다시 말하면 현재의 시간에는 미래를 준비하는 시간도 포함되어야 한다는 뜻이다.

'오늘' 앞에 있는 모든 시간들은 길든 짧든 미래이다. 내일은 항상 내일이며 모레는 항상 모레이다. 우리는 지금껏 내일이나 모레를 살아본 적이 없다. 미래는 아직 내 손안에 쥐어지지 않는 존재하지 않는 시간이다. 오직 오늘만 살아 있고, 오늘만 살 수가 있다.

내 손안에 쥐어질 미래의 그날도 그때 가서는 바로 오늘이 된다. 미래란 달려 나아가는 하나의 방향일 뿐이다. 독일의 신학자 위르겐 몰트만은 미래를 도래到來, Adventus와 미래未來, Futurum로 구분하여 설명한다. 이미 찾아온 미래와 아직 오지 않은 미래를 의미한다. 또 다른 측면에서 미래란 내가 열심히 준비해 가는 미래와 아무런 준비나 대비책 없이 무작정 기다리는 미래가 있다. 준비하는 미래는 성공을, 준비하지 않은 미래는 실패를 예고한다.

컴퓨터 과학자 앨런 케이는 "미래를 예측하는 가장 좋은 방법은 미래를 발명하는 것"이라고 했다. 미래를 발명한다는 것은 곧 현재를 창의적으로 만들어 가며, 미래를 준비해야 한다는 의미이다. 당신은 미래가 궁금한가? 당신의 미래가 성공할 것인지, 아니면 실패할 것인지에 대해 미리 알고 싶은가? 그렇다면 지금 자신의 현재 모습을 눈여겨보라. 지금의 모습에 미래가 담겨 있기 때문이다. 삶의 태도와 목적, 가치관과 시간 씀씀이가 곧 자신의 미래이다.

미래란 준비된 오늘일 뿐이다. 오늘이 '씨앗'이라면 미래는 '결실의 열매'이다. 지금 어떤 씨를 뿌리느냐에 따라서 가을에 거두어들이는 결과물도 달라지는 이치와 같다. 오늘 준비한 결과로서의 미래가 있을 뿐이다. 씨를 뿌리지 않고 열매를 얻을 수 없는 것처럼 지금은 씨를

　　　　　　　예 기 치　않 은　선 물

뿌려야 하는 때다.

　그렇다면 미래는 어떻게 준비하는 게 좋을까. 하루 24시간 중 3분의 1은 반드시 미래를 준비하는 데 투자해야 한다. 투자는 이루고 싶은 꿈과 비전, 자기가 가장 잘 할 수 있는 것, 즉 나만의 특성을 찾아서 구체적으로 다듬는 것이다. 미래의 시간을 오늘로 앞당겨 설계하고 계획하며 준비해야 한다. 현재는 곧 미래이고 현재 없는 미래란 존재하지 않는다.

　요즘에는 바쁘지 않은 사람이 없다. 너나 없이 "시간이 없다"는 말을 입에 달고 산다. 시간은 곧 생명인데 시간이 없다면 생명도 없다는 뜻인가. 몸은 살아 있으나 정신은 죽어 있다는 의미인가. '시간 없다'는 소리를 입 밖에 내지 말아야 한다. 누구나 주어진 하루 24시간을 사는 데 바쁘고 안 바쁘고는 없는 것이다. 다만 자기 생각이고 느낌이고 변명일 뿐이다.

　오늘이란 시간에는 미래를 준비하는 시간과 휴식하는 공간적 쉼터도 함께 포함되어 있는 사실을 잊어서는 안 된다. 아무리 바빠도 똑같은 하루 내에서 그만큼만의 시간을 사용하기 때문이다. 정말 바쁘다고 생각되면 "지금 내가 뭘 하고 있는 거지?" 하고 자문해 보아야 한다. 그게 지금 내게 꼭 필요한 일인가? 진실로 필요로 하는 다른 것은 없는지 질문하고 답해야 한다. 이 질문에 답하기 위해서는 비전과 목표도 함께 점검해야 한다. 그렇게 함으로써 현재와 미래를 행복하게 할 수가 있다.

# 제 5 부

# 자유와 선택, 아름다운 가치

**아들을 위한 기도**

: :

맥아더


주여, 제 아이를 이런 사람으로 키워 주소서.

자신이 약할 때 이를 분별할 정도로 강하고
두려울 때 자신을 잃지 않는 용기를 가지고
정직한 패배에 부끄러워하지 않고 의연하며
승리에 겸손하고 온유할 수 있는 사람이 되게 하소서.

요행과 안락의 길로 인도하지 마시고
곤란과 고통의 길에서 항거할 줄 알게 하시고
폭풍우 속에서도 일어설 줄 알며
패한 자를 불쌍히 여길 줄 알도록 해 주소서.

유머를 알게 하시어
인생을 엄숙히 살아가면서도 삶을 즐길 줄 아는 마음과
자기 자신을 너무 드러내지 않고 겸손한 마음을 가지게 하소서.

참으로 위대한 것은 소박한 데 있다는 것과
힘은 너그러움에 있다는 것을 항상 명심하도록 하소서.

그리하여 그의 아버지인 저는 헛된 인생을 살지 않았다고
나직이 속삭이게 하소서.

# 자유를 다시 생각하며

::

당신은 자유로운가? 사람에 따라 그 대답은 매우 다양할 것이다. 각자 상황과 생각하는 바에 따라 자유에 대한 생각도 다를 것이다. 사실 인간은 태어나는 순간 자유를 선물로 받았다. 행동하고, 말하며, 사유할 수 있는 자유가 신체적인 생명과 함께 주어졌다.

이 자유는 신의 섭리, 곧 창조의 목적 하에서의 자유이다. 멀게는 우주라는 공간 내에서의 자유이고, 가깝게는 지구라는 행성 위에서의 자유이다. 육신의 한계에 갇힌 자유와 그것을 초월하는 자유가 함께 주어졌다. 자유이면서 제한을 받는 자유, 곧 유한한 자유, 제한적 자유이다. 우리가 살아 있는 동안만의 자유이기도 하다.

게다가 인간은 인간관계에서 오는 자유와 매임이 있다. 매임에는 스스로 매이는 것과 어쩔 수 없이 매이는 경우가 있다. 그런가 하면 사도 바울은 내가 모든 사람에게서 자유로우나 스스로 모든 사람에게 종이 된 것은 더 많은 사람을 얻고자 함이라고 말했다. 인간사회의 진정한 자유를 위해 스스로 종이 되는 경우이다. 자유가 어디에 있으며 자유를 위해 어떠해야 하는지를 말해 주는 것 같다.

자유롭다는 것은 그 대상이 없는 것이지만 자유로워졌다는 것은 그 대상이 있는 것이다. 꽁꽁 묶인 것으로부터 풀려난다는 의미이다. 그러므로 자유를 말하려면 묶인 것이 무엇인지를 먼저 알아야 한다. 무엇이 우릴 묶고 있는가?

우리를 묶고 있는 것은 내적인 것과 외적인 것 두 가지다. 하나는 각자 스스로 만들어 낸 속박이다. 예를 들면 미래에 대한 불안insecurity about the future과 두려움, 상처와 스트레스, 강박과 긴장, 현실에서의 압박감 같은 것들이다. 이것 외에도 비교, 악습, 관습과 탐욕, 죄악, 미움, 방종 같은 것들도 여기에 포함된다. 다른 하나는 타인이나 환경으로부터 받는 속박인데, 외부의 강압과 탄압, 제도와 법률, 지위와 관습이 그것들이다.

부자유란 사람이 태어나 죽기까지 살아가는 과정에서 발생하는 삶의 정체를 모호하게 하고 빛을 소멸시키며 능력을 빼앗아 가는 모든 것들이다. 자유는 이러한 것들에서 생명력을 회복하는 것이다. 사회 속에서 자유의 정체는 인간의 생각과 양심으로 제한되는 자유이면서 환경에 굴복하는 자유이다. 자유에는 책임이 함께한다.

자유의 범위와 한계에 대해 인류의 역사 내내 논쟁과 투쟁이 있어 왔다. 격한 투쟁의 시대는 지나갔다고 하지만 아직도 인간의 자유에 대한 욕구와 갈망은 여전하다. 나는 정치적 혹은 사회적 의미에 있어서의 자유를 말하려는 것이 아니고 인간 본연의 자유를 말하고자 한다. 인간성 상실은 자유가 아닌 노예 상태라는 주장을 하고 싶다. 예컨대 문명인이라는 미명 아래 물질적 조건과 쾌락에 탐닉하면서 인간성을 상실해도 되는가 하는 점이다.

인간답지 못한 자유 앞에는 끝없는 추락이 놓여 있다. 그러나 현대인들 중 어느 누가 이 점에 관해 심각한 위기의식을 느끼고 있는가. 현대인들은 조금 얻어 낸 정치적·사회적 자유에 만족한 나머지 정작 중요한 인간 본연의 자유에 대해서는 잊어버리고 있다. 인간 본연의 자유는 정치나 사회를 초월하는 것이며 본질적인 것이다.

인간은 그 어떤 것에도 노예 상태가 되어서는 안 된다. 그런데도 현대인은 자신에게 주어진 자유가 자신의 인간됨을 잃어버려도 좋다는 듯, 마치 책임지지 않는 무한한 자유가 자유의 모든 것이라도 되는 듯 착각하고 있는 것 같다.

책임 없는 방종과 타인에 대한 배려 없는 강요가 과연 진정한 자유인가 묻지 않을 수 없다. 자신의 뜻에 맞지 않거나 불만족스럽다고 해서 국가나 사회, 타인의 자유까지 침해하는 것도 자유의 범주에 포함할 수가 없다. 이것이 극대화된 경우는 공산국가나 이슬람 국가에서 잘 드러난다. 북한이나 중동 국가의 헌법에는 종교의 자유가 있지만 반종교의 자유도 있다. 반종교의 자유가 있으니 한 마디로 종교의 자유는 없는 것이다. 폴란드 출신 정치이론가 로자 룩셈부르크가 말한 대로 "자유란 언제나 나와 다르게 생각하는 사람의 자유다"라는 점을 강조하고 싶다.

독일 철학자 임마누엘 칸트 역시 "내 자유는 타인의 자유가 시작되는

지점에서 끝난다. 이성적 존재라면 자신과 타인 모두를 수단이 아니라 목적 그 자체로 대해야 한다"고 말했다. 타락으로 오염된 인간은 자기 기준에 타당하다면 자기 마음대로 해도 되고, 다른 사람들에게 강요까지 해도 된다고 생각한다는 것이다. 심지어는 자신의 선호하는 것을 다수가 따르게 만들기 위해 자기 편견을 마치 진리인 것처럼 주장한다는 것이 문제이다. 히틀러 같은 사람은 타인의 자유를 빼앗는 대가로 결국에는 자신의 자유도 빼앗겼다.

아울러 자유롭게 되려는 의지가 없는 상태를 과연 인간다운 삶이라 할 수 있을까. 한 인간이 사회의 필요와 환경적 요인에 의해 조직되어 자유의지를 제거당한 채 로봇처럼 살아가는 모습을 짚어보자. 그것이 현대인의 모습이다. 결코 존엄하고 이성적인 인간의 모습이 아니다.

자유는 유한하며 상호 관계적인 것이다. 인격 없는 자유는 자유가 아니다. 따라서 일신의 안락 대신 신神과 자유와 선善만이 자기 인생의 핵심 과제가 되게 해야 한다. 자유란 편안한 것만이 결코 아니어서, 심지어 자신에게 불행을 초래할 수도 있고 온갖 고민에 시달리게 할 수도 있다. 그러나 그 모든 것들이 선을 위하여 스스로 택한 것이라면 그 또한 자유의 한 부분이다. 자유는 모든 것을 할 수도 있지만 동시에 그 어느 것은 결코 해서는 안 되기 때문이다.

자유에는 인격과 이성이 절실히 요구된다. 우리는 과연 인격적인 존재인가, 다시 한 번 스스로에게 묻자. 우리를 인간답게 하는 자유 의지, 지성, 애정을 인격 외에 뭐라고 표현할 수 있을까?

# 가장 아름다운 가치

::

　살아가면서 추구해야 할 가장 귀한 가치는 무엇일까? 당연히 진리와 자유라고 생각한다. 진리와 자유를 얻기 위해서는 거짓이나 꾸밈이 없는 바르고 올곧음이 전제되어야 한다. 정직은 없고 거짓만으로 얼룩져 있는 마음에는 결코 자유가 없다.

　정직이란 자기 이익을 위해 남을 속이지 않고 고백하는 솔직한 행동을 말한다. 정직은 영혼의 거울이다. 마음의 평화이면서 진실이기도 하다. 정직은 정의와 공의公義의 기초이기도 하다. 정직은 개인의 삶을 지탱하는 주춧돌이면서 국가와 사회를 지탱하는 기둥이다. 당신은 정직한가?

　진리와 자유는 이 세상에서 가장 능력 있는 힘이다. 물질만능 풍조로 인해 정직이 고루한 일로 치부되고 있는 이 시대에서는 더욱 그렇다. 정직한 것이 너무 바보스러운 일이라는 잘못된 생각을 가지고 있는 사람도 많다. 정직이 오히려 비정상적인 것으로 취급받는 세상이다.

정직이 없는 사회, 진실이 없는 개인을 생각해 보자. 모든 사람이 부정직하다면 그게 어디 정상적인가. 정직하게 다가오는 시간과 죽음 앞에서도 속임을 베풀 것인가. 진리와 자유를 떠나 가치와 능력을 소실하고 있는 무너지는 사회, 초라한 개인이 되지 않을까 염려된다.

자신의 삶이 어디로 가고 있는지도 모른 채 하루하루 일정에 쫓기고 있다면 잠시만이라도 멈출 것을 권한다. 그리고 그대에게 진정 필요한 것이 무엇인지 생각해 보라. 할 수 있다면 진리와 자유에 대해 생각해 보라. 진리와 자유의 하위문화인 정직과 진실, 공평과 믿음, 사랑과 용기에 대해서, 그리고 그것들이 가져다주는 행복에 대해 생각해 보라. 그것들은 우리가 살아가는 힘의 원천이다. 또한 스스로 만들어 가야 할 삶의 소중한 지표이기도 하다.

우리 사회는 무엇보다도 정직한 사람들을 필요로 한다. 정직은 언제나 최선의 가장 빛나는 정책이다. 다행히 아직은 착하고 정의로운 사람이 있고, 노력하는 사람들도 있어서 희망이 엿보인다.


"진리가 너희를 자유케 하리라"는 말이 있다. 이는 진리 가운데로 들어가는 자만이 자유하다는 뜻이다. 진리 가운데로 들어간다는 것은 스스로 진리에 갇히겠다는 것이다. 진리 안에서 자유로울 수 있다는 것은 진리 밖에서 어떠한가를 알면 쉽게 이해된다. 그것은 마치 법 안에서 자유롭고 법 밖에서는 자유로울 수 없는 것과 같다. 이 세상의 수많은 사람들이 틀렸다고 해도 옳은 것은 옳은 것이고, 이 세상 대다수 사람들이 옳다고 해도 틀린 것은 틀린 것이다.

예 기 치 않 은 선 물

사람들은 정직을 주장하다가도 자신에게 이득이 될 때는 거짓이 정당화될 수 있다고 생각한다. 분명히 비겁한 짓인 줄 알면서도 그 틀을 벗어나지 못하는 경우도 많다. 그래서 칸트는 옳은 것은 옳기 때문에 설사 나에게 큰 손해가 되더라도 해야 하고, 옳지 않은 것은 옳지 않기 때문에 설사 나에게 큰 이익이 되더라도 하지 말아야 한다고 강조했다.

　무자비와 불법이 난무하는 정글의 삶 속에서 정직과 솔직함을 지켜내기가 쉽지 않아 보일 수도 있다. 그러나 단 한 가지 가능한 방법이 있다. 소유욕을 버리면 된다. 소유욕과 탐욕이 모든 부정직과 거짓의 출발점이 되기 때문이다.

　자신의 삶에서 길을 잃지 않고 나아갈 수 있는 진정 행복한 사람은 누구인가. 아름다운 가치를 추구하는 사람이다. 당신이 추구하는 가장 아름다운 가치는 무엇인가. 진리가 자유의 근원이라면 정직이 행복의 근원이 될 수 있다. 아무리 결과가 좋아도 정직하지 않는 거짓투성이 과정은 자유를 가져다주지 않는다. 자유의 원인도 인격적이어야 하기 때문이다.

　결국 진리는 항상 옳은 것이고, 변하지 않는 것이며, 전 인류에게 통용되는 절대적 가치이다. 우리는 모두 서로 다른 꿈과 역사를 가진 사람, 편견과 선입관과 나름대로의 기대로 가득 찬 현실을 사는 사람들이다. 자칫 자유와 진리의 아름다운 가치를 놓치고 살지는 않는지 늘 돌아볼 일이다.

# 선택이 만드는 불행

::

프랑스 철학자 장 폴 사르트르는 "인생은 B와 D 사이의 C"라고 말했다. B는 Birth출생, D는 Death죽음, C는 Choice선택라는 것이다.

우리 삶 속에는 늘 선택할 것이 쌓여 있다. 그러나 C에는 Choice 외에도 Chance기회와 Challenge도전가 있고, Concupiscence정욕와 Compassion연민도 있으며, Contest경쟁와 Change변화가 있는가 하면, Confidence믿음와 Christ그리스도도 있다.

이처럼 영어사전에서의 모든 C가 우리 인생 한가운데에 들어 있는 것이다. 문제는 그 많은 것들에서 식별하고 분별하여 올바른 길을 선택해야 한다는 점이다.

시시각각 변하는 세상의 흐름 속에서 어떤 선택을 하고 어떤 변화를 이루는가에 따라 인생이 달라진다. 그래서 인생을 운명적인 것으로 논하는 것은 바람직하지 않다. 만일 인생이 운명이라면 모든 것을 운명에 맡기고 식물처럼 있어야 한다. 광학 물리학에서의 C는 진공상태에서의

예 기 치 않 은 선 물

빛의 속도초속 약 299.793km나 음속을 나타낸다. 촌음같이 빨리 지나가는 인생 여로에서 선택Choice이란 분명한 자기 인생의 목적과 목표 설정이 얼마나 절실한 과제인지를 말해 준다.

사람이 한평생을 살다보면 무수히 많은 가치들과 만나게 된다. 또한 자기 가치 기준을 내보여야 할 때도 많다. 어떤 때는 누군가를 진심으로 사랑해야 할 때가 있는가 하면, 겸손한 마음으로 감사를 표해야 할 때가 있다. 또 진정으로 용기를 내야 할 때가 있는가 하면, 단호하게 'No'라고 거절해야 할 때가 있다. 또 객관식 사지선다형처럼 넷 또는 수십 가지 경우의 수를 놓고 판단하고 결정해야 할 때가 있다. 인생은 선택이고, 선택은 자유를 누리는 한 방법이다.


우리는 늘 선택의 경계선에 서 있다. 그렇다면 많은 자유를 갖는 것이 진정한 자유이고 영원한 행복인가? 그렇지만은 않다. 경계선이란 항상 위험하고 불안하다. 이쪽도 아니고 저쪽도 아니기 때문이다. 마치 줄 위를 걸어가며 떨어지지 않으려고 긴장하며 균형을 잡으려 하는 남사당놀이와 같다.

경계선과 선택은 늘 같은 고뇌를 갖는다. 면도날과 같은 아주 가는 선 위에 있는 좁은 길과 비슷하다. 사람은 숱한 윤리적 딜레마에 처하기도 하고, 수많은 법률과 위법, 정의와 불의 사이에서 갈등을 겪기도 한다. 법은 해서는 안 될 일을, 윤리는 해야 할 일을 말해 준다. 그런데 인간사에는 해서는 안 될 일을 하고, 정작 해야 할 일을 하지 않는 경우가 자주 일어난다. 어느 쪽을 선택해야 지금 내가 중요하게 생각하는 결과가 나타나느냐를 근거로 하고 있다면 그릇된 선택이 될 수도 있기 때문에 그렇다. 이것이 자유가 갖고 있는 또 다른 모습이다.

롤프 도벨리는《스마트한 생각들》에서 선택의 역설에 관해 말하고 있다. 선택에도 한계가 있으며 너무 많은 것보다 차라리 하나뿐인 게 낫다는 주장을 펼쳤는데, 그 이유는 이렇다.

"이웃에 있는 식료품 가게에는 48종류의 요구르트, 134종류의 레드 와인, 64종류의 세탁 제품과 다른 수십 가지 상품들을 포함해 무려 3만 종의 상품을 팔고 있었다. 또 인터넷 서점 아마존에서는 무려 200만 종에 달하는 책들을 배송한다. 오늘날의 인간에게는 500가지나 되는 정신병, 5천여 가지나 되는 직업, 5천여 곳이나 되는 휴가철 행선지, 그리고 다양하기 그지없는 삶의 스타일들이 주어져 있다. 지금까지 이토록 선택의 여지가 많은 적은 없었다."

이어서 그는 미국 심리학자 베리 슈워츠의 저서《선택의 심리학》에서 보여 준 선택의 행복이 불행으로 바뀌는 모순이 왜 생기는지 세 가지 이유를 설명했다.

첫째는 선택의 여지가 크면 무감각으로 끌려가게 되기 때문이고, 둘째는 선택의 폭이 커지면 좋지 않은 의사결정을 내리기 때문이며, 셋째는 선택의 폭이 커지면 결과적으로 불만족에 이르게 되기 때문이라는 것이다. 가령 200여 가지 중에서 하나를 선택했을 경우 완벽한 선택이라고 확신하지 못하기 때문에 그만큼 불확실해지며, 선택 후에 불만족하게 된다는 것이다. 또한 미혼 남녀에게 인생의 파트너를 고를 때 무엇을 가장 중요하게 생각하느냐고 물으면 지성, 사교성, 따뜻한 마음, 배려심, 참을성, 유머감각, 정신적 교감까지, 도무지 모두 갖춘 사람은 인간이 아닐 것 같은 생각이 들 정도라는 것이다.

예 기 치  않 은  선 물

이로 볼 때 많은 자유, 많은 선택권이 만사해결의 열쇠가 아니라는 점이 분명하다. 결국 자신이 원하는 것이 무엇인지 분명하게 생각하여 판단 기준을 만들어 놓고 무조건 지키는 것이 현명한 방법이다.

또 하나 깊이 생각해야 할 점은 우리는 저주의 약속보다 축복의 약속을 더 받아들이기 힘들어 한다는 점이다. 예를 들면 오락게임에 빠지면 파멸될 수 있다는 말보다 열심히 살면 성공할 수 있다는 말을 더 받아들이려 하지 않는다는 것이다. 그러므로 모든 상황에서 자신의 윤리적 양심을 지킬 수 있는 최소한의 방법으로 자기만의 십계명을 만들어 놓으면 좋겠다는 생각이다. 원칙이 서거나 기본이 올바르면 흔들림 없이 항해를 할 수 있다.

자유 속에 자유를 제한하는 절제능력은 곧 지혜가 된다. 그러나 홍수처럼 밀려오는 가능성 앞에서 최고의 선택을 해야 한다고 스스로를 다그치는 것은 비합리적인 완벽주의에 지나지 않는다. 생각할 시간에 실행해 보자. 고민하고 있으면 하지 말아야 할 이유만 늘어난다. 어떤 일이든 고비는 있게 마련이다. 한 번에 넘느냐 두 번에 넘느냐의 차이가 있을 뿐이다. 절제 있는 자유를 실행해 보자.

# 그래, 비교해 보라

::

　　자유와 선택에 동반되는 것 중 심각한 문제를 안고 오는 것
은 비교이다. 물론 사람이 분별해야 하는 능력을 갖는 것은 삶의 지혜
를 얻는 데도 필요하다. 자기 자신을 보는 능력과 타인을 볼 수 있는 안
목 같은 것이다.

　사람 간에 이루어지는 관계에는 서로를 한 그룹으로 묶어 주는 생각
이나 가치나 이데올로기 같은 것이 있다. 이것들은 서로에게 힘이 되고
용기를 준다. 하지만 그 관계 속에는 자기 가치를 파괴하고 삶을 피폐
하게 만드는 것들이 있다. 그 중 하나가 비교와 지나친 과잉경쟁이다.
타인과 자신을 비교하는 것 같아 보이지만 실상은 자기로써 자기를 헤
아리고 자기로써 자기를 비교하는 우를 범하는 것이다.

　비교의 본질은 존재에 있지 않고 소유에 있다. 너도 나도 무의식중에
비교를 하거나 비교를 당하는 경우가 허다하다. 비교는 긍정적인 측면
도 없지 않지만 인간을 가장 비참하게 만드는 요인 중 하나이다. 존재

예 기 치 　 않 은 　 선 물

를 깊이 들여다보는 사람은 타인과 자신의 소유를 비교하지도 않고 당하지도 않는다.

프랑스 작가 프랑수아 를로르는 《꾸베 씨의 행복 여행》에서 행복의 첫째 비밀은 자신을 다른 사람과 비교하지 않는 것이라고 설파했다. 비교를 한다는 것은 우리를 좌절시켜 우울하고 불행하게 만든다. 비교가 얼마나 소모적인 것인지 아는가. 사람 간의 우열이나 사람과 동식물의 능력을 비교하는 것은 무슨 의미가 있는가. 힘겨루기로 한다면 황소나 말, 코끼리나 북극곰이 사람보다 더 우월하고, 달리기로 따진다면 사자나 호랑이, 하이에나, 캥거루 따위를 따라잡을 수가 없다. 또한 장수하기를 경쟁한다면 저 푸른 소나무나 마을 어귀의 당산나무를 이겨낼 수가 없다.

사람도 마찬가지다. 원초적으로 다른 DNA와 지문을 가진 다른 존재들인데 뭘 기준으로 어떻게 비교한다는 말인가. 어느 경우에도 비교할 수 없는 절대적인 가치기준을 가지고 있지 않고서는 서로 비교 대상이 될 수 없다. 사람의 키가 크고 작다는 기준이 어디 있는가. 또한 돈이 많고 적다는 기준이 어디 있는가. 또한 공이 크고 작다는 기준이 어디 있는가. 절대 기준은 없고 상대적인 기준만 있을 뿐이다. 그 상대적 기준은 개인 혹은 특정 사회의 편협한 생각일 뿐이다. 무엇이든지 홀로 있을 때는 최고로 크고 최고로 많은 것이다.

남자가 더 귀한 존재인가, 아니면 여자가 더 소중한 존재인가? 비교할 수 있다면 당신은 어떤 반응을 보이겠는가? 남자라면 여자보다 남자가 더 귀한 존재라고 주장하고, 여자라면 남자보다 여자가 더 소중한 존재라고 강변할까? 남자나 여자나 더 귀하고 소중하다는 기준은 무엇이며, 그 기준은 누가 정해 놓은 것인가? 그런 논쟁에 빠질 바에야 차라리 입을 다물어야 한다.

우리 속담에 "작은 고추가 맵다"고 하는데 여기에는 곧 큰 고추는 맵지 않다는 의미를 담고 있기도 하다. 왜 큰 고추가 덜 매운가? 작은 고추라고 반드시 다 매운 것인가? 혹여 매운 맛을 얻기 위해서 작은 고추만 찾는다면 오산이라는 사실을 금세 깨닫게 되리라. 매운 맛은 고추의 크고 작음에서 나오지 않는다. 본질은 같으나 비본질은 다를 수가 있다. 서로 다르다고 서로 틀린 것이 아니듯 가치 있는 사람과 가치 없는 사람이 따로 있는 것이 아니다. 다만 우리가 그렇게 바라보는 각자의 생각이 있을 뿐이다.

인간이 인간의 절대적 가치를 평가할 수 없다. 동일한 위치에 있는 평가자가 서로를 평가하는 것은 모순이다. 다만 인간은 필요에 따라 각자 특정 대상에 대해 자기 나름의 상대적 가치평가를 할 수는 있다. 그 평가도 일시적이며 지극히 제한적이다.

사람은 누구나 치열한 경쟁을 원하지 않는다. 경쟁보다는 좀 더 여유 있고 안락하고 행복하기를 원한다. 그렇다면 비교의식에서 벗어나야 한다. 남을 부러워하고 쫓아가기에 바빠서는 안 된다. 이상적인 세계에서라면 남들의 반응에 그렇게 좌우되지 않는다.

당신은 지금 자기 인생을 살고 있는가, 아니면 남의 인생을 쫓아가는 허망한 삶을 살고 있는가?

예 기 치 않 은 선 물

# 비교라는 질병

　　"도토리 키 재기"란 말이 있다. 도토리가 키를 재 본들 거기서 거기라는 의미이다. 의미 없는 일로 시간 낭비할 필요 없다. 도토리들은 자기네끼리 키를 재지 않는다. 크든 작든 똑같은 도토리이기 때문이다. 이 얼마나 속박 없는 자유를 누리는 것인가. 다만 사람들이 키 재기를 하지 못해 안달한다. 인생 키 재기를 하고 싶어 몸살을 앓는다. 왜 그럴까?

　　첫째, 무엇에든지 가치를 매기려는 속물 근성 때문이다. 이것은 근대화 이후 더욱 심해졌다. 자본주의와 합리주의의 발달로 인해 주체적 경제활동을 하다 보니 무엇에든 가치를 평가하고 비교우위를 따지려 한다. 다른 사람과의 깊은 관계보다는 당장 겉으로 보이는 것을 더 중요시하느라 생명력을 잃었기 때문에 그렇다. 결국에는 사람에게까지 가치평가의 잣대를 들이대려고 한다. 사람은 누구나 특정 물건에 대해 각각 가치를 평가할 수 있는 동등한 위치에 있다. 그런데도 한 가치평가자가 다른 가치평가자를 평가하려 든다. 비교란 인간이 만들어 놓은 그물이요 함정일 뿐인데도 어쩔 수 없다.

둘째, 마음에 뿌리박힌 불안과 두려움 때문이다. 비교에게 끌려다니는 사람은 외부에서 안위를 찾으려 한다. 자신보다 타인을 더 의식하고, 다른 사람의 관심을 더 중요시한다. 자기 존재감이 없으니 불안감과 두려움은 더 가중된다. 알랭드 보통은 《불안》에서 다른 사람이 우리를 바라보는 방식이 우리가 스스로를 바라보는 방식을 결정하게 된다고 지적했다. 타인 의존적으로 비교하다 보면 돌연 그에 대한 부러움과 흠모의 감정이 일어나고, 급기야는 자기 없음과 좌절로 이어질 수가 있음에 유의해야 한다.

셋째, 이기심과 탐욕이 마음에 가득하기 때문이다. 비교의식의 근원은 자기 것에 만족하지 못하고 남이 가진 것만 바라보는 데서 비롯된다. 남의 것이 더 크고, 더 많고, 더 좋아 보인다. 남은 더 잘나가고, 더 행복한 것 같다. 남의 그릇 속에 직접 들어가 보지도 않고 그렇게 생각하는 것이 문제이다. 타인이 가지고 있는 것들은 거저 주어진 것들이 아니며, 인내와 노력과 고통이 함께하고 있다는 것을 알아야 한다. 동시에 자신도 정당한 노력과 열심히 이루어 가겠다는 다짐을 하는 방법밖에 없다.

넷째, 비교는 자만심, 우월감과 열등감이라는 착각 속에서 비롯된다.

예 기 치 않 은 선 물

어린 시절을 회상해 보면 누가 더 큰지 키 재기를 자주 한 기억이 있을 것이다. 왜 키 재기를 했던가? 상대적 우위를 확인하려는 것이다. 키 재기를 통해 자신의 우월감을 확인하려는 것이다. 상대방을 깔보고 얕잡아 보려는 속셈도 있다.

사실 자만심이나 우월감을 깃는 특별한 근거는 없다. 내적인 심리적 작용의 일부일 뿐이다. 자기는 잘났고 상대방은 못났다고 하려는 것이다. 로마의 정치가 키케로는 남을 깎아내리면 자기가 올라간다고 생각하는 것은 착각이라고 했다. 존재의 본질을 빼놓고 비본질을 비교하면서 스스로를 학대하는 것은 자기 파멸의 예고편이다.

다섯째, 비교는 시기와 질투라는 질병의 한 형태이다. 유대인의 지혜가 담긴 책에 이런 이야기가 나온다. 천사가 한 남자에게 나타나 30일 후에 다시 찾아올 테니 그때까지 소원 하나를 생각해 두었다가 말해 주면 그 소원을 들어주겠다고 했다. 그러면서 조건 하나를 덧붙였다. "당신의 소원이 무엇이든 다 들어주겠지만, 당신의 이웃사람에게도 정확히 당신이 바라던 소원의 두 배를 누리게 할 것이다."

평소 이웃을 증오하고 있던 그 남자는 이웃 사람이 자신보다 두 배의 몫을 누리게 된다는 생각에 좌절감과 분노가 일어나기 시작했다. 30일 후에 천사가 돌아와서 소원을 물을 때 그 남자의 대답은 어떠했을까? "저의 한쪽 눈을 없애 버리는 것이 제 소원입니다." 그의 대답은 간단한데, 무얼 시사하고 있는가?

여섯째, 자기가 보려고 하는 것들만 보고, 들으려 하는 편협함에도 원인이 있다. 편협함은 시야가 그만큼 좁다는 뜻이다. 자신의 내적 장점은 못 보고 타인의 외적 겉치레만 보기 때문이다.

우리 속담에도 오죽하면 "사돈이 논을 사면 배가 아프다"는 말까지 생겨났겠는가. 왜 배고픈 건 참아도 배 아픈 건 참기 어렵다고 했을까? 왜 사람의 눈은 항상 남의 손에 들린 떡을 더 크게 보며, 스스로 의기소침해지는 것일까? 왜 다같이 매를 맞으면 덜 아프고, 나 혼자만 맞으면 훨씬 더 아프다고 느낄까?

KDI한국개발연구원의 연구 결과를 보면 "다른 사람과 자신을 비교하는 성향이 강한 사람일수록 부유할 확률은 높지만 삶에 대한 만족도에서는 낮을 수 있다"고 한다. 이런 성향의 사람들은 경쟁적인 환경에서 전력투구해 한층 더 많은 수익을 위해 위험을 감수하기 때문에 긍정적인 측면도 있지만 빚을 지면서도 과소비를 하는 경향도 강하다고 한다.

이제부터는 비교보다는 자기 자신의 가치와 능력을 발견하는 데 최선을 다할 일이다. 꼭 비교하고 싶다면 어제의 나와 오늘의 나를 비교하거나, 현재의 나와 미래의 나를 비교해 보고, 내일을 향한 힘찬 전진을 도모하는 것이 현명하지 않은가.

# 위험한 자율, 위대한 신율神律

::

자유의 또 다른 얼굴인 자율은 함정이기도 한데, 자율은 오만인 경우가 많기 때문이다. 자율이 절제가 아닌 자기중심주의로 치닫는 경우에 그렇다. 개인이나 사회는 가장 이상적이며 누구나 행복해질 수 있다. 그러나 인간은 부족하고 연약한 존재이다. 그동안 있었던 인류의 전쟁 역사와 탄압, 침략의 역사를 보면 알 수 있다. 그것들은 거의 모두 자유를 남용함으로써 비롯됐다.

어떤 사회든 윤리적 개념이 무엇보다 우선시되고, 법의 테두리 안에서 자유를 누릴 수 있도록 노력을 기울이고는 있다. 그러나 그 개념과 법 테두리도 각양각색이고 불합리한 경우가 많다. 문화와 전통, 관습에서 오는 차이는 서로의 자유를 제한하고 침범하기도 한다. 인간이 세운 기준이라는 것이 불완전하기 때문이다. 그러니 자만이나 오만 또는 교만에 빠진 인간이 자유라는 이름으로 자유를 파괴하게 되는 그 심각성은 두말 할 나위가 없다.

개혁주의 신학자 스프롤은《섭리》에서 '자율自律, autonomy, 타율他律, heteronomy, 신율神律, theonomy'에 관해 논의하였는데, 자유와 자율은 분명히 다르며, 자율은 자유와 비슷하기는 하지만 자유를 절대적인 수준으로 끌어올린 것이라고 했다.

자율이란 각 사람이 스스로 가치체계를 만들어 내고 기준을 수립한 경우를 말한다. 이런 경우 자율에 대한 모든 책임은 자신에게 있다. 문제가 되는 것은 자율에 의한 자기 판단과 결정에 대해 책임은 지지 않고 남의 탓으로 돌리거나 변명 또는 핑계를 대려 한다는 점이다. 자율에 대한 반대 개념인 타율에 대해 생각해 보면 더 분명해진다.

타율이란 타인에 의해 규정되는 것이다. 어떤 체계에서든 타인이 부과한 제한과 금지에 따르는 것을 개인의 도덕적인 책무라고 여긴다. 타인이란 개인이 될 수도 있고, 국가와 같은 집단일 수도 있다. 더 나아가서는 초월적인 신일 수도 있다. 신의 통치는 타율의 한 종류이다.

자율과 신율의 차이에는 문제가 되는 인류의 가장 근본적인 갈등이 있다. 여기서의 갈등이란 인간이 주어진 자유의 범주를 넘어서려 하는 데서 오는 문제점을 지적하는 것이다. 다시 말하면 자신이 주인이 되어 무조건적인 자유, 무제한적인 자유를 행사하려는 불순한 의도에 대해 경각심을 주는 것이다.

스프롤은 인간이 주어진 자유를 넘어선 자율의 확장을 위해 하는 어떤 시도도 신율을 포기하는 죄라고 규정한다. 이는 곧 창조물이 창조주에게 독립선언을 하는 것과 같기 때문이라고 한다. 사람에게 자유가 주어졌지만, 그것은 한계가 설정된 자유라는 것이다. 진정한 자유는 우리를 절대 넘치는 자율로 인도하지 않는다. 다만 인간의 자만과 교만이 고개를 들고 두리번거리고 있다.

니체는 인간 성품의 가장 바탕에 깔려 있는 것은 권력욕이라고 하였다. 니체에게 초인은 일반적인 도덕을 부정하고 자신만의 가치를 창조해 내는 용기를 가진 실존적 영웅이다. 자신만의 가치를 만들어 내려는 사람이 가장 먼저 해야만 하는 일은 신의 죽음을 선언하는 것이라고 니체는 생각했다. 신이 존재하는 한, 신은 사람의 자율에 위협이 되기 때문이라는 것이다. 사르트르 또한 전적인 자율에 이르지 않는 자유는 참 자유가 아니라면서 윤리 영역에서 신을 배제하려 했던 사람들과 의견을 같이 한다. 이는 대단히 위험한 생각이다. 인간 능력과 이성의 한계를 전혀 고려하지 않고 있기 때문이다. "신이 없다면 모든 것은 허용된다." 도스토옙스키의 《카라마조프 가의 형제들》에 나오는 대사인데 그 의미를 비교해 볼 것을 권유한다.

다시 스프롤이 비판한 것을 들어보자. 그의 지적에 따르면 현대인은 자율을 추구하는 것을 인간의 창조성에 대한 고결하고 덕스러운 선언이라고 여긴다. 현대 실존주의자는 절대자의 그늘에 숨는 것은 사람으로서 가장 수치스러운 일이라고 목소리를 높인다. 신의 돌봄에 의지하면 사람은 더 약해지고 타락한다고 주장한다.

스프롤이 주장하는 자율에 관한 문제의 핵심은 인간이 어떤 마음상태나 정신상태를 더 선호하는가가 아니라 창조주가 존재한다는 사실에 주목해야 한다는 것이다. 다시 말해서 내가 기쁜 마음으로 신에게 복종하는가가 아니라, 창조주가 계시는가라는 질문을 해야 한다는 것이다. 신이 없는 윤리적 반성의 끝은 혼돈일 뿐이기 때문이다. 그러므로 삶의 현장에서 일어나는 가시적인 것과 신의 영역인 비가시적인 것 사이를 합리적으로 연결할 수 있어야 한다.

만일 우리가 무엇이 눈에 보이는 직접적인 결과를 가져다 줄 것인지에 영향을 받아 차후 행동을 결정한다면 어떤 결과가 나오겠는가? 그 결과는 뻔하다. 그것이 진리인지를 모르고 내린 결론이기 때문에 여전히 잠정적인 것일 수밖에 없다. 인간은 유한하고, 편협하고, 교만한 존재이기 때문에 그렇다. 진리가 존재하지 않는 세상에서의 인간 선택과 해석에는 언제나 오류 가능성이 있게 마련이다. 그러므로 인간과 인간 사이에 이루어지는 상대주의적 가치관은 언제나 자유를 침범할 수 있는 위험한 요소를 갖고 있다.

이 위험을 극복하는 길은 신율神律이 중심이 되는 절대적인 가치관이 확고하게 설정되어야 한다. 그래야 진리 가운데 자유할 수가 있다. 진정한 사랑과 겸손과 감사가 무엇인지, 참다운 용기를 내야 할 때와 옳지 않은 것을 거절해야 할 때가 어디쯤인지를 알기 위한 것이다. 잘 몰라서 그냥 지나쳐서는 안 되기 때문이다. 다른 사람들과 마음을 나눈다는 게 어떤 감정인지 잘 모르거나 진실과 거짓, 옳음과 그름을 몰라 우왕좌왕하게 되는 경우가 많다는 것은 곧 자유의 상실이다. 누구든지 많은 사물의 요점을 잃고 막다른 길에서 수렁에 빠질 수 있다.

그러므로 다시 한 번 짚고 넘어가야 할 것은, 우리 인간사회에 절대적으로 필요한 것이, 각 사람의 가치관이 각각 절대적이어야 하는 것이 아니라 신율이 중심이 되는 절대적인 가치관이어야 한다는 점이다.

# 말의 파워 : 생명력

::

　자유와 자율 사이에서 걷잡을 수 없는 괴물이 있다. 인간의 생명을 살리기도 하고 죽이기도 할 수 있는 '말'이 그것이다. 언어 행위는 생각의 자유에 버금가는 자유를 누릴 수 있다. 반면에 가장 치명적인 상처를 줄 수도 있는 폭군이다. 말이 통제 불능의 횡포를 자행할 때 그 쏟아낸 말들은 타인에게 쏘는 독화살이며, 스스로에게 씌운 올가미가 되기도 한다. 이것은 자유를 넘어서는 말의 남용이요 오용이다.

　인간은 사회적 동물이다. 거미줄처럼, 통신망 네트워크처럼 서로 얽혀서 살고 있다. 얼기설기 얽혀 사는데, 결속을 시켜 주는 것이 무엇인가? 언어와 대화이다. 부부간에, 부모와 자식 간에, 교사와 학생 간에, 상사와 부하 간에 원활한 소통의 도구는 말이다.

　이 말은 전기와 같다. 전기가 불을 켜게 하는 것처럼, 말이 사람과 사람 간에 뜻이 통하게 한다. 그런 말들이 지구상 구석구석에서 오고가고 있다. 때로는 이 말이 어려운 사람에게는 희망을 주고, 좌절한 사람에게는 용기를 불러일으켜 준다. 말을 통해서 세상을 아름답게 할 수 있는 것이다.

말은 우리의 실제적인 삶, 즉 가치관과 태도와 행동을 형성한다. 말의 위력이 그만큼 크기 때문이다. 몇 마디 말로써 사람에게 칼로 찌른 것보다 더 깊은 상처를 주기도 한다. 세치 혀로 천하를 움직이고, 천냥 빚도 갚는다. 말로써 사랑을 표현하고, 말로써 사업을 하고, 말로써 국제무대에서 나라를 위한 외교활동을 펼친다. 칼보다 더 무서운 것이 말이라는 속담이 그래서 나온 것 같다. 말이 씨가 된다는 말도 있다. 이는 말의 중요성과 말한 결과가 어떠할 것인지를 설명해 주고 있다.

옛 역사에서는 말을 함부로 했다가 반역으로 몰려 폐가망신한 사람들의 기록이 더러 있다. 오늘날의 공직사회에서는 지켜야 할 비밀사항을 누설했다가 직위 해제되는 경우도 있다. "말로써 말 많으니 말 말을 까 하노라"는 구절에는 절제, 즉 말하는 자유의 제한을 강조하는 뜻이 담겨 있다. 말은 함부로 해서는 안 되고 신중해야 한다. 남에게 상처를 주는 험악한 말은 더더욱 하지 말아야 한다.

우리가 지금 당장 말할 수도 없고, 문자도 없어 내 뜻을 표현할 수 없다고 가정해 보자. 아찔한 생각이 들지 않는가? 온몸이 건강하다 하더라도 표현을 할 수 없다면 곧 동물적인 삶과 다를 바 없다. 말할 수 있다는 것이 얼마나 큰 축복인지 생각해 보았는가? 말은 곧 소통이고, 삶이며, 고통의 해독제이다. 또한 말은 삶이고, 축복이며, 능력이다.

말을 하지 못한다는 것은 대단히 답답한 노릇이다. 자기 생각이나 사상을 말할 수 없기 때문이다. 말이 생각이나 사상에서 나온다면 생각과 사상을 바르게 해야 한다. 그러므로 말의 표현과 선택에 신중을 기해야 할 것이다. 곧 말하는 자유를 절제하라는 의미이다. 언론의 자유를 주장하기에 앞서 생각의 자유를 바로 세우고, 가치관을 바르게 확립하여야 한다.

말은 혼자 존재할 수 없다. 말을 들어주는 사람이 없다는 것도 고통이다. 입과 귀는 서로가 불가분의 관계에 있다. 대화에는 말을 하는 사람과 말을 들어주는 사람이 있어야 한다. 만일 들어주는 대상이 없다면 한낱 독백일 뿐이요 숨을 죽이고 있는 것이다.

이것은 대화자로서의 처신과 인격에 대해 지혜를 준다. 사람은 귀한 말을 하고, 귀한 말을 들을 수 있어야 한다. 그런 사람이 귀한 사람이다. 말에는 반드시 해야 할 말이 있고, 꼭 들어야 할 말이 있다. 살아 생명력 있는 말, 칭찬과 격려의 말, 진실한 말로 세상을 아름답게 만들어 가야 한다.

하지 말았으면 더 좋았을 말은 이제 그쳐야 한다. 말을 하든지, 말을 듣든지 그 때를 구별하며 생명력을 발휘할 수 있어야 한다. 말할 수 있는 자유가 있다고 해서 남의 인격을 모독하고 인격을 살인하는 말을 해서는 안 된다. 잘 알다시피 말은 내면의 인격을 나타내기 때문에 더욱 그렇다.

# 감정언어의 횡포

∷

　언어 행위는 농부가 밭에 씨를 뿌리는 것과 닮았다. 콩 심은 데 콩 나고 팥 심은 데 팥 나듯, 가는 말이 고와야 오는 말이 곱다. 말을 하는 것은 미래의 세계를 씨 뿌리는 행위이다. 긍정의 언어는 긍정의 결과를, 부정의 언어는 부정의 결과를 부른다.

　어렸을 때 어른들이 던진 말 한 마디에 상처를 입고 평생 앓는 사람도 있다. 비하의 말과 폭언은 멀쩡한 아이를 바보로 만들기도 하고, 인생길을 완전히 뒤틀리게도 한다. 그 누구도 현재의 삶의 태도나 가치관이 돌연변이처럼 갑자기 나타난 것이 아니다. 과거 가족관계에서 시작된 경우가 많다. 한 마디 악한 말은 잠재의식 속에 꼭 박혀서 평생을 못 살게 구는 대못大針이 된다.

　우리는 단 하루도 말을 하지 않고는 살 수가 없다. 우리가 사용하는 언어 중에는 긍정적인 말이 더 많을까, 부정적인 말이 더 많을까? 이에 관한 중학교 학생들의 언어 사용 조사 결과가 있다. 중학생 몇 명에게

녹음기를 4시간 동안 부착시키고 난 후 그 기록을 들어봤더니, 사용한 언어 중에 욕설이 400여 회나 되었다고 한다. 또 다른 분석에서는 사람이 하루에 거짓말 하는 것도 800여 회나 되었다고 한다. 우리가 얼마나 잘못된 언어생활로 스스로는 물론 타인에게까지 해악을 끼치고 있는지 알 수 있다. 부정적이고 폭력적인 언어 습관을 바꾸기 위해서는 언어의 바탕이 되는 마음 밭을 먼저 일궈야 한다. 말은 그냥 무턱대고 나오는 것이 아니다.

입은 귀한 말을 하라고 있고, 귀는 귀한 말을 잘 들으라고 있다. 눈은 눈꺼풀이 있고, 입에는 입술이 있는데, 귀는 왜 그냥 열려 있는가? 거기에는 두 가지 이유가 있는데, 하나는 남의 말을 잘 들으라는 것이고, 다른 하나는 내가 하는 말을 다시 들어 잘못을 판단하고 수정하라는 뜻이 있다. 그러므로 무엇을 말하고 무엇을 듣는가는 어느 한쪽만의 문제가 아니라 서로에게 중요한 일이다.

생각과 말의 표현이 소통에 얼마나 중요한지 모른다. 한 번 입 밖으로 쏟아진 말은 상대방과 자신에게 그 말대로 영향을 미친다. 그러므로 어떻게 말하고 어떻게 받아들일 것인가에 대해 항상 주의깊게 관심을 기울어야 한다.

다만 들어야 하는 말도 말 나름이다. 가치 있는 말과 무가치한 말, 들어도 그만인 말이 있다. 꼭 찾아다니며 들어야 할 말이 있다. 들어야 할 말은 사회 선배나 지도층 인사들의 경험담이나 지혜의 말이다. 그보다 더 중요한 것은 진리의 말씀이다. 어떤 사람은 불경을, 또 어떤 사람은 논어를 읽을지 모르겠다. 그러나 나에게 가장 중요한 것은 성경 말씀이다.

말을 하는 데도 기술이 필요하다. 말에는 감정이 묻어나기 때문이다. 감정에도 자유가 있다. 그러나 감정은 이성으로 컨트롤할 수 없어 천방지축으로 날뛰는 망아지 같을 수도 있어 주의해야 한다. 사람은 감정의 동물이다. 자기 감정이나 자기 연민에 빠지면 그에 따라 말도 달라진다. 똑같은 말도 어떤 마음과 생각의 바탕 위에서 나오느냐에 따라 달라진다. "입에서 나오는 것들은 마음에서 나오나니, 마음에서 나오는 것은 악한 생각과 살인과 간음과 음란과 도둑질과 거짓 증언과 비방이니"라는 성경 말씀처럼 나쁜 마음에서 나쁜 말이 나온다는 뜻이다.

감정은 크게 건설적인 감정과 파괴적인 감정으로 나눌 수 있다. 감정을 어떻게 다루느냐에 따라 구별된다. 감정 관리를 잘하는 사람이 정서적 능력이 크다. 정서적 능력이 큰 사람일수록 대인관계가 원만하다. 자기 자신의 정서를 인정하고 자유롭고 분명하게 표현하는 능력을 가지게 된 때문이다. 자신이나 타인에게 파괴적이고 피해를 줄 수 있는 정서나 그것의 표현을 통제할 수 있는 것도 그의 능력이며 매력이다.
감정 관리는 곧 스트레스를 관리하는 것도 된다. 감정과 스트레스는 서로 밀접한 관계에 있다. 성공적인 감정 관리란 결국 자기에게 스트레스를 주는 요인이 무엇인지 분석하고, 문제를 합리적으로 해결하며, 건강한 방법으로 스트레스를 해소해 나가는 것이다. 자신에게 주어지는 스트레스를 잘 대처하기도 하지만 타인에게도 스트레스를 주지 않으려 노력해야 한다.
예를 들어 누군가의 잘못을 지적하거나 질책할 때 "바보같이 이렇게 했어"라는 과거형 표현보다는 "다음부터는 이렇게 하면 안 될까"라고

예 기 치  않 은  선 물

미래권유형의 말을 하는 것이 훨씬 효과적이다. 설득력에 관한 글들을 보면 어떤 상황, 어떤 일에도 상대방이 모르거나 잘못 알아듣는 경우의 책임은 상대방의 이해력보다는 나의 표현력에 달려 있다고 한다.

감정이 개입된 말은 조심해야 하고, 오해를 부를 수 있는 말은 각별히 신중해야 한다. 말은 자기 감정과 의사를 표현하는 기능을 가지고 있지만 상대에게 충분히 전달되어 동의 또는 지지를 받는 것이 목적이므로 소통 기능을 중요시하지 않을 수 없다. 사람과 사람 사이에는 좋은 감정은 물론 나쁜 감정도 생긴다. 부정적 감정이 실린 언어를 감정의 언어라고 하는데, 감정의 언어란 대개 자기 위치를 제대로 파악하지 못해서 나타나는 것이 된다.

정확한 자기 위치 파악이란 목적과 방향 그리고 마땅히 해야 할 일을 아는 것을 말한다. 그런 사람은 제 위치에 정확히 서 있는 사람이며 제 갈 길을 가는 사람이다. 그는 자신을 걷잡을 수 없는 감정적 대화에 휩쓸리도록 내버려두지 않고 또한 상대가 휩쓸리도록 추구하지 않는다. 그러나 자기 위치 파악이 잘 안 되면 이성적이고 논리적이기보다는 감정적이 되기 쉽다.

따라서 인간관계에서 문제와 갈등이 있을 때 곧바로 감정의 말을 쏟아낼 것이 아니라 자기 위치를 찾아 마음을 정돈하는 것이 실수하지 않고 상황을 호전시킬 수 있는 최상의 방법이다.

# 제6부

# 사랑과 용서는 한 묶음

**사랑**
::
사도 바울


사랑은 오래 참고
사랑은 온유하며
시기하지 아니하며

사랑은 자랑하지 아니하며
교만하지 아니하며
무례히 행하지 아니하며
자기의 유익을 구하지 아니하며

성내지 아니하며
악한 것을 생각하지 아니하며
불의를 기뻐하지 아니하며
진리와 함께 기뻐하고

모든 것을 참으며
모든 것을 믿으며
모든 것을 바라며
모든 것을 견디느니라.

# 사랑은 어디에서 왔는가

··

사랑이란 무엇인가? 최상의 사랑은 어떤 색깔인가? 사랑이라는 단어는 가장 많이 쓰는 단어 중 하나이다. 그러나 우리는 정작 그 사랑이 어디서 왔으며, 어떠해야 하는지에 대해서는 묻지 않고 알지도 못한다. 그저 바람의 존재는 알지만 어디서 불어와 어디로 가는지 모르는 것처럼 동화나 소설, 드라마 속에서 보여 주는 러브스토리가 재미있다고 느끼면, 그게 진짜 사랑의 모습일 거라고 생각한다.

사랑이란 복잡 미묘한 그 어떤 것이다. 사랑에 대해서 말한다는 것은 때로는 바람이 무엇인지를 설명하는 것보다 더 곤혹스럽다. 순수한 사랑은 더욱 그렇다. 그렇다고 사랑의 정의 내리기를 포기한다면 평생 제대로 된 사랑은 한 번도 경험해 볼 수가 없게 될 것이다.

사랑이란 어디서부터 시작될까? 내 생각에 사랑은 아는 것에서부터 시작된다. 알게 되면 사랑을 하게 되고, 사랑하게 되면 더 깊이 알아가게 되는 것이 자연스럽다.

러시아의 대문호 톨스토이는 "내가 아는 모든 것은 사랑하기 때문에 안 것이다"라고 말했다. 그의 생애를 그린 영화 〈톨스토이의 마지막 인생〉에 "신을 사랑하려면 신을 알아야 한다. 이웃을 사랑하려면 이웃을 알아야 한다"라는 대사가 나온다. 사랑의 첫째 조건이 아는 것임을 말한다. 안다는 것은 관계가 있을 뿐 아니라 깊은 관심을 가졌다는 의미이다. 그래서 알지 못하는 것에 대해 결코 사랑하고 있다고 말할 수 없다. 몰랐던 것을 알아가는 과정이 사랑이며, 사랑하므로 더 깊이 알게 되는 것이 아닐까?

따지려는 의도가 아니니 오해하지 말고 들어주기 바란다. 당신은 사랑하는 사람에 대해 무엇을 얼마나 깊이 알고 있는가? 사랑하는 사람의 얼굴이라도 제대로 그려낼 수 있는가? 안다는 것은 관심의 정도를 말해 준다. 아는 것이 매우 적고 얕다고 느껴지는가? 그렇다면 지금 관심을 가져줄 때다. 관심을 쏟는 만큼이 당신 사랑의 용량이다. 계량기로 무게를 달거나 수량으로 개수를 셀 수도 없는 사랑은 용량이나 크기에 제한을 두지 않는다.

인간관계에서 늘 부족한 사랑을 채워 갈 근원적인 사랑에 대해 관심이 절실하다. 각박한 현실 속에서 사람이 서로 사랑을 나누며 행복할 수 있다는 것이 얼마나 큰 축복인가?

한편, 사랑은 생명에 대한 관심이고 앎이기도 하다. 좀 엉뚱한 얘기 같지만 보다 차원 높고 더 깊은 사랑을 알려면 생명의 비밀이 담긴 DNA와 지문에서 존재적 사랑이 어느 정도인지를 알아야 한다고 말하고 싶다. 사랑 없이도 생명이 탄생될 수 있었는가? 없다. 그렇다면 사랑은 생명이 창조되는 순간 시작되어 현재 우리 육체의 DNA 속에 이어져 온 예기치 않은 선물이다.

그 사랑은 창조의 신비와 함께 시작되었다. "하나님은 사랑이시다"라는 말씀은 창조주가 사랑임을 말해 준다. 피조물로서 생명을 얻은 인간은 사랑을 받아 존재하게 되었다. 인간은 애초부터 사랑을 주고받도록 창조된 것이다. 따라서 첫사랑 중의 첫사랑을 긍정해야 하고 당연히 그 첫사랑처럼 사랑하는 자가 되어야 한다.

사랑에 목숨을 걸었던 스토리가 세상 곳곳에 살아 있어 우리에게 깊은 감동을 준다. 사랑은 부모와 친구를 위해, 나라와 민족을 위해, 그리고 인류를 위하여 자기 목숨을 바친다. 사랑을 위하여 어떤 이는 순교자가 된다.

인간에게 몸은 있으나 사랑의 감정이 없다면 인류사회는 어찌 되었을까? 사람에게 사랑은 있지만 목숨까지 바칠 수 있는 그런 헌신적인 사랑이 없었다면 지구촌은 지금 어떤 험악한 상태가 되었을까? 가정만 해도 아찔하다. 사람을 살아가게 하는 힘은 곧 사랑이다. 목숨 건 사랑이라면 온 세상이 모래폭풍으로 뒤덮인 사막으로 변한다 해도 오아시스는 마르지 않을 것이다.

사랑은 빛이요 생명이다. 사람과 사람을 어떤 결속보다 더 강력하게 연결시키며, 인간과 신의 관계까지 소통 가능케 하는 능력, 그것이 사랑 아닌가! 사랑만이 조화와 상생의 근원이다.

# 찾아온 사랑, 찾아가는 사랑

인간 세상에서 생명 다음으로 큰 가치는 사랑이라고 생각한다. 사랑은 생명을 유지하기 위한 본질적이면서도 궁극적인 수단이다. 신으로부터 받은 것이기에 사랑은 인간에게 주어진 가장 큰 축복으로서 권리이자 의무이다.

누구에게나 최상의 기쁨과 행복을 주는 원천은 사랑이다. 만일 지금 어떤 사랑을 하고 있다면, 확신해도 좋다. 당신은 축복의 근원이 되고 있다는 사실을. 그러나 만일 사랑하지 않고 있거나 혹은 미워하고 있다면, 당신의 삶에서 흐르던 생명의 샘이 마르고 있음을 알아야 한다. 사랑은 잠시도 멈출 수가 없는 당장 펼쳐야 할 그 무엇이다.

사랑에는 우리에게 찾아온 사랑이 있고, 우리가 찾아가는 사랑도 있다. '찾아온 사랑' 이란 내가 원해서가 아니라 일방적으로 내 의지와 상관없이 거저 주어지는 공짜 같은 것이다. 이를테면 창조주가 생명을 주시는 사랑이나 부모님의 사랑이 바로 그 찾아온 사랑이다.

자연이 주는 혜택을 사랑으로 인식한다면 그것도 여기에 어느 정도는 포함시킬 수 있다. 다만 자연을 사랑하고 있음을 인식하고 있는지 여부와 그 사랑이 인격적인 것인지의 여부가 남아 있긴 하지만 아무튼 생명 탄생으로 시작된 순수한 사랑이 지금 누리는 삶의 기쁨과 행복에까지 영향을 미치고 있다면 찾아온 사랑은 계속되는 진행형이다. 이런 사랑을 내리사랑이라고 해도 되겠다.

이와 다르게 '찾아가는 사랑'은 당신이 누군가 또는 어떤 대상을 진심으로 사랑하는 것이다. 그 사랑은 사람에 대한 사랑도 있고, 자연에 대한 사랑도 있고, 신에 대한 사랑도 있다. 여러 가지 형태로 나타낼 수 있는 사랑이다. 당신이 만일 사랑에 눈을 떴다면 그것은 찾아온 사랑으로부터 찾아가는 사랑으로의 전환을 맞이하고 있다고 할 수 있겠다.

찾아온 사랑과 찾아가는 사랑에는 사랑의 방식에 있어서 어떤 차이가 있을까? 찾아온 사랑은 조건 없는 사랑이다. 진행형이면서 변하지 않는다. 그러나 찾아가는 사랑은 다분히 조건적인 사랑이 될 가능성이 많다. 자기중심성과 이기심이 배제되지 않거나 돌발적으로 밀어닥친 열악한 환경에서도 지켜낼 용기가 부족한 사랑이라면 더욱 그렇다. 이런 사랑을 조건이 숨겨진 사랑, 끊어지기 쉬운 한시적인 사랑이라고 해야 할지도 모른다.

왜 사랑하는지를 분명히 하지 않는다면 위험한 사랑이 될 수 있다. 자기를 중심에 둔 사랑에 이기적인 의도까지 깔려 있다면, 그것은 가짜 사랑, 순수하지 못한 사랑이라고 해도 틀린 말은 아닐 것이다. 찾아가는 사랑이 빛을 발할 수 있을 때란 오직 머릿속에서나 가슴속에서나 또는 입속에서 단 하나의 생각과 이야기, 단 하나의 단어로 사랑을 품고 있을 때가 아닐까?

찾아가는 사랑이 사랑답기 위해서는 찾아온 사랑과 같은 헌신적인 사랑을 모델로 하여 의지적인 사랑을 하는 것이어야 한다. 연약하고 무너지기 쉬운 사랑의 울타리를 튼튼히 유지할 비법도 강구하면서 말이다. 사랑의 위기를 느낀다면 당신은 찾아온 사랑의 흔적들을 진지하게 느껴보아야 한다. 특히 신으로부터 주어진 사랑과 하나가 되도록 해야 한다. 그것은 신을 인식하고, 신을 사랑하며, 신의 순수한 사랑을 느낄 때라야 깨달을 수 있는 것이며, 그제야 비로소 당신은 무조건적인 사랑의 경지에 빠져볼 수 있을 것이다.

인간 세상에는 찾아온 사랑에 버금가는 헌신적인 사랑을 실천한 사례들이 무수히 많다. 인도의 테레사 수녀는 고교 교사였으나 고난의 길을 택해 가난으로 고통받는 어린이들과 이웃들에게 헌신적인 사랑을 펼쳤다. 연약한 그녀의 손길을 통해 어려운 처지에 있던 수만 명의 사람들이 새로운 소망과 삶을 얻었다. 마침내 그녀는 성녀聖女라는 호칭까지 받았다. 만일 당신이 신적인 사랑을 멀리하고 인간적인 사랑만을 고집한다면 아마 단 한 번도 진실한 사랑을 해 보지 못한 사람이 될 것이다. 일평생 오리지널 사랑 한 번 해 보지 못한 인생이라면 가엾지 않겠는가!

사랑에 대한 갈증을 느끼는가? 그렇다면 지금 당장 그 사랑으로 들어가야 한다. 사랑으로 들어서기 위한 입구는 어딘가? 입구를 찾으려면 먼저 내가 세상으로 나왔던 출구를 생각하라. 그 입구, 즉 세상으로 나온 출구는 바로 찾아온 사랑이다. 그 사랑에 대해서 생각해 보고 그 사랑을 새삼 느껴보라. 최초로 신이 준 생명의 사랑을. 사람들은 그것을 완전한 사랑, 순수한 사랑, 거짓 없는 사랑, 영원한 사랑, 지고지순한 사랑, 참사랑, 진짜 사랑이라고 말한다. 그 사랑은 그 어떤 사람도 속된 기준과 판단으로 재단하지 않는다. 그 사랑은 미워할 수 없고, 무조건 용서하지 않을 수 없다. 그 사랑을 배워라. 그 사랑을 닮아라.

그 사랑을 따라 온전한 사랑을 시도해 볼 뜻이 있는가? 그렇다면 성숙한 사랑의 단계를 탐구해야 한다. 사랑 자체가 기쁨과 행복을 빚어내는 원천이다. 자신의 행복과 기쁨을 위해서도 그 도전은 필요할 것 같다. 비록 완전에 이르지 못하더라도 사랑의 도전은 아름답다. 그러나 도전도 모험도 없는 사랑의 결핍은 불행이요, 방황이며, 고통이다.

# 사랑은 작은 몸짓이다

::

    사랑은 마음이며 마음을 여는 것이다. 마음은 행동으로 표현된다. 그 표현은 물질적인 것, 정신적인 것, 시간적인 것 등 다양하다. 결국 모든 표현은 정신적인 것이 바탕이 된다. 사랑의 표현은 사람의 마음을 열게 한다.

    사랑은 상대방의 존재와 가치를 높이 사는 것이다. 상대방에 대해 관심을 가져주고, 이해하며, 용서와 격려를 해 주는 것이다. 이것은 선물을 주는 것과 같다. 물질적인 선물도 있지만, 미소를 짓고 먼저 인사하거나 아름다운 말을 하는 것, 먼저 손을 내미는 것도 선물이 된다. 솔직해지는 것, 진리를 전해 주는 것, 반응을 보여 주는 것도 포함된다.

    모파상은 사랑에 관해서 이런 말을 남겼다.

    "사랑하는 대상을 보지 말고 사랑해야 한다. 미칠 듯이 사랑해야 된다. 보는 것은 이해하는 것이고, 이해하는 것은 경멸하는 것이기 때문이다."

예 기 치 않 은 선 물

제임스 F. 매스터슨의 〈참 자기〉에는 이런 말이 나온다.

"여자고 남자고 완벽한 사람은 없습니다. 따라서 어느 누구도 완벽한 관계라든가 완벽한 사랑법이라고 꿈꾸어 온 것에 따라 행동할 수는 없는 것입니다. 우리에게는 제각각 나름대로 부족한 점이 있고, 따라서 우리는 싫어도 실패를 인정하고 한계를 수용할 수밖에 없습니다."

그의 주장대로 온전한 하나를 이루는 과정에는 우열이 있을 수 없다. 남자나 여자나 둘 다 불완전한 존재이다. 둘이 합해서 하나가 되는 것에 주인이 따로 있지 않다. 서로가 각각의 몸이면서 하나의 마음으로 합해지면 공동의 주인을 두고 있는 셈이다.

사랑은 이해할 수 있는 것을 넘어서는 것이기에 상대방이 잘나서도 아니고, 돈이나 높은 지위 등 장점이 많기 때문에 하는 것이 아니다. 그와 같은 것은 사랑을 하는 것이 아니다. 시인 브라우닝은 〈오직 사랑을 위해서만〉이란 시에서 이렇게 묘사하고 있다.


당신이 날 사랑해야 한다면, 오직
사랑을 위해서만 사랑해 주세요. 그리고 부디
'미소 때문에, 미모 때문에, 부드러운 말씨 때문에
그리고 또 내 생각과 잘 어울리는 재치 있는 생각 때문에
그래서 그런 날엔 나에게 느긋한 즐거움을 주었기 때문에
그대를 사랑한다' 고는 정말이지 말하지 마셔요.

이런 것들은 그 자체가 변하거나 당신을 위해 변하기도 합니다.
그러기에 그처럼 짜여진 사랑은

그처럼 풀려 버리기도 한답니다.
내 뺨의 눈물을 닦아 주는 당신의
사랑어린 연민으로도
날 사랑하진 마셔요.
당신의 위안을 오래 받았던 사랑은 울음을 잊게 되고
그래서 당신의 사랑을 잃게 될지도 모르니까요.

오직 사랑을 위해서만 날 사랑해 주셔요.
언제까지나 언제까지나
당신이 사랑을 누리실 수 있도록
사랑으로 영원히.

사랑은 단지 '그 사람이기 때문에' 사랑하는 것이다. 그 사람과 기쁨을 나누고 서러움과 번민을 나누고 고통을 함께하는 것, 잘못이나 단점까지 다 받아들일 줄 아는 것, 그의 마음의 어두움까지 받아들이고 끝내는 그 사람을 위해서 목숨까지 바칠 수 있는 것이 참사랑이다. 그래서 사랑은 상대방을 아는 정도나 이해하는 정도에서 그쳐서는 안 된다. 미칠 듯이 사랑하려면 그의 내면의 영혼을 볼 수 있어야 한다.

영혼을 볼 수 있으려면 영혼의 눈이 열려야 한다. 영혼은 물질적 형상이 없으므로 영혼을 본다는 것은 사실 설명하기가 쉽지 않다. 그러나 영혼을 볼 수 있는 눈이 열리는 것은 사랑하는 사람만이 알 수 있고 누릴 수 있는 특권이다. 타인의 고통을 자기 것으로 삼아 함께 괴로워할 줄 아는 사랑은 훗날 가장 큰 기쁨으로 다가온다는 것만은 분명하다.

# 용서는 또 다른 사랑

::

　사랑에는 또 다른 두 가지 형태가 있다. 하나는 사랑할 수 있는 대상만을 사랑하는 사랑이고, 다른 하나는 미워하는 대상을 두지 않는 사랑, 원수 같은 사람을 용서하는 사랑이다. 이미 말했던 찾아가는 사랑에도 자기가 좋아하고 간절히 원해서 찾아가는 사랑이 있다면, 싫기도 하고 쉽게 마음이 내키지도 않지만 온전한 사랑을 이루기 위해 찾아가는 사랑도 있다. 그 사랑이 바로 용서이다.

　용서 없는 사랑은 사랑이 아니다. 사랑은 항상 용서라는 것을 품고 있다. 진정한 사랑에 이유가 없듯 진정한 용서에도 이유가 없다. 그러니 용서하려거든 속이 후련하게 용서하고 이유나 변명을 만들지도 찾지도 마라. 용서는 사랑만큼이나 순수 그 자체이다.

　사랑하는 사람의 결점을 두고 그 점이 사랑스럽다고 어여삐 여기지 않는다면 진정한 사랑이 아니라고 괴테는 말했다. 사랑한다는 것은 그 사람 전체를 사랑하는 것이다. 그 사람의 장점뿐만 아니라 단점까지도 모두 사랑하는 것이다. 그 사랑이 온전한 사랑이다. 그러므로 어느 한 면만을 사랑하는 것은 불완전한 사랑이다. 그 사랑은 어린 사랑이요 약한 사랑이며 불안한 사랑이다.

하나의 샘에서 단물과 쓴물이 나올 수 없듯 한마음에 사랑과 원한이 동시에 존재할 수가 없다. 용서하지 않는 것은 자기 마음속에서 미움이 더 크게 번식하도록 방임하는 것이며 마침내는 순수한 사랑을 몰아내도록 독려하는 행위이다. 미움이 자라면 악한 생각이 된다. 악한 생각은 죄의 하나이다. 악한 생각이 자리한 데서 사랑이 제대로 성장할 리 없다.

사람의 마음은 하나이다. 미움이나 사랑은 그 한마음을 다 차지하려고 서로 다툰다. 사랑은 미움도 자기와 같아지기를 바라는 속성을 가지고 있다. 사랑은 미움을 녹여서 사랑으로 바꾸기를 원한다. 그래서 사랑과 미움의 대결에서 사랑이 이기면 원수도 사랑할 수 있는 마음이 되는 것이다.

사랑할 수 없는 상황에서도 변함없는 사랑을 꿈꾸라. 사랑할 수 없는 사람을 사랑할 수 있을 때가 참사랑이다. 누군가를 미워하거나 원수 같은 생각이 든다면 지금 당장 조건 없이 용서부터 해 놓고 보라. "무엇에든지 남에게 대접을 받고자 하는 대로 너희도 남을 대접하라"는 성경 말씀은 용서의 법칙에 잘 적용될 수 있다.

우리 모두는 부족한 사람이며 사랑받아야 할 대상이라는 것은 진실이다. 허물과 잘못이 많아 용서받아야 할 대상이라는 것도 진실이다.

그 진실을 안다면 용서하는 것은 너무도 당연한 행위이다.

"형제가 내게 죄를 범하면 몇 번이나 용서하여 주어야 합니까? 일곱 번까지 해야 합니까?"라는 베드로의 질문에 예수께서는 "일곱 번뿐 아니라 일곱 번을 일흔 번까지라도 해야 한다"고 대답했다. 숫자를 떠나서 한두 번이 아닌 끝없는 용서를 강조한 것이다.

용서가 그만큼 쉽지 않기 때문일 수도 있고, 용서는 인간이 풀어야 할 절체절명의 과제이기 때문에 그렇다. 전혀 불가능해 보이는 것을 해내는 것이 용서의 모습이고 또한 사랑의 모습이다. 용서의 손익계산서를 한번 따져 보자.


1) 용서를 하지 않고 있는 것은 누구의 손해인가?

　답은, 바로 나다.

2) 내게 용서받지 못한 그 사람이 감정이 상해 계속 마음속으로

　갈등하고 분노하면 결과는 어떨까?

　답은, 그가 나에게 복수하려 할 것이다.

3) 내게 용서받지 못한 그 사람은 타인에게 어떤 영향을 끼치게 될까?

　답은, 분노가 분노를 낳는 상황을 만들어 갈 것이다.

4) 인류 역사상 위대한 인물들이라면 이런 상황에서 어떠한 태도를

　보일까?

　답은, 큰 그릇은 자질구레한 일로 자신의 귀한 시간을 낭비하지 않는다.

5) 용서하지 못하고도 품위 있는 사람이라고 자부할 수 있는가?

　답은, 거지꼴이다.

6) 용서하면 누가 얼마나 기쁘고 행복할까?

　　답은, 나와 그, 그리고 모든 사람이다.

7) 상대방이 자비를 구할 때까지 용서를 미룰 것인가?

　　답은, 아니다 즉시 용서해야 한다. 미루는 동안 내 마음이 그만큼 괴롭다.


　사랑도 때가 있듯 용서에도 기회가 있다. 어느 한 사람이라도 용서할 수 있을 때 용서하라. 아무도 용서하는 사람이 없을 때 당신이 먼저 용서하라. 용서는 진정한 용기이지만 자신이 축복을 얻을 수 있는 기회이다.

# 용서가 곧 복수였다

::

사랑을 잃게 하는 것은 무엇일까? 크게 두 가지라고 본다. 시기심과 증오이다. 시기심과 증오는 복수심을 낳고 복수심은 증오를 더욱 자라게 한다.

사랑에 조건은 없다. 그러나 사랑을 지키는 데는 몇 가지 조건이 필요하다. 차라리 사랑을 증명하는 데 필요한 조건이라는 말이 더 어울릴 것 같다.

예수는 원수를 사랑하라고 명령했고 오른편 뺨을 치거든 왼편도 돌려대라고 가르쳤다. 보통사람으로서는 실천하기 어려운 주문인 것 같다. 그럼에도 이런 용서를 실천해 보인 예가 있다.

오래 전에 상영된 영화 〈빠삐용〉을 기억할 것이다. 실화를 바탕으로 만들어진 이 영화의 주연배우는 스티븐 메킹이었지만 실제인물의 이름은 앙리 샤리에르였다. 그는 1930년 스무 살 되던 해 프랑스 파리 시내에서 술을 마시다가 우연히 주변에서 발생한 살인사건의 범인으로 지목된다. 이 사건은 세인의 관심을 끌었고, 담당 검사는 그가 진범이 아니라는 것을 알면서도 자기의 유능함을 보이기 위해서 앙리 샤리에르를 범인으로 지목한다. 그리고 다른 불량배들까지 동원하여 가짜 증인을 세워 사형선고를 받게 만들고, 1941년 누구도 살아 돌아올 수 없는 악마의 섬이라는 절해고도의 감옥으로 보내 버린다. 죄 없는 자가 억울한 누명을 쓰고 유배되는 뒤안길에는 악마 같은 검사가 있었다. 검사는 어느새 시민들의 입소문을 타고 영웅이 되었다.

영화 속에서 유배된 주인공 스티브 메킹은 결코 좌절하지 않는다. 억울한 누명과 삶에 대한 욕구로 몇 차례 탈옥을 시도하고 그때마다 체포되어 감옥으로 돌아오곤 했다. 결국 아홉 번째 탈옥을 시도하기 위해 다른 죄수 한 명과 함께 악마의 섬 절벽 위에 선다. 삼킬 듯이 용솟음치는 파도와 망망대해를 바라보면서 실낱같은 한 가닥 희망을 품는다. 동료 죄수 더스틴 호프만에게 같이 가자고 제안했으나, 혼자 가라는 거절의 말을 들을 뿐이었다. 스티븐 메킹은 혼자서 절벽 아래로 뛰어들었고, 더스틴 호프만은 손을 흔들어 주면서 이렇게 말한다.

"네가 아무리 이 악마의 섬을 탈출한다고 할지라도 네 마음속에 있는 감옥으로부터 탈출하지 못하면 너는 영원히 감옥 속에 있는 거야!"

영화는 여기서 끝나지만 실제 인물 앙리 샤리에르는 그 다음 인생을 계속 이어갔다. 그리고 〈빠삐용〉이라는 자전적 소설을 통해 그의 험난한 인생 여정을 세상에 알렸다. 앙리 샤리에르는 악마의 섬을 탈출한 이후 아르헨티나와 남미대륙을 전전하며 어마어마한 돈을 벌었다. 그리고 예순 살 되던 해 공소시효가 끝나자 프랑스로 돌아갔다. 자기 인생을

예 기 치 않 은 선 물

파멸시킨 검사와 거짓 증언자들에 대해 복수를 하러 간 것이다.

그는 8일 동안 파리에 머물면서 어린 시절 뛰어다니던 거리를 걸어 본다. 과거 사랑했던 여인의 집 앞에 가서 그녀의 사는 모습도 바라보고, 가족 친지들의 사는 모습도 지켜보다가 성경 한 구절히 10:30이 떠올랐다.

"원수 갚는 것이 내게 있으니 내가 갚으리라 하시고 또다시 주께서 그의 백성을 심판하리라 말씀하신 것을 우리가 아노니."

그는 복수를 포기하고 용서할 것을 결심한다. 그도 악인이 될 뻔한 상황에서 용서와 사랑의 천사로 변화된 것이다. 그리고 그는 이런 고백을 남겼다.

"나는 하나님께 이렇게 기도했다. 내가 복수를 포기한 대가로 다시는 이런 비극이 생기지 않도록 해 달라고···. 그리고 나는 나 자신에게 속삭였다. 너는 이겼다, 친구여! 너는 자유롭고 사랑받는 미래의 주인공으로 여기에 있다. 이 일에 관계된 모든 사람 중에 내가 가장 자유롭고 가장 행복한 사람이다, 친구여!"


참으로 멋진 용서이며 자유함이다. 상상할 수 없는 인생의 좌절을 딛고 일어서서 상상할 수 없는 용서를 한 것이다. 그의 용서는 사랑이 전제되지 않는다면 이루어질 수 없는 것이었다. 사랑과 용서는 한 묶음이다. 누구에게나 이런 한 묶음 사랑을 할 수 있는 능력이 주어져 있다. 용서의 벽은 사랑으로만 넘을 수 있다. 용서에 이유나 변명, 조건이 필요없다. 참 용서가 곧 참사랑이다,

# 사랑에 빚진 자

우리는 태어난 이후 거의 일방적인 사랑을 받아왔다. 생명은 거저 주어졌다. 시간과 만남은 공짜였고, 자유와 사랑도 대가 없이 얻었다. 그 사랑 때문에 지금 우리는 존재하고 있다. 또한 부모님으로부터 받은 사랑은 어떤가? 낳으시고 먹이시고 입혀 주셨다. 기르시고 자라게 하셨다. 선생님과 주위 어른들의 보살핌은 또 어떤가.

이렇게 우리는 도움을 받고 나서야 오늘에 이른 사람들이다. 알게 모르게 국가와 사회로부터도 각종 복지정책의 혜택도 끊임없이 받아왔다. 따지고 보면 대학을 졸업하고 사회생활 할 때까지 거의 30여 년을 완전히 남의 신세만 지고 살아온 셈이다.

사랑받은 만큼 효도로 보답하려 해도 30년이란 시간이 필요하다. 그게 어디 가능하겠는가? 갚을 길 없는 것이 부모님 은혜이다. 일가친척과 친구들의 사랑 또한 얼마나 많았는가! 자나깨나 거의 일방적인 사랑을 받아온 셈이다. 이래저래 우리 모두는 사랑에 빚진 자들이다. 오로

　　　　　　　　예 기 치  않 은  선 물

지 받고 또 받는, 받기만 했지 베풀 기회는 없었다. 그리고 앞으로도 여전히 타인의 사랑을 받게 될 것이다.

지금 당신이 가진 것은 무엇인가? 사람마다 다를 수 있겠지만 따지고 보면 별반 차이가 없다. 옷, 핸드백, 신발, 안경, 스마트폰, 책, 자동차… 이 모든 것들을 당신 스스로 만들어서 소유하고 있는 것은 아니다. 또한 오늘 아침 여러분이 먹은 밥과 반찬들 역시 직접 씨 뿌리고 가꾸고 수확한 것들이 아닐 것이다. 자신의 시간과 공을 들인 것은 거의 없다. 아마 단 한 사람도 스스로 만들어 입고, 마시고, 소유하지는 않았을 것이다.

우리의 삶을 채워 주는 대부분의 것은 내가 모르는 누군가에 의해 만들어졌고 배달된 것들이다. 얼굴도 이름도 모르는 수많은 사람들이 오늘 우리의 생존을 돕고 있다. 글로벌 세상이 된 지금 우리는 매일매일 전 세계 사람들에게 신세를 지고 있다.

생명을 지탱하는 일체가 우리 스스로 만든 것이 아니고 생명도 우리 스스로가 만든 것이 아니라면 결국 우리 인생은 처음부터 지금까지 빚진 것이다. 빚진 인생에서 무슨 빚을 받을 것이 있다고 그토록 화를 내며 떠들어 왔을까! 그간 보이지 않는 손길에 대해 단 한 번이라도 감사를 생각해 본 적이 있는가? 그동안 타인의 신세만 지고 대접받는 것에만 익숙해져 있기에 아직도 기회만 엿보고 있지는 않는가?

사람들은 이웃으로부터 계속 사랑과 도움을 받는 게 당연하다고 여긴다. 모든 것이 자기중심적egocentric이고 이기적egoistic이며 손익을 따지는 계산적인 사고에 젖어 있어서 그렇다. 어떤 사람은 공짜 좋아하는 습관에 찌들다 보니 성인이 되어서도 어떻게든 공짜만을 생각한다.

이런 사람이 도움을 청하는 사람에게 과연 진실한 배려를 할 의지가 있겠는가? 이런 사람의 관심은 오직 자신뿐, 남을 돕고 배려하고 사랑한다는 것은 생각할 겨를도 없다. 받기만 하려는 사람에게는 사랑과 배려란 억지 춘향 격이다.

그러나 이제까지 빚만 지고 지내온 인생, 앞으로는 빚을 갚고, 빛이 되는 삶을 살기를 권한다. 빚을 갚으려면 사람이 먼저 그 빚을 인정하여야 한다. 자신이 진 빚을 인정하고 그 빚을 베푼 모든 분에게 감사하는 것이 빚을 갚아가는 첫 번째 걸음이다.

그런 다음 지금 누리고 있는 아름다운 이 삶에 대해 감사를 직접적으로 표한다. 그것은 누군가를 위해 가치 있는 일을 하는 것이다. 그 가치 있는 일을 우리는 나눔과 베풂이라고 한다. 나눔은 이상적인 것이라서 물질과 재능뿐만 아니라 가치와 이상, 사랑과 평화를 나누는 것이다. 이렇게 해서 형성된 서로의 관계성과 의존성이 나눔과 배려로 인해 더욱 강화되고 마침내 공존과 공생을 이룬다.

빚을 갚는 길은 진정한 자신의 길을 걷는 것이다. 빚을 갚으려는 사람은 누구에게서든지 음식을 값없이 먹지 않고 오직 수고하고 애써 주야로 일하며, 아무에게도 폐를 끼치지 아니하려는 태도를 가져야 한다. 지금까지 받아온 사랑이 아무 조건 없이 주어진 것임을 기억하자.

이제부터는 빚지는 인생이 아니라 빚을 갚는 인생, 나아가 빚을 베푸는 인생이 되어야 한다. 가능한 빚을 지지 않겠다는 각오도 단단히 해야 한다. 이 세상을 떠날 때 빚쟁이란 이름을 남기지는 말자. 기대지 말자. 기대면 넘어진다. 추락한다.

　　　　　　　예 기 치 않 은 선 물

# 남他者을 위해 사는 존재

<br>

:·

　어느 해 가을 전라북도 장수군에 있는 사과밭에 갔다가 주렁주렁 매달린 사과나무를 보고 자연의 섭리에 감탄한 적이 있다. 당시 내 몫으로 지정된 사과나무는 나뭇잎이 다 떨어진 아주 연약해 보이는 한 그루였다. 그러나 주렁주렁 매달린 사과를 따서 상자에 담기 시작하자 이내 그 일이 재미있고 마음이 풍족해졌다.

　사과를 다 따내고 난 후 적잖이 놀랐는데, 그 연약한 사과나무 한 그루에서 무려 네 상자가 넘는 사과를 수확한 것이다. 이 작은 나무에서 네 상자라니! 작은 사과나무의 능력이 대단해 보이고 자연의 힘이 위대하게 느껴졌다.

　가뭄과 태풍의 모진 비바람을 견디고 병충해를 이겨내 결실을 맺게 하는 힘은 어디에서 오는 것일까? 이토록 많은 사과들을 한 나무에 매달려 있게 하는 힘은 누가 배려해 준 것일까? 여기 있는 나무들, 사과와 감과 포도나무들은 누구를 위해 열매를 맺은 것일까? 닭은 누굴 위해 알을 낳고, 돼지는 누굴 위해 꿀꿀대는가? 소와 말은 누굴 위해 힘을 쓰고, 오징어나 갈치는 누구를 위해 바다를 헤엄치며, 하늘의 새들은 누구를 위해 창공을 나는가? 나는 오늘 누구를 위해 여기 있는가?

봄날의 아름다운 꽃들은 스스로 보고 감상하기 위해 꽃을 피우는 것이 아니다. 자기가 아닌 다른 존재들, 벌과 나비, 사람을 위해 꽃피는 게 아닌가! 가을철 사과나무와 감나무, 포도나무 등은 스스로 먹이를 삼기 위해 열매를 맺었던가? 아니다. 누가 그 과일을 따 먹나? 결국 그 나무가 아닌 다른 존재들이다.

동물이든 식물이든 자연계는 스스로를 위한 것이 아닌 타자他者를 위해 꽃을 피우고, 열매를 맺으며, 모든 것을 내어준다. 어쩌면 그 존재 자체가 타자를 위한 것이다. 조류나 어류, 동물들도 자신의 온몸을 기꺼이 바쳐 타자의 생명의 일부가 된다. 나무들은 자기 자신을 위해 그늘을 만들지 않는다.

지구상의 모든 동식물이 각기 다른 것들의 생명과 존재에 밑거름이 되고, 번성의 원동력이 되는 데 기여한다. 각기 자기 존재의 목적과 역할이 있는 가운데 모두가 자기 아닌 다른 누군가를 위해 존재하는 것이다. 타자를 위한 존재의 목적을 잠시도 멈출 수가 없는 것이다. 자연에게 있어 섭리는 거부할 수 있는 것이 결코 아니다.

그러니 우리 인간도 자연 만물이 자기 생명의 한 부분임을 인정하며 헌신해야 하지 않을까. 이 오묘한 자연의 섭리는 사람에게도 마찬가지 아닌가.

예기치 않은 선물

세상을 살아가는 방법은 두 가지라고 생각한다. 하나는 자신만을 위해 살아가는 것이고, 다른 하나는 남을 위해 살아가는 것이다. 사람은 반드시 어느 누군가를 위하여 존재할 수밖에 없다. 그러니 조건 없는 사랑과 헌신으로 그 본분을 이루는 것이 마땅하다. 동식물들이 종족 보존을 위해서 겨루는 다툼 외에 무슨 아귀다툼을 일삼는 것을 본 적 있는가. 그러나 인간만이 이 섭리를 벗어나려 발버둥치며 인생을 찌그러뜨리고 세계를 위험에 몰아넣고 있다. 아마도 너무나 영특하고 이기적이어서 그러는 것이라고 생각한다.

　우리는 '~때문에' 존재함을 잠시도 잊어서는 안 될 것 같다. '~때문에' 라는 말은 원인을 제공하면서 동시에 목적지향의 뜻을 가지고 있다. 우리는 생명을 주신 그분 때문에 존재하고, 내 주변의 어느 분 때문에 존재하는 것이다. 산은 나무를 위해 존재하며, 바다는 육지를 위해 존재하고, 빛은 어둠을 물리치기 위해 존재한다. 또한 남자는 여자 때문에 존재하고, 여자는 남자 때문에 존재한다. 자식은 부모 때문에 존재하고 부모는 자식 때문에 존재한다. 인간은 자연 때문에 존재하고 자연은 인간 때문에 존재한다. 세상 만물은 서로 연계되어 존재한다.
　거기에는 의무와 책임이 있다. 그러므로 늘 스스로에게 물어야 한다. 너는 지금 왜 여기에 있는가를. 그 질문에 대한 답은 행동이다. 지금 당장 책임 있게 해야 하는 일을 찾아서 하는 것이다. 우리가 하는 일이 얼마나 크고 대단하느냐가 중요한 것이 아니다. 인생의 가치는 타자를 위해서 책임 있게 일해 나가는 과정에 있기 때문이다.

# Love is Giving

∷

　사랑의 실천방식에 대한 생각은 서로 달라서 여러 가지 형태로 나타난다. 흔히 말하는 give and take는 사랑을 일단 먼저 주고 후에 받겠다는 태도이다. 사랑을 해 오면 먼저 받고 난 후에 돌려주겠다는 take and give도 있다. 사랑은 아예 무조건 받고 또 받기만 하는 것이라는 유아적 수준의 take and take endlessly가 있는가 하면, 끝없이 주고 또 주는 give and give forever의 위대한 사랑도 있다.

　take and give나 take and take는 자기 이기심과 탐심을 채우는 것에 불과한 측면이 많기 때문에 가치 있는 사랑을 논하는 자리에 아예 넣을 수가 없다. give and take도 사랑의 범주에 넣기가 껄끄러운 면이 많다. 받고자 하여 주거나 혹은 주고 나서 더 많이 얻어 내겠다는 숨은 의도가 있다면, 그것은 단지 하나의 거래이며 이익을 증대시키려는 교묘한 상술에 불과할 뿐이기 때문이다.

　미국의 젊은 심리학자 애덤 그랜트는 베푸는 사람이 성공한다는 주제

　　　　　　　　　예 기 치 않 은 선 물

로 책을 썼다. 그는 《기브 앤 테이크》에서 사람의 유형을 giver, taker, matcher 세 가지로 구별했다. 베풀기를 좋아하는 살신성인형 giver와 준 것보다 더 많이 받기를 바라는 적자생존형 taker, 그리고 받은 만큼 되돌려 주는 자업자득형 matcher가 그것이다.

그 중에서 성공한 자는 giver라고 한다. taker는 사람을 이용하고, giver는 자기 시간과 에너지를 소진하는데, giver의 경우 녹초가 되어 성공의 사다리 밑바닥으로 추락하는 경우도 있다고 한다. 그러나 놀라운 것은 사다리 맨 위를 차지하는 성공자도 역시 giver가 많이 차지하고 있더라는 것이다. giver 중에 꼴찌를 하는 경우는 공짜 세력이 너도나도 매달려 뒤흔들어 놓았을 거라는 분석도 내놓았다. 재미있는 분석이다.

giver가 되는 것도 중요하지만, 사다리 맨 아래로 추락하지 않으려면 공짜세력이 누구인가 눈여겨보아야 할 것 같다. 그럼에도 giver의 정신, 곧 나눔과 배려는 인간의 존재 가치 문제와 직결된다. 이 정신은 인생의 성공과 행복을 위한 최고의 덕목이기도 하다.

옛날이나 지금이나 세상을 밝게 비추는 가치는 바로 give and give이다. 조건 없이 무조건적이며 일방적으로 주는 사랑이다. 조건이 붙거나 의도나 목적이 붙는다면 이미 순수성은 사라진다. 안중근 의사는 이익이 있는 것을 알게 되거든 의로움을 생각하라 見利思義고 했다.

옳지 않은 이익을 추구하지 말라는 뜻이다. 성경에도 giver의 정신과 태도에 관한 언급이 있다. "오른손이 하는 것을 왼손이 모르게 하라"는 말씀이다. give and give의 정신은 모든 면에 있어서 초월적이다.

일부 학자들은 앞으로 정신문화도 경쟁하는 시대가 올 것으로 예측한다. 미국의 예를 봤을 때 미국이 가지고 있는 경쟁력은 세 가지다. 첫째는 투표, 둘째는 기부와 자원봉사, 셋째가 사회적 책임을 지는 기업 육성이다. 미국의 한 해 기부금은 3,000억 달러, 자원봉사를 돈으로 환산하면 2,500억 달러쯤 된다고 하니 그들의 나눔 문화는 부러울 정도이다.

여기서 우리가 주목해야 하는 것은 저변에 흐르는 의식인데, 구제는 결코 베푸는 것이 아니라는 생각이 그것이다. 이 사상에 의하면 구제는 베푸는 것이 아니라 되돌려주는 것이다. 자기가 지니고 있는 재물과 재능일지라도 애초에 온전한 자신의 소유가 아니기 때문에, 베푼다는 생각은 애초부터 잘못된 것이다. 베푼다는 생각에서는 우월감과 교만이 싹틀 수 있기 때문이다.

어떤 사람은 나누는 것은 곧 자기 것을 빼앗긴다고 생각하는 경우도 있다. 그런 사람은 대가 없이 자발적으로 분배해야 하는 상황 앞에서 생존의 위기라도 닥친 것처럼 벌벌 떤다. 이는 불안이 깔려 있기 때문인데, 불안은 두려움이고, 내버려 둘수록 신경을 날카롭게 만든다.

이런 사람으로 가득한 세상은 빛이 없는 어둠의 사회요, 누더기 같은 악습만 더덕더덕 덧입혀진 더러운 사회이다. 나눔과 배려에는 진정한 사랑과 긍휼의 형제애가 필요하다.

예 기 치 않 은 선 물

# 제7부

# 감사와 행복은 무조건에 있다

---

감사는 기쁨의 근원

무조건 감사, 누구나 감사

가장 큰 축복, 가장 작은 감사

쌀밥도 칭찬을 좋아한다

행복은 무조건에 있다

세상은 과연 평등한가

멋진 인간관계로 꽃 피우기

작은 기도
::

사무엘 E. 키서


눈멀어 더듬더듬 찾게 하지 마시고
맑은 비전으로
언제 희망을 말할 수 있고
언제 한결 유익한 기운을 더할 수 있는가를
알게 하소서

불길이 약할 때
얇은 옷 차려입은 연인이 거기 앉아
여태껏 누려 본 적 없는 즐거움을 그려보는 때에는
살랑살랑 부드러운 바람이 불게 하소서

가는 세월 동안에는
무심코 내가 던진 말이나
내가 얻으려고 애쓴 노력으로 인하여
가슴 아픈 일도
두 볼이 젖게 하는 일도 없게 하소서.

# 감사는 기쁨의 근원

∷

　　감사도 인생에 있어서 귀한 선물이다. 당신은 귀한 선물을 받을 경우 어떤 반응을 보이는가. 먼저 감사하는 마음을 갖고, 그 다음 답례를 생각할 것이다. 관건은 어떠한 감사의 마음을 갖느냐와 무엇으로 답례를 표하느냐다. 감사를 느끼고 답례하려는 뜻을 품었다고 해도 하루 이틀 미루다가 답례할 생각도 잊어버리고 감사의 마음마저 잃어버리는 경우가 허다한 것이 우리의 현실이다. 비록 그렇지만 우리 인생 자체가 예기치 않은 선물이라고 생각하는 사람은 항상 감사하는 마음으로 성실히 살아감으로써 답례를 하려 한다.

　자기에게 생명을 선물로 보내 주신 분의 뜻에 맞게 살려는 삶의 태도는 그렇지 않는 사람의 태도와는 달리 질적 양적 차이가 발생한다. 감사와 답례는 그의 인생의 방향키가 된다. 그는 늘 감사하며 진실되게 살아가지만 그렇게 하는 까닭은 대가를 바라거나 의무라서가 아니라 오히려 기쁨을 맛보기 때문에 그리한다. 감사는 자기 자신의 아름다운 변화를 촉진시킴은 물론이고 다른 사람의 변화까지 이끌어 낸다. 감사에 감사를 더하는 삶이야말로 가장 아름다운 행복의 문이다.

만일 감사라는 표현은 했지만 내면에서 진정 감사함을 모른다면 어떻게 될까? 감사의 의미를 잃어버린 것이기에 이미 그것은 감사가 아니다. 선물을 주든 받든 마찬가지다. 감사는 표현하라고 주어진 것이다. 우리가 평소에 많이 사용하는 언어는 사랑, 믿음, 소망, 희망, 칭찬과 같은 단어들이다. 그에 못지않게 소중한 단어가 감사이다.

감사 다음에 찾아오는 것이 웃음꽃을 활짝 피우는 행복이다. 사람이 웃게 되면 엔돌핀의 약 4,000배나 되는 다이돌핀이 나온다고 한다. 엔돌핀은 사람을 긍정 에너지로 채워 준다. 다이돌핀의 파워는 개인의 운명까지도 바꿔 버릴 수 있다고 한다.

한바탕 크게 웃으면 인체의 650개 근육 중 231개가 움직인다고 한다. 몸 근육의 3분의 1이 움직이는 셈이다. 박장대소를 하면 5분 동안 에어로빅 체조를 한 것과 같고, 배꼽을 잡고 웃게 된다면 3분간 노를 젓는 것과 같은 운동효과가 있다. 다만 미소 지을 때에는 14개의 근육만이 움직이는 반면, 찡그리는 데는 72개의 근육이 동원된다고 한다. 그렇다고 운동량을 늘리기 위해 미소보다 찡그리는 쪽을 택할 필요는 없다. 얼굴을 찡그리면 마음까지 찡그려지고 마음이 찡그려지면 삶 전체가 찡그려질 수 있다.

어린아이들은 하루에 수백 번 웃는데 어른들은 겨우 6번 정도밖에 웃지 않는다고 한다. 대수롭잖게 여길지도 모르지만 사실 큰 문제이다. 아마 여러분은 어린 소년소녀들이 길을 가다가 바람에 흔들리는 꽃봉

예 기 치 않 은 선 물

오리를 보고 "와! 이 꽃 참 예쁘다!" 하고 감탄사를 터뜨리는 광경을 본 적이 있을 것이다. 그들은 바람에 갈대가 흔들거리기만 해도, 눈송이가 흩날리거나 빗방울이 떨어지기만 해도 감탄사가 튀어 나온다. 그러나 어른들은 나비가 날아도, 새소리가 들려도 거의 무덤덤하며 별다른 반응을 보이지 않는다.

왜 그럴까? 마음의 문은 닫히고 감사함을 모른 채 삶의 의미를 느낄 틈도 주지 않기 때문이다. 사느라 바쁘고, 생활고에 찌들어서 일상의 모든 것을 그저 그렇고 그렇다는 식으로 치부해 버리는 데서 오는 결과이다. 그러나 어린아이에게나 어른에게나 다가오는 날이 다르지 않으니 날마다 순간순간이 새롭지 않은가!

우리는 보통 감사할 일이 생겨야 기뻐할 수 있다고 말한다. 그러나 감사하는 것과 기뻐하는 일은 한 묶음이다. 인간 존재의 기쁨을 깨달으면 우리의 삶은 온통 감사뿐이다. 인간 존재에 감사하면 우리 인생은 온통 기쁨뿐이다. 이미 생명의 시작이 있을 때 기쁨이 있었다.

기쁨과 감사는 인생에 있어서 가장 큰 축복이다. 감사와 기쁨으로 감당하지 못할 일이 어디 있겠는가. 감사가 기쁨이 되기도 하지만, 기쁨이 곧 감사가 된다. 날마다 감사하고 기뻐하는 것은 우리의 생명과 삶이 큰 선물임을 믿기 때문이다. 기쁨과 감사가 넘치면 기도는 당연히 쉬지 말고 간구해야 할 축복의 비밀 통로가 된다.

"항상 기뻐하라, 쉬지 말고 기도하라. 범사에 감사하라." 어디서 많이 본 글귀일 것이다. 늘 마음속에 새기며 자기의 삶으로 만들어라.

# 무조건 감사, 누구나 감사

::

　인생을 바라보는 데 두 가지 관점이 있다. 하나는 인생은 축복과 은혜라는 것이고 다른 하나는 고통의 바다인 고해苦海라는 관점이다. 인생이 축복과 은혜라는 관점은 자신이 살고 있는 것이 신기하고 고맙다는 마음 바탕이 있는 것이고, 반대로 인생이 고해라는 관점은 어찌하여 내가 이런 인생을 살고 있느냐는 탄식과 비애가 깔린 탓이다.

　자기 삶과 생명이 거저 얻은 것이라고 느끼는 사람은 자신에게 주어지는 어려운 환경에 대해 손해라고 생각하지 않는다. 단지 고통스러운 순간이 있을 뿐, 이것도 하나의 선물로 치부해 버린다. 그러나 고해라고 느끼는 사람은 즐거운 순간에도 불안과 두려움 상처를 걱정한다.

　나는 인생이 재밌고 의미 있게 살다 가기 위해서 태어난 것이라고 믿는다. 물론 살다보면 뜻밖의 폭풍우가 휘몰아치는 고통과 시련을 겪어야 하는 때도 있다. 그렇다고 인생 전체가 고통의 바다라고 할 수 있을까. 짠맛이 있으면 단맛도 있는 법, 모든 물이 다 짠물은 아니다. 고통

　　　　　　　　　　　　　　　예 기 치　않 은　선 물

의 과정을 건너면 반드시 기쁨의 긴긴날이 찾아오는 모습을 보면 고통은 한순간에 지나지 않는 것이다. 그래서 인생을 고해라고만 하기에는 무리가 있다. 더욱이 고해라고 단정해 버리는 것은 희망을 부셔 버리는 것이고 고통을 가중시키는 일이다.

인생을 창조주의 은혜라고 기뻐하든 고해라고 비관하든 그건 당신의 자유이다. 그러나 우리는 행복하게 살아야 할 의무가 있다. 삶 전체를 통틀어서 지금 살아 있다는 사실만으로도 감사하며 기뻐하는 것이야말로 행복의 첫걸음이다.

누구나 맞게 되는 역경, 그 역경 앞에서 우리는 수없이 좌절한다. 그것을 이겨낼 길과 방법을 찾는 것이 최우선 과제이다. 그런데 역경을 이기는 길은 그리 멀지 않은 곳에 있다. 우선 당면한 고통과 고난의 상황에 대한 관점을 바꾸면 된다. 우리는 흔히 고통과 고난을 당했다고 말한다. 당했다는 말은 원하지 않은 것을 만났다는 의미를 부인할 수 없이 담고 있다. 그러니 당했다는 말은 지극히 피동적인 피해자적 반응이다. 사실은 고난을 당한 것이 아니고, 살다보니 만난 것이다. 길을 가다 보니 뱀을 만난 것이지 뱀과의 만남을 당한 것이 아니다. 그것이 우연이든 필연이든 만난 것이다.

만난 것은 잠시 머물다 지나가게 마련이다. 반드시 그렇다. 그러니 그 만남에 대해 당했다면서 더 큰 고통으로 스스로 가중시킬 것이 아니라 지혜롭게 스쳐 지나가면 되지 않겠는가. 그것은 일시적 만남이기에 이 또한 지나가리라고 확신할 수 있다. 불평하고, 원망하고, 비분강개하며, 좌절하더라도 지나갈 것이며, 담대함과 소망으로 미래를 보더라도 지나갈 것이다.

스스로 더 깊은 상처의 골짜기로 빠져 들어가게 만들 필요는 없다. 고통과 고난 속에는 기쁨과 행복의 씨앗도 한 묶음으로 들어 있다. 그 어떤 어려운 상황을 만날지라도 감사함을 가질 수 있다면 그것이 자산이다. 새로운 깨달음과 교훈 그리고 새로운 용기를 얻을 것이기 때문이다.

누구나 쉽게 할 수 있는 감사를 '누구나 감사'라고 한다면, 남들이 할 수 없는 어려운 상황에 처해 있는 가운데도 느낄 수 있는 감사를 '나만의 감사'라 하자. 보다 의미 있는 감사는 '나만의 감사'를 할 수 있을 때가 아닐까?

나만의 감사는 사실 강력한 것이다. 그것은 환경과 처지를 이겨낸 것이다. 대접을 잘 받거나 좋은 일이 생겨서 하는 감사는 누구라도 할 수 있다. 누워서 식은 죽 먹기처럼 쉽고 복잡하지 않은 일이다. 그런 감사도 소홀해서는 안 되겠다.

그러나 진짜 감사란 고난과 고통의 상황에 처했을 때도 감사할 수 있는 것이다. 고난과 고통 그 자체를 긍정으로 받아들이다 보면 결국 그렇게 되지 않을까? 그렇게 할 수 있는 것은 마땅한 감사가 밑바탕에 깔려 있기에 가능하다. 마땅한 감사는 내가 지금 살아 있음에 감사하는 생명과 존재의 의미를 깊이 깨닫는 데서부터 나오는 것이다.

예 기 치 않 은 선 물

# 가장 큰 축복, 가장 작은 감사

‥

    어떤 사람은 감사할 게 그리 많지 않다고 하고, 또 어떤 이는 모든 것에 감사하는 것이 어디 가능한 일이냐고 반문한다. 그럴 수도 있다. 아니, 그 말이 맞다. 그러나 자신의 생명을 큰 선물로 느끼게 되면 달라진다. 성급하게 말하자면 암에 걸려 죽어가는 사람에겐 단 하루라도 고통 없는 생명의 연장이 억만금보다도 더 귀하게 느껴진다.

    암병동에서 투병하는 이들이 고통 없이 하룻밤 잘 자고 나서 얼마나 감사하는지 아는가? 단 하룻밤인데도 온 세상을 다 가진 것처럼 기뻐하고 감사한다. 그러니 감사할 일은 먼 데 있는 것이 아니다. 내가 지금 가진 그 어떤 것도 감사할 대상이라는 사실만 깨달으면 된다.

    어느 날 하나님이 찾아와 장님에게 너의 가장 간절한 소원은 무엇인가, 그 소원을 들어줄 테니 하나만 말해 보라고 한다면 어떤 대답이 나올 것이라고 생각하는가. 그는 이렇게 말할 것이다.

    "돈도 권력도 명예도 세상 그 어느 것도 다 필요 없으니 단 한 번만이라도 내 눈을 뜨게 해 주십시오. 사람들이 아침마다 보는 것, 새날의 소망을 품고 솟아오르는 일출 광경을 단 한 번만이라도 바라볼 수 있었으면 좋겠습니다. 그것이 어렵다면 산 너머로 사라져 가는 붉은 노을과 저 멀리 수평선 너머로 하늘과 바다가 만나는 곳을 잠시라도 볼 수만 있다면 감사하겠습니다."

이런 식으로 귀머거리는 단 한 순간만이라도 좋으니 새소리와 바람소리, 그리고 파도소리와 사랑하는 사람의 목소리를 듣고 싶다는 소원을 말할 것이고, 벙어리는 내 입이 열려서 사랑하는 사람에게 "사랑합니다. 당신을 사랑합니다. 진정으로 사랑합니다. 감사합니다"라고 말할 수 있었으면 좋겠다는 소원을 고백할 것이다. 그들의 간절한 소원을 우리는 날마다 누리고 있다.

태어난 지 열아홉 달 만에 시각과 청각을 잃고 볼 수도 들을 수도 말할 수도 없게 된 헬렌 켈러는 《사흘만 볼 수 있다면》이란 책에 이렇게 썼다.

"들을 수 있다는 게 얼마나 고마운지 아는 사람은 귀머거리뿐입니다. 볼 수 있다는 것만으로도 얼마나 다채로운 축복을 누릴 수 있는지는 소경밖에 모릅니다. 특히 후천적인 이유로 청각이나 시각을 잃어버린 사람이라면 더욱 감각의 소중함을 절실히 깨닫습니다. 하지만 시간이나 청각을 잃어 본 적이 없는 사람은 그 능력이 얼마나 축복받은 것인지 제대로 알지 못합니다. 뿐만 아니라 그 능력을 충분히 발휘하지도 못합니다. 그들의 눈과 귀는 집중하지도 않고 감사하는 마음도 없이 그저 무덤덤하게 풍경이며 온갖 소리를 받아들일 뿐입니다. 무릇 가진 것을

예 기 치 않 은 선 물

잃고 나서야 그 소중함을 알고, 병에 걸린 다음에야 건강의 중요함을 깨닫는 법입니다."

이처럼 그들이 간절히 바라는 단 한 가지 소원을 당신은 모두 가지고 있지 않은가. 가장 큰 축복을 받고 있으면서도 가장 작은 감사를 느끼고 있는 것은 아닌지 다시 생각해 볼 일이다. 감동이 메마르기 전에 사막을 적시는 감격으로 살아가자. 오늘도 우리는 돌아오지 않는 날의 끝자락에 있지 않는가. 감사함을 소중히 여긴다면 얼마나 행복해질 수 있는지는 각자의 상상력에 맡기겠다.

들숨날숨의 숨결에 묻어나는 감사의 느낌을 찾아보라. 아마도 셀 수도 없이 넘쳐나게 될 것이다. 당신이 펼치는 손끝 마디마디에서, 발걸음 끝에서 일어나는 기이하고 놀랄 만한 일들을 세어 보라. 이것이 얼마나 큰 은혜인지를 깨달을 때 말할 수 없는 감사와 행복이 넘쳐날 것이다.

삶의 묘미는 가능하지 않다고 보여지는 일들을 가능하다며 실행하는 데 있다. 우리는 범사에 감사In everything gives thanks할 수도 있지만, 감사하기 이전에 먼저 기뻐할 수도 있다는 사실에 감사해야 한다.

# 쌀밥도 칭찬을 좋아한다

∷

멸종 위기 동물인 황금박쥐가 사는 전라남도 함평은 나비축제로도 유명하다. 이 나비축제는 지역주민의 소득 향상과 관광 홍보에 성공한 사례로 알려져 있다. 2008년 세계나비엑스포축제 준비자문위원으로 위촉을 받아 활동할 때의 일이다. 한 번은 자문위원 회의를 마친 후 군청 직원의 안내로 복분자술 제조공장에 들른 적이 있는데, 수백 평 되는 공장에 도착했을 때 다소 의아한 생각이 들었다. 공장 내에는 작업하는 사람도 없고 기계가 돌아가고 있는 것도 아니었다. 복분자술 원료를 담은 포대만 주변에 널려 있고 클래식 음악이 은은히 울려 퍼지고 있었기 때문이다.

"사람도 없고 공장 기계도 돌아가지 않는데 웬 클래식 음악입니까? 혹시 우리를 환영하는 의미로 틀어 놓은 것은 아니겠죠?"

그러자 공장장은 환하게 웃으며 이렇게 말했다.

"하하하, 환영의 의미로 받아 주시니 감사합니다. 사실 환영 의미까

예 기 치  않 은  선 물

지는 미처 생각지 못했습니다만…. 이렇게 클래식 음악을 틀어 놓으면 훨씬 맛좋고 색깔 좋은 복분자술이 제조됩니다."

"아니, 식물이 잘 자라도록 모차르트 음악을 틀어 준다는 얘긴 들어 봤습니다만, 그렇다고 보통사람들도 이해하기 어려운 클래식 음악을 무생물더러 들으라고 틀어 놓고 맛이 좋아진다는 게 도대체 이치에 맞는 건가요?"

"네, 이 방식은 이미 독일에서 확인된 연구 결과입니다. 확실히 술맛이 좋아집니다."

무생물이 음악을 듣고 술맛을 더 좋게 변화시킨다는 말이 완전히 이해가 되지는 않았지만 전문가의 얘기이니 믿을 수밖에 없었다. 나는 속으로 피식 웃으며 거짓말 같은 진실이라고 생각했다.

그런 얼마 후 MBC TV에서 말의 영향력과 파괴력에 관한 실험 결과를 담은 프로그램이 방송되었다. 조그마한 두 개의 유리병 속에 쌀밥을 넣고 각각 다른 말을 해 줄 경우 어떤 결과가 나타나는가를 확인하는 실험이었다. 실험 내용은 단순해서 한쪽 유리병에는 '감사합니다' 라는 긍정적인 말을 하고, 다른 유리병에는 '아이, 짜증나' 라는 불평불만의 말을 들려주는 것이었다.

계속 동일한 말을 들려준 4주 후에 나타난 결과는 놀라울 정도였다. '아이, 짜증나' 라는 말을 들려준 유리병 속의 쌀밥에는 새카만 곰팡이가 생겼다. 반면에 '감사합니다' 라는 말을 해 준 유리병 속의 쌀밥은 하얀 곰팡이가 약간 생겨난 정도였다. 이 실험 결과는 말 한 마디가 얼마나 큰 영향력을 미치는가를 보여 주었다. 이뿐만이 아니다. 일본에서는 물에 대해 똑같은 방식으로 실험한 결과 칭찬의 말을 들은 물이 사람의 몸에 이로운 육각수로 변화되었다는 결과도 나온 바 있다.

　이런 실험들에서 확인된 바는 첫째, 무생물도 말의 영향을 받아 큰 변화를 일으킨다는 점이고, 둘째는 무관심할 경우에는 최악의 결과가 나타난다는 사실이다. 아울러 음악은 동물에게도 영향을 미쳐 생산량을 증대시킨다는 점이다. 무생물이나 동물이 말의 영향을 받는 것이 이 정도라면 인간에게 미치는 영향은 두말 할 나위가 없겠다. 그러므로 사람에게는 감사와 칭찬의 말이 절대적으로 필요한 것이다.

　인간관계에서 그 누구도 소외시키거나 방치, 또는 무관심하게 대해서는 안 될 일이다. '밉다, 싫다'는 부정적인 말보다는 '감사와 칭찬'의 긍정적인 말을 자주 나누어야겠다. 혹시 관심이 있다면 직접 실험을 해 보라. 직접적인 체험을 통해 얻은 지식은 쉽게 잊혀지지 않는 법이니까.

　다만 한 가지 조건은 있다. 자기 자신에게도 실험하겠다는 약속을 스스로에게 하라는 것이다. 항상 자기 자신에게도 '감사와 칭찬'의 긍정적인 말을 자주 해 주도록 하라. 이제는 당신도 이 세상에 더 큰 행복의 영향력을 끼치는 인물이 될 수 있음을 확인할 차례가 되었다.

# 행복은 무조건에 있다

∵

　행복은 존재의 최종 목적이자 이유, 즉 최고의 선이란 말을 아리스토텔레스는 남겼다. 이와 상반되게 과학계에서는 생명체가 존재하는 이유는 행복이 아니라 생존이고, 행복은 생존을 위한 수단일 뿐이라고 말한다. 그런데 대학 캠퍼스나 직장에서 만나는 젊은이나 시민들은 행복한 삶을 가장 방해하는 것이 무엇이냐는 설문에 대부분 생존경쟁이라고 대답했다.

　그렇다면 어떻게 살아야 하는가는 분명해졌다. 행복하게 살기 위해서는 존재 목적의 이유를 찾고, 생존경쟁을 포기하는 삶을 살면 될 일이다. 그러나 인간은 행복하기를 원하면서도 그것에 장애가 되는 자기 상실의 생존경쟁에 매달리는 모순된 삶을 살고 있다. 행복은 자기 손안에 있다는 말이 공연히 있는 말이 아닌가 보다.

　사람들은 보통 행복을 돈이나 지위, 또는 성공과 연관지어 생각한다. 그리고 거의 모든 사람들은 인간은 무조건 행복해야 한다고 외친다.

맞는 말이다. 나는 행복과 불행은 종이의 양면과 같다고 생각한다. 한 부분이 행복이라면 다른 한 부분은 불행이다. 어느 순간이든 행복과 불행이 함께하고 있다. 진정한 행복을 찾기 위해서는 충분한 값을 지불해야 한다. 그저 고통 없이 즉석에서 얻는 해답만 찾으려는 것은 인간의 욕심이다. 그것이 항상 문제이다.

행복이 뒤집히면 불행이고 불행이 뒤집히면 행복이다. 어느 쪽으로 뒤집히느냐에 따라 달라진다. 뜻밖의 불행이 없는 것은 아니지만 세계에 대한 그릇된 견해나 잘못된 윤리와 생활습관에서 비롯된 불행이 상당히 많다. 어떤 사람은 자신을 선천적으로 행복과는 전혀 무관한 사람으로 여기는 경우도 있다. 그 사람은 인생 자체에 의미를 부여하지 않고 지루해하며, 인생을 그저 견디기 어려운 부담스러운 것으로 생각한다.

사람마다 느끼는 행복의 크기는 다 다르다. 행복은 매우 주관적인 것이라서 천차만별인 것은 당연하다. 따라서 행복의 크기를 잴 수 있는 척도는 없다. 굳이 사람이 느끼는 행복의 크기와 깊이를 측정하려 한다면, 만족도를 구하듯이 본인이 느꼈던 강도와 빈도로 표현할 수 있겠다. 대부분의 사람들은 행복에 대한 일종의 환상 같은 것을 가지고 있다. 이를테면, 단 한방으로 최고의 만족에 이르는 강도 높은 행복에 대한 기대감이 바로 그것이다. 자기는 물론 주변 사람에게까지 크게 영향을 미칠 수 있는 정도의 행복을 추구한다. 그러다보니 중간 중간 찾아오는 작은 행복은 제대로 누리지도 못한다.

행복한 사람과 행복 구걸자의 만족도는 전혀 다르다. 행복 구걸은 건강한 정신이 아닌 질병상태라고 할 수도 있다. 진정 행복을 추구하는 사람은 강도보다는 빈도를 중요시한다. 별것 아닌 것 같은 소소한 것에서 행복을 찾고 만족해한다. 이런 행복은 하루에도 여러 번 느낄 수 있는 행복이다. 나는 강도 높은 행복보다는 소소한 행복이 더 유익하다고 생각한다. 행복이 늘 주변에 함께하고 있다는 이야기다.

우리는 더 행복해지기 위한 방법을 얼마든지 찾을 수 있다. 행복을 위한 첫 걸음은 자신의 존재 가치를 느끼는 것이며, 자기 방식대로 사는 것Live and let live이 인생임을 인정하는 것이다. 그와 동시에 다른 사람의 의견이나 태도를 받아들이고 타인의 삶을 인정하는 것이다. 화목한 인간관계를 추구하는 사람의 눈에서 행복은 시작된다. 다시 말하면 비교와 경쟁의식을 버려야 한다는 것이다.

어떤 사람은 경쟁에서 이기는 것을 행복의 주요한 원천이라고 생각하고, 또 어떤 사람은 자신의 재능과 가치를 인정받는 것이 행복이라고 생각한다. 성취감이나 인정받는 것이 행복한 삶에 어느 정도 도움을 주는 것은 사실이다. 하지만 이것 역시 일정한 시점을 넘어서면 효용성이 떨어져 시들해지기 때문에 온전한 행복은 못되고 일시적 행복에 불과하다. 심하면 과거의 행복을 잊고 늘 불행하다고 느낄 수도 있는데 이러한 불행을 호소하는 사람은 어디를 가나 있다.

그 다음 걸음은 행복은 외적 요소의 영향을 받지 않는다는 사실을 확실히 인식하는 것이다. 학자들은 행복은 사회적 관계, 객관적 조건, 예컨대 학벌이나 외모, 소득, 돈 등은 행복과 관련이 적다고 말한다. 결국 행복은 생각이나 가치, 관념 등 머리로 통제하는 건 한계가 있고, 오직 경험에서 온다는 것이다.

세 번째 걸음은 자아의 굳은 껍질을 깨뜨리고 내적 행복 추구에 더 노력하는 것이다. 인간은 원치 않는 불행에 직면할 수 있지만 그 불행을 이겨낼 능력도 있다. 자기 영혼을 방황하게 하는 자기만의 편견과 악습, 관습, 고정관념과 같은 것을 정리할 수 있어야 한다. 최고의 선을 사랑하고, 자연과 평화를 존중한다는 등의 거창한 구호적 일 외에도 일요일에는 가족과 함께 시간을 보낸다든지 하는 간단하고 작은 일을 실행해 가는 것이다. 인간의 행복은 눈에 보이는 외형적인 것이나 무엇을 소유하는 데 있는 것도 아니고 모든 것을 갖추는 데 있는 것도 아니다.

네 번째 걸음은 부정적인 태도, 냉소주의는 건강을 해치므로 빨리 버리는 것이다. 불행한 사람들은 늘 자신이 불행하다는 사실을 자랑하듯 늘어놓는다. 그리고 불행의 원인을 다른 사람이나 주변환경 탓을 하고, 심지어는 우주의 본질로 돌려 버린다. 이런 현상은 인생의 방향과 목적을 찾지 못하고 곤경에 빠져 있는 사람에게 흔히 나타난다. 자신이 불행하다고 생각하기 때문에 세상의 불쾌한 현상들만 눈에 더 잘 들어온다. 그러다가 손가락질만 하는 냉소주의자가 된다. 낡은 관념에 매여서 절망과 후회에 빠진다. 새로운 세상, 밝은 미래를 보지 못하고 혼란한 시대를 사는 것이다.

행복의 반대인 불행은 개인의 건강을 해치고 인간관계에 상처를 준다. 또한 타인에게도 상처를 안겨준다. 그러나 불행은 개인의 힘으로 좌우할 수 있다. 사회의 힘으로 도울 수도 있다. 다만 행복해지기 위해서 그간 깨닫지 못했던 숨겨진 불행의 씨앗들을 완전히 뿌리 뽑겠다고 결심해야 한다. 곧 행복이 기다리고 있기 때문이다.

인간은 영원히 살 수 없는 존재이다. 인생의 기쁨과 행복은 삶의 현장에서 샘솟는 신선함 속에서 날마다 찾아 누릴 수 있다. 자기 성찰로 얻어지는 값진 지혜에서 행복의 실타래를 찾아 나서야 한다.

예 기 치  않 은  선 물

# 세상은 과연 평등한가

　　인류는 한 뿌리라는 근원적인 생각과 누구나 행복해야 할
권리가 있다는 점에 확신을 갖는다면, 굳이 인간은 평등한가 불평등한
가라는 논쟁은 처음부터 있지도 않았을 것이다. 모두 한 가족인 세상
에서 우열을 둔다든가 가진 자와 못 가진 자를 나눈다는 것은 형제애
를 말살하는 처사이다. 그런데 우리 사회가 심각한 갈등을 겪고 있는
것은 그 불평등이 도를 넘어섰다는 반증이기도 하다.

　인간 평등의 문제는 두 가지 관점에서 보아야 할 것 같다. 하나는 존
재 가치 측면에서, 다른 하나는 소유 물질 측면에서의 평등이다.

　존재적 가치로 따진다면 인간은 태어나면서부터 평등하다. 결코 우연
한 존재가 아니기 때문에 그렇다. 누구나 자신을 낳아 준 부모나 태어난
장소에 대해 불평등하다고 말하지 않는다. 설사 태어난 지역이 지진과
해일, 태풍과 토네이도가 잦고, 또 어떤 지역에서는 가뭄과 식량난, 한
파와 추위로 고통을 겪지만 원망하지 않는다. 모두 자연의 섭리에 순응

하며 주어진 환경을 극복하려고 온갖 지혜와 노력을 다할 뿐이다.

그러나 소유와 물질적인 측면에서 보면 불평등하다고 주장한다. 왜 사람들은 세상이 평등하지 않다고 느낄까. 삶의 터에 적합하지 않는 불평등한 환경과 조건이 가득 들어 있기 때문일까? 인간 사회의 한쪽에서는 과분할 정도로 소유욕에 집착하는 사람들이 있다. 가진 자가 더 가지려 하고, 못 가진 자는 눈에 들어오지도 않는다. 다른 한쪽에서는 가진 자들 때문에 못 가지게 되었다고 생각하는 사람들이 있게 마련이다. 한쪽은 무시나 경시를 하고, 다른 한쪽은 탓하며 시샘을 한다. 이렇듯 불평등은 소유와 물질에 관한 것이 그 원인이고 결과이다.

그렇다면 인간의 재능과 부富에 대한 불평등을 어떻게 설명할 수 있을까. 사실 DNA와 지문이 각기 다르듯 재능이나 재력도 다를 수밖에 없다. 사람마다 살아가는 방식이 달라서 소유와 물질에서도 다를 수밖에 없다. 불평등은 구조적으로 생겨날 수밖에 없는 것이 아닌가.

그럼에도 불평등을 심도 있게 논해야 하는 것은 인간의 존귀함 때문이다. 72억분의 1의 존재로 같은 시대를 살아가는 동행자들이기 때문에 불평등을 만드는 것은 신의 섭리에 어긋나는 일이다. 한 세상을 살다갈 나그네 인생이라면 이 세상의 어떤 재물이나 보화도 자기 것이란 없다. 이 세상에 머무르는 동안 잠시 빌려서 사용하는 사용권자일 뿐이다. 우리의 생명 자체가 선물인데 주인 노릇을 할 입장은 아닌 것이다.

인류 역사를 보라. 영원한 제국도, 영원한 부자도, 영원히 사는 사람도 없었다. 로마제국이 그렇고, 소련의 붕괴가 그렇고, 고려 말 온 땅을 차지했던 귀족들이 그렇다. 그 후손들이 그 땅을 얼마나 차지하고 있는지 보면 안다. 세계 역사상 가장 많은 땅을 차지했던 칭기즈칸도 자신의 고향인 내몽고를 중국에 내주고 있지 않는가.

이는 인간 탐욕의 무상함을 말해 준다. 동시에 가진 자는 조건 없이 나눌 생각을 하라는 교훈을 주고 있다. 세상은 조화로워야 하고, 그 조화는 분배를 잘 하는 것이다. 적절한 조화를 이루지 못하는 곳에 파멸이 뒤따르기 때문이다.

토마스 홉스는 《리바이어던》에서 자연은 인간을 신체적 기능이나 정신적 기능에 있어서 평등하게 만들었으며, 이런 능력의 평등으로부터 목적을 얻고자 하는 똑같은 희망이 생기게 되는데, 두 사람이 동일한 대상에 대해 소유하고 싶은 욕구를 가지나 양이 충분지 못해 서로 만족할 수 없을 때 서로 적이 된다고 지적했다. 가진 자가 못 가진 자에 대해 존재적 가치와 평등을 고려하기보다는 물질적인 우월을 탐한다면 적을 만드는 것이다.

만물의 영장인 인간 세계에서 적을 만들고 사는 것은 비극이며 합당한 것이 아니다. 부자의 넉넉함은 가난한 자의 부족함을 보충하여 균등하게 하라는 의무를 안고 있다. 그래야 많이 거둔 자도 남지 않고 적게 거둔 자도 모자라지 않게 된다.

불평등은 가진 자만이 해결해 주어야 할 문제가 아니다. 가진 자를 바라보는 못 가진 자도 불평등 원인의 한 부분을 제공하고 있지는 않은지 생각해 볼 일이다. 가진 자에 대해 지나치게 선망하거나, 아니면 그의 소유를 무조건 악한 것으로 보고 강제적으로 똑같이 분배해야 한다는 식의 생각 같은 것이 있느냐다. 사실 자연이 우리에게 주는 물질은 크게 부족하지도 않고 넉넉하지도 않다. 우리가 먹고 마시고 즐길 수 있는 것들은 한 개인의 생존에 필요한 분량이면 자족하기에 충분하다는 사실을 깨달아야 한다.

중국의 장자는 쥐새끼가 아무리 큰 강물을 마시려 한다 해도 그의 작은 배를 채울 수 있을 뿐이라고 말한다. 가진 자나 못 가진 자나 자신의 몫과 욕망의 분량 사이에서 나타나는 차이를 이해하고 욕망의 굴레에서 벗어나야 한다. 어리석은 인간의 눈에는 늘 남의 떡이 커 보이고, 자기의 분량은 충분하지 못하다고 생각한다. 가진 자나 못 가진 자나 자기 관점을 외부의 물량에 초점을 맞추는 것은 그만큼 자기 존재 가치를 망각하는 것이다. 서로가 존재 가치에 대한 의식이 박약해진다면 그만큼 서로 덜 행복해지는 것이다.

행복한 삶을 위해서는 태생적 다름을 불평등으로 오해하지 말아야 한다. 동시에 소유와 분배에 대해 객관적 평가를 할 수 있는 시각을 가져야 한다. 그리고 나눔과 배려가 항상 함께하는 이타적 가치관을 중요시할 필요가 있다. 불평등은 인간이 만든 그물을 치워 가는 노력으로 해결해 갈 수 있을 것이다.

# 멋진 인간관계로 꽃 피우기

∷

  행복을 결정짓는 요소로 성공을 말하는 사람이 있지만, 행복은 자신의 마음가짐과 인간관계에 있다.

  그러나 인간관계가 그리 쉽지만은 않다는 데 문제가 있다. 사람은 각각 독특한 존재이기 때문에 생각하는 것, 취하고자 하는 것, 행동하는 것이 다 다르다. 남이 다른 것처럼 나도 다르다. 다른 것, 즉 다른 사고와 가치관을 가진 사람끼리 마주쳐서 문제를 풀어간다는 것은 어려운 일이다. 게다가 사람은 기본적으로 이기적이고 자기중심적이기 때문에 적절한 중간지점을 만들어 간다는 것도 쉬운 일이 아니다.

  아첨하는 사람, 불평불만을 터뜨리는 사람, 달콤한 말로 속이는 사람, 약속을 잘 지키지 않고 거짓말을 잘하는 사람 등 인간의 형태는 너무도 다양하다. 악한 사람이 희생적으로 헌신하고 봉사해 주는 사람보다 더 많을 수도 있다. 대부분 자기 이익을 따라 움직인다. 오죽하면 미국의 재벌 록펠러가 어린 시절 아버지로부터 절대로 사람을 믿지 마라,

아버지까지도 믿지 말라는 교육을 받았을까 싶을 정도이다.

이런 험악한 과정에서 좋은 인간관계를 만들어 간다는 것은 참으로 어려운 일 같아 보인다. 그러나 인간사회는 그런 저런 사람들로 구성된 공동체이고, 그 공동체 속에서 서로 의지하며 살아가야 하는 존재이다. 그러므로 인간관계에 지혜를 발휘할 수 있도록 현명해지는 방법밖에 없다. 그렇다고 무슨 처세술 같은 책이나 소설 같은 이야기에 매달린다고 무슨 뾰족한 해결책이 나오는 것은 아니다. 인간의 존재 문제에 대한 근본적인 이해와 기본원칙을 가지고 있으면 된다.

첫째, 모든 인간은 각각 귀한 존재로서의 존엄과 가치를 인정받아야 한다는 원칙이다. 그 누구도 존재 이유나 목적을 갖지 않고 태어난 사람은 없다. 그러므로 언제 어디서 그들의 도움과 아이디어가 필요할지도 모른다. 사람을 직업이나 돈, 외모를 근거로 판단해서는 안 된다. 오직 그들의 존재 가치를 발굴하고 협력의 틀을 만들어 가야 한다. 특히 오늘 이 시대는 융합의 시대, 통섭의 시대, 콜레보레이션Collaboration의 시대라고 한다. 서로의 장점을 발굴하고 격려하는 것은 아름다운 세상을 위해서 필요한 덕목이다.

둘째, 최선을 다해 가장 좋은 사람들에게 가까이 가서 대화하고 배워야 한다는 원칙이다. 사람이 누구를 만나고, 무엇을 접촉하느냐는 매우 중요하다. 인생에 큰 영향을 끼치기 때문이다. 찾아가는 만남은 당신이 선택할 수 있는 부분이다. 인생의 기적이 만남에서 시작됨을 믿는다면 그 기적을 당신 스스로 선택할 수 있다는 이야기다. 옛글에 먹을 가까이 하면 검어지고近墨者黑, 인주를 가까이 하면 빨갛게 된다近朱者赤고

예 기 치 않 은 선 물

했다. 누구를 만나느냐에 따라 검어질 수도 있고, 붉어질 수도 있고, 하얀 모습 그대로 남아 있을 수도 있다는 것이다.

당신 역시 누구에게나 좋은 영향력을 끼치는 인격자가 되어야 한다. 친밀한 인간관계를 위해 좋은 대화 소재를 찾고 준비해야 한다. 좋은 책을 읽고, 좋은 음악을 들으며, 의미 있는 행동을 통해 경험한 것들을 나눌 수 있어야 한다. 인생은 의미를 찾는 과정이라고 하지 않는가. 당신이 먼저 훌륭한 인격자가 되어야 다른 사람에게도 변화를 줄 수 있다. 오늘도 어떤 새로운 기적의 만남을 이루어 갈 것인가를 고민하라.

셋째, 모든 인간은 인격적 존재로서 그 누구로부터도 무시나 백안시 당할 대상이 아니라는 점이다. 윌리엄 제임스는 《심리학의 원리》에 이렇게 썼다.

"사회에서 밀려나 모든 구성원으로부터 완전히 무시를 당하는 것이란 일이 물리적으로 가능할지는 모르겠으나보다 더 잔인한 벌을 생각해 낼 수 없을 것이다. 방 안에 들어가도 아무도 고개를 돌리지 않고, 말을 해도 대꾸도 안하고, 무슨 짓을 해도 신경 쓰지 않고, 만나는 모든 사람이 죽은 사람 취급을 하거나 존재하지 않는 물건을 상대하듯 한다면, 오래지 않아 울화와 무력한 절망감을 견디지 못해 차라리 잔인한 고문을 당하는 쪽이 낫다는 생각이 들 것이다."

그의 주장은 고독을 못견뎌하는 사람들로 가득한, 소외와 고통이 주제가 되는 현대사회에서 더욱 필요한 말이다. 사람이 사람을 경시하거나 무시하고 존재 가치를 무너뜨리는 것은 고문하는 것과 같다. 타인을 고문하면서 어떻게 자기 존재를 인정받을 수 있겠는가.

넷째, 깊고 견고한 신뢰를 바탕으로 하는 인간관계는 자기 희생에서부터 출발해야 성공할 수 있다. 무엇이든지 달라고 해서 주는 것과 달라고 하기 전에 주는 것은 차원이 다르다. 달라고 하기 전에 주는 것은 상대방에 대한 관심과 이해가 깊다는 것을 의미한다. 성경마태복음 5장에 이런 말씀이 있다.

"악한 자를 대적하지 마라. 누구든지 네 오른뺨을 치거든 왼뺨도 돌려대며 또 너를 고발하여 속옷을 가지고자 하는 자에게 겉옷까지도 가지게 하며 또 누구든지 억지로 오리를 가게 하거든 그 사람과 십리를 동행하고 네게 구하는 자에게 주며 네게 꾸고자 하는 자에게 거절하지 마라."

대단히 어려운 과제처럼 느껴질 수도 있다. 그러나 너무도 이기적인 모습에 익숙해져 있는 인간사회는 이 말씀을 마음판에 새겨두고 자신의 인간관계를 바라볼 필요가 있다. 모리배들처럼 자기 이익만을 추구하는 사악한 사람으로 변질될 수는 없지 않은가!

인간관계가 매끄럽지 못한 사람은 매사에 소극적이고 부정적이며 남의 탓만을 하게 된다. 이런 태도는 결과이기도 하고 원인이기도 하다. 아무튼 이런 태도는 남에게는 섭섭함을 안겨주면서 자신에게도 고통이 된다. 자기 마음이 좁기 때문에 세상을 품을 수가 없는 것이다. 혼자 살아갈 수가 없는 세상에서 외톨이가 되어 식물인간처럼 살아가는 것은 자기 고통만을 가중시킬 뿐이다.

# 제 8 부

# 당신은 당신을 소유하는가

**사랑하지 않음은**
: :
아나 크레온


사랑하지 않음은 괴로운 노릇
사랑하는 것 또한 괴로운 노릇
세상에서 가장 괴로운 것은
사랑에 냉정한 사람의 마음
사랑에는 명성도 상관이 없고
지혜도 성품도 소용없건만
황금과 돈만을 목표로 삼다니.

처음부터 돈을 좋아하는 녀석은
개한테라도 물려가거라
돈이라고 하면 형도 동생도
부모도 자식도 없다고 한다.
사람을 죽이거나 전쟁까지도
돈 때문에 일어난다.

그뿐인가
그 돈으로 해서 마침내는
우리의 사랑도 끝장이 난다.

# 혼돈의 사회, 어디까지 갈 것인가

∷

인간은 한 번뿐인 인생을 사는 존재이다. 그러기에 누구라도 당연히 한 세상 살아가면서 사랑과 기쁨이 넘치는 행복한 삶을 살기를 원하고 또 그래야 한다. 그것은 모두에게 보장되어야 하며 어느 누구만의 것이 되어서는 안 된다. 진심으로 서로의 행복을 위하는 것이 결국 자신을 위한 길이며 거기에 행복이 깃든다.

한 번뿐인 인생에서 사람답게 사는 것은 이 땅에 살아가는 이유와 목적을 깨닫고, 그리고 자기만의 사명감과 책임감을 가지고 올곧게 살아야 할 의무가 있다.

그러나 너무나 많은 삶이 본질에서 벗어나 있다. 올바른 가치를 지키며 살지 못하고 있다. 그들은 날마다 인생을 낭비하는 소모전을 치르는 중이다. 한동안 세계는 우리나라를 주목했고, 대한민국에 대한 칭송이 자자했다. 일본 침략 36년과 6·25전쟁을 치른 나라, 그 막다른 골목길에서 경제성장을 이루어 낸 것이 그 이유였다.

우리는 그것을 한강의 기적이라 했다. 대한민국은 세계 10대 경제대국, 런던올림픽 종합 5위, 2050소득 2만 불, 인구 5천만 명에 세계에서 일곱 번째로 등록한 강한 나라가 되었다. 허리가 두 동강난 반쪽 국가에서 가장 짧은 기간에 고도 성장을 통해 세계를 놀라게 한 것은 사실이다.

그러나 그것은 단지 외형뿐이었을까? 부끄러운 통계치가 연일 보도되고 있다. OECD 국가 중 자살률 1위를 10년간 지키고 있다. 이혼율도 1위, 성폭력, 청소년 사회의 집단 따돌림이나 욕설도 1위, 타인에 대한 의심이나 시기와 질투심까지 1위를 차지하고 있다. 우리나라 자살자 수는 매년 증가해서 연간 15,413명으로 34분당 1명이 자살하는 셈인데, 교통사고로 매년 사망하는 숫자 5,838명보다 더 많다.

자살을 앞뒤로 바꾸면 '살자'인데 자살을 택하다니. 어찌되었든 자살은 자기 자신을 살해하는 것이고, 자기 소유가 아닌 생명을 제 마음대로 처분했으니 그 생명을 주신 분께는 큰 죄가 된다. 사람이 자기 마음대로 살다가는 것 같지만, 이 땅에 오고 싶어서 온 것이 아니고 저 세상으로 가고 싶다고 자기 마음대로 가는 것도 아니다. 생명은 올 때도 갈 때도 창조주의 뜻에 의해 결정되는 것이다.

생명을 자기 임의로 처분할 수 있는 권한이 우리에게는 없다. 누구라도 고난을 극복한 뒤에 보람과 기쁨이 온다는 것을 적어도 이론적으로는 알고 있다. 그러나 자살 충동은 이러한 이론을 무너뜨려 버린다. 자살자의 70%가 우울증에 의한 것이라고 한다. 왜 우울증이 이토록 심할까? 우리나라가 어느새 우울공화국이 되어 가고 있다.

예 기 치 않 은 선 물

오늘 우리 사회에 대하여 진단 내린 정의는 정말 많다. 위험사회, 격차사회, 피로사회, 불안사회, 불통사회… 모두 우리 스스로 내린 정의定義이다. 그런데 거의 모두가 부정적인 정의라는 사실이다. 사회학자들도 정치가들도 종교인들도 모두 한입처럼 물질만능주의와 인간소외 현상, 생명경시 풍조, 직업윤리 상실, 안전 불감증, 양극화와 일자리 문제 등의 심각성과 위험성에 대해서 말한다.

그러나 좀처럼 달라지지 않는다. 왜 그런가? 결국 가치관이 바뀌지 않았고 행동이 없었다는 얘기다. 왜 위험사회이고 불통사회인지 근본 원인을 찾아내고, 어떻게 해야 한다는 대안을 제시하며, 먼저 행동으로 옮기는 사람은 적다는 말이다. 양심에 따라 끊임없는 자기 성찰의 시간을 갖는 사람이 적다는 의미이다. 부강한 나라란 군사력과 경제력에만 있는 것이 아니다. 정신력, 가치관과 함께 어우러져야 한다. 이성이 없는 동물들이야 그저 몸이 성하고 배만 따뜻하면 행복해한다.

하지만 인간은 그렇지 않다. 인간은 그것만으로는 부족하다. 현대사회에서 대부분의 사람들은 이러한 조건이 충족된 상태이지만 행복을 느끼지 못한다. 정말 행복해지기를 원한다면 관점의 변화가 일어나야 한다. 행복을 얻어가는 과정과 방법에 대해 일대 혁신이 일어나지 않고서는 사태가 뒤바뀌지 않는다. 그동안 개인과 가정의 행복을 가로막아왔던 것이 무엇인지, 그것을 과감히 버릴 수 있는지, 그리고 작은 행복이라도 날마다 누릴 수 있는 길을 택해야 한다.

# 먹기 위해 사는가, 살기 위해 먹는가

··

　사는 게 어떤가? 이 물음에 대한 현대인들의 대답은 한결같다. 하루하루의 삶이 혼란스럽고 고달프며 고통스럽다고 한다. 있는 사람은 있는 대로 없는 사람은 없는 대로 고달파한다. 청소년은 학교 다니는 것 때문에, 젊은이는 취업, 어른들은 돈, 노인들은 건강 때문에 그렇다고 한다. 모두들 외롭다고 한다.

　누가 이렇게 힘들게 만들었는가? 무엇이 살기 어렵게 하나? 인간이 만들어 놓은 환경 때문이요, 스스로 가둬 놓은 생각의 틀 때문에 그렇다. 말하자면 존재 가치보다 소유 물질에 더 큰 가치를 부여하고 있기 때문이 아닐까?

　학창시절 친구들과 가끔 엉뚱한 질문을 주고받은 적이 있다. 그 중에서 옳은 답을 찾기가 어려운 질문이 있었는데, 그것은 바로 살기 위해 먹는가, 아니면 먹기 위해 사는가였다. 따지고 보면 두 질문 모두 그럴 듯한 이유와 답변이 나올 수 있다. 그러나 사람이 사는 이유와 목적을

　　　　　　　　　예 기 치  않 은  선 물

말한다는 측면에서 두 질문 간의 거리는 결코 좁혀질 수 없는 것이다. 사고와 가치의 핵심기준이 너무 다르기 때문이다. 지금 우리 삶의 틀은 어디에 가까운가. 살기 위해 먹는가, 아니면 먹기 위해서 사는가?

먹기 위해 사는 사람은 본능 중심적인 사람이다. 그는 늘 유혹을 받으며 유혹을 한다. 그에게 있어 산다는 것은 본능의 충족일 뿐 다른 그 어떤 것도 아니다. 그는 유혹을 즐긴다. 그래서 인생을 파멸로 이끄는 유혹에 쉽게 노출되어 언제든지 포격을 맞을 수 있다. 그는 욕망의 노예가 되기를 거부하지 않는다. 그는 욕망의 충성스러운 노예이다. 무엇이든 소유하고자 하는 끝없는 인간 욕망은 그의 생존의 의미이다.

욕망에 따라 소유는 커져 간다. 온갖 퇴폐적이고 타락적인 것들이 거리를 누비며 유혹과 욕망의 불꽃들이 서로 맞닿을 때 파멸의 팽창은 시작된다. 윤리도덕은 땅에 떨어지고, 가치관들은 비틀거리며 병든 사회는 빈사 상태로 치닫는다. 쾌락과 돈과 물질, 그리고 성에 대한 욕망, 권력과 명예에 대한 절제 없는 욕망들이 만나 위기를 부르는 합창을 한다.

인간은 누구나 욕망이라는 이름으로부터 자유롭지 못하다. 그 중에서도 인생의 가장 핵심적인 기본 틀을 깨버리는 것이 성욕과 관련된 유혹들이다. 이성에 대한 호기심과 새로운 기대감으로 시작된 것이 절제되지 못하면 방종과 타락을 불러오고 결국에는 상처투성이 인생을 만들어 버린다.

공자는 40세를 불혹不惑의 나이라고 했는데, 이 경계선이 무너진 지 오래다. 요즘에는 이순耳順, 60이 되어서도 불혹에 이르지 못하는 것 같다. 불혹에 이르렀다는 것은 양심과 약속의 소리에 귀를 기울이고 따르게 됐다는 뜻이리라.

각 사람의 내면에는 양심이 있고 약속은 양심에 새겨진다. 양심은 태초부터 내려온 오리지널 가치일 수도 있고, 탄생 이후 최초로 얻은 가치일 수도 있다. 좋은 양심은 눈에 보이지는 않지만 흔들림 없게 자신을 세워 주는 기둥이다. 어떤 유혹이 있을 때나 옳지 않은 일과 접하게 될 때 양심은 소리를 낸다.

인간이 살기 위해 먹는 것은 약속을 지키기 위해서다. 약속이 곧 삶이기 때문이다. 약속이란 삶에 충만한 내용이며 본질이다. 인생은 크고 작은 약속의 연속이다. 연인과의 약속, 친구와의 약속, 자기 자신과의 약속, 대중들과의 약속, 신과의 약속, 공개적인 약속, 비밀스러운 약속, 구체적이고 형식을 갖춘 약속, 암묵적인 약속. 이런 약속들이 어떻게 반영되느냐에 따라 삶이 크게 달라진다. 그 중에서도 신과의 약속이 가장 중요한 의미를 갖지만 우리는 그 어떤 약속도 제대로 지켜내지 못하는 나약한 존재이다. 먼저 자기 자신과 약속이 얼마나 지켜지는지 생각해 보자.

이런저런 핑계로 지키지 못하는 비율이 50% 정도라면 괜찮은 편일까? 시간 계획에서부터 무엇을 이루겠다는 꿈과 비전에 관한 자기 약속들이 얼마나 지켜지는가? 꿈과 비전의 실천 계획들이 하루에도 몇 번씩 무너지는 소리를 들어왔을 것이다. 결국 약속은 지키는 것에 있다. 물론 어떤 약속이 인륜에 어긋나거나 자기 인생을 망치는 것임을 알아차렸을 때 내버릴 수는 있다. 그러므로 허튼 약속, 공허한 약속, 지키지 못할 약속을 하지 않도록 신중해야 한다. 양심의 소리를 외면하고 약속을 지키지 않아서 받게 되는 고통을 누구에게 이르며 또 어느 누구를 원망하겠는가!

예 기 치  않 은  선 물

# 숨겨진 소유욕의 정체

::

삶에 있어서 존재가 우선인가 소유가 우선인가 하는 문제는 거창한 철학적 명제에 그치는 것이 아니라, 오늘 우리가 직면한 시대적 고통을 극복하는 데 열쇠가 되는 관점이다. 앞에서 제기한 먹기 위해 사는가 아니면 살기 위해 먹는가에 대한 답은, 당신은 존재하기 위해 소유하는가 아니면 소유하기 위해 존재하는가라는 물음의 답과도 통한다.

무엇이든지 소유하려드는 인간의 모습과 사회적 환경을 눈여겨볼 필요가 있는데, 소유를 목적으로 하는 사람과 존재를 목적으로 하는 사람의 인생은 전혀 다르다.

에리히 프롬은 《소유냐 존재냐》에서 존재 가치를 놓치고 소유욕에 집착하는 인간의 모습을 잘 묘사하고 있다. 위대한 약속이 실현되지 못한 근거는 산업주의 체계에 내재한 경제적 모순들 이외에도 그 체계가 지녔던 두 가지 중요한 심리학적 전제들에서 찾을 수 있는데, 첫째는 삶의 목적은 행복이라는, 다시 말하면 최대치의 쾌락이라는 전제이다.

행복이라는 것을 인간이 품을 수 있는 모든 소망 또는 주관적 욕구의 충족으로 이해한 점이다극단적 쾌락주의. 둘째는 자기중심주의, 이기심, 탐욕-체계의 특성을 촉진시키는 특성들-이 조화와 평화로 통하리라는 전제이다.

프롬은 분석심리학 기법으로 문학과 언어, 관습의 변화, 학습과 독서, 대화와 기억, 사랑과 신앙생활에 이르기까지 인간 내면에 숨어 꿈틀거리는 소유 욕망을 파헤치고 있는데, 그가 문학에서의 예로 든 산책길에서 체험한 세 편의 시詩가 현격한 차이점을 보여 주고 있다.

먼저 19세기 영국 시인 테니슨은 꽃을 보며 소유 개념을 나타냈다.

갈라진 벽 틈새에 핀 꽃이여
나는 너를 그 틈새에서 뽑아내어
지금 뿌리째 손에 들고 있다.
작은 꽃이여- 그러나 만일 내가
뿌리째 너를, 너의 모든 것을 알 수 있다면
신과 인간이 무엇인지도 알 수 있으련만.

일본 시인 마쓰오 바쇼는 하이쿠란 시에서 이렇게 표현했다.

눈여겨 살펴보니
울타리 곁에 냉이꽃이 피어 있는 것이 보이누나.

예 기 치 않 은 선 물

테니슨은 꽃을 보고 뿌리째 뽑아서 꽃이 신과 인간의 본성을 파악하는 데 도움을 줄 수도 있으리라는 지적 사색으로 이어지지만, 꽃에 대한 관심은 꽃의 생명을 단절시키는 결과로 이어진다. 이에 반해 마쓰오 바쇼는 꽃을 꺾으려 하거나 건드려 보려고조차 하지 않고 알아보기 위해서 다만 눈여겨 살펴볼 뿐이라는 것이다.

또한 괴테는 〈발견〉이라는 시에서 관점의 차이를 극명하게 보여 준다.

나 홀로
숲속을 거닐었지
아무것도
찾을 뜻은 없었네
그런데 그늘 속에 피어 있는
작은 꽃 한 송이 보았지
별처럼 반짝이고
눈망울처럼 예쁜 꽃을.
그 꽃을 꺾고 싶었네
꽃이 애처롭게 말했네
내가 꺾여서
시들어 버려야 되겠어요?
하여, 꽃을 고스란히
뿌리째 캐어,
예쁜 집 뜨락으로

옮겨왔지
조용한 양지에
다시 심어 놓으니,
이제 늘상 가지치고
꽃피어 시들 줄 모르네.

에리히 프롬은 "바쇼와 괴테의 꽃에 대한 관계는 존재 양식으로 특징
지어진다. 지금 내가 존재라고 말하는 것은 무엇을 소유하거나 소유하
려고 탐하지 않고 기쁨에 차서 자신의 능력을 생산적으로 사용하고 세
계와 하나가 되는 그런 실존 양식을 의미한다"고 정의했다.

# 욕심이 탐욕에 이르기까지

::

    태초에 인간이 이 땅에 보내어진 때 생명, 즉 존재가 먼저였다. 생존에 필요한 물질과 같은 것들은 이미 주어져 있는 상태였다. 그러니 소유 문제는 아예 문제가 될 것도 없었다. 그러므로 존재가 먼저냐 소유가 먼저냐를 따져 물을 필요도 없다.

  인생의 우선순위도 당연히 존재 문제이다. 여기서 존재 문제란 다름 아닌 어떻게 하면 기쁨에 차서 자신의 능력을 생산적으로 사용하고 세계와 하나가 되느냐다. 따라서 존재적 가치를 최우선으로 하면 그것이 아름다운 인생, 인간다운 삶을 살아가는 길이다.

  문제는 우리가 존재보다 소유에 더 관심을 갖고 있는 데에 있다. 존재와 소유의 우선순위가 뒤바뀔 때 온갖 시련과 고통을 몰고 오는 광풍이 분다. 개인적이든 사회적이든 광풍을 일으키지 않으려면 인간 존재 자체가 목적이어야 한다. 존재보다 소유가 우선시되면 소유를 늘리는 데 급급해진다. 소유가 늘어감에 따라 만족감도 커져 가지만, 어느 순간에 존재에 대한 만족감은 저기 어두운 그늘 밑으로 숨어 버려 보이지도 않는다. 그럼에도 불구하고 소유욕은 여기서 멈추지 않는다. 그것은 점차 확대되고 마침내는 걷잡을 수 없는 탐욕이 되기에 이른다. 자기가 원하는 만큼 소유하고 있는데도 정함이 없는 재물에 소망을 두는 것이 삶의 현실이다.

도대체 탐욕은 어디서 오는 것인가? 굶어 죽을 것만 같은 기아에서 오는 것인가, 아니면 마음의 부패와 미움, 질투와 시기, 비뚤어진 생각에서 오는 것인가? 탐욕의 가장 큰 문제는 사랑을 잃는다는 것이다. 사랑을 잃는 것은 존재 의미를 잃는 것이고, 마지막에는 삶의 고통과 좌절을 가져온다는 점이다. 탐욕의 중심은 자신도 모르는 사이에 자리 잡고 있는 '더, 더'일 것이다. 더 많이, 더 큰 것을, 더 희소한 것을, 더 아름다운 것을…. 당신은 몇 개의 '더'를 가지고 있는가? '더'란 비교에 사용되는 부사로서 상대적인 평가를 할 때 사용하는 단어이다. 사물이란 모두가 상대적 가치를 지닐 뿐이다.

상대적 평가란 다변적이라서 그 가치가 시간에 따라서도 달라진다. 지금 눈앞에 있는 것이 당장 없는 것보다 훨씬 높게 평가되기도 하는 것도 바로 그런 이유이다. 미래를 포함하지 않는 가치 평가는 엄밀히 말해서 완전하고 올바른 것이라고 할 수는 없다. 보이는 가치뿐만 아니라 보이지 않는 가치를 반영했을 때 보다 더 정확한 가치를 평가했다고 할 수 있다. 그러나 탐욕에 있어서 '더'는 그저 수치화할 수 있는 것들이 그 대상이다. 가치평가가 눈에 보이는 것 위주로 된다는 뜻이다.

예 기 치 않 은 선 물

탐욕은 워낙 뜨겁고 파괴적이어서 사로잡힌 사람에겐 생명의 에너지로 착각되기 쉬우나 사실은 물질적·육체적 충족을 채우기 위해 발버둥쳤던 더러운 노폐물에 불과하다. 그 노폐물을 얻기 위해 피투성이 전투를 벌인다니 우습지 않은가! 돈을 더 많이 벌었다고 해서 더 많이 먹을 수 있는 것은 아니지 않는가.

　더, 더, 더는 한 마디로 남에게 보여 주기 위한 것, 속칭 폼생폼사다. 더 큰 차를 사려 안달하고, 더 넓은 아파트를 그리워하며, 심지어는 부정한 돈벌이도 서슴없이 한다. 그러나 그것은 시간과 에너지 낭비, 그리고 영혼을 해치는 혈투까지 벌인 결과치고는 짧은, 그것도 너무 짧은 한순간의 만족감을 줄 뿐이다. 우리 마음이 심히 부패되어서 자기 마음의 동기를 잃어버리고 '더' 의 욕망에 끌려다닌 결과이기 때문이다.


　탐욕은 자신에 대한 과도한 집착, 즉 결핍감에서 오는 경우가 많다. 사랑과 인정에 대한 과도한 욕구 때문에 자신의 결핍이나 열등감에서 우월감이나 소속감에 대해 강한 집착을 갖는 것이 탐욕의 원인인지도 모른다.

　진실로 돈과 탐욕으로부터 자유롭고 싶다면 청빈의 삶과 나눔의 삶을 목표로 하라. 청빈이란 가난한 부자, 곧 자족하는 삶이며, 나눔이란 돈을 열심히 벌되 모두가 남의 것이라며 무조건 절반 이상은 나눠 쓰겠다는 삶의 태도를 말한다. 이런 사람에겐 돈이 많으면 몸이 약해진다는 재다신약財多身弱이 아니라 오히려 돈이 많으면 강건해진다는 재다신강財多身康이 될 수도 있다. 나눔이 축복이 되기 때문이다.

# 당신은 당신을 소유하는가

::

질문 하나 하겠다. 당신은 누구의 소유인가? 당신의 주인이 누구인지 생각해 본 적이 없다면 이제라도 생각해 보라. 한 번도 자신의 주인이 누구인지 의식해 보지 않았다면, 주인 없이 살아왔다는 이야기가 될 수도 있다. 아마 대부분 자신의 주인은 바로 자기라고 대답할 것이다.

그것이 이른바 주체성이다. 단지 내가 여기서 말하고 싶은 것은 소유에 관한 개념을 짚어 보고자 하는 것이다. 내가 나의 주인이라면 즉 내가 나를 소유했다는 의미라는 것이고, 통상 우리가 무언가를 소유한다고 말할 때는 제3의 특정 목적물을 영구적으로 점유하는 것을 말한다. 또한 그 목적물에 대한 처분권도 함께 가지고 있다는 뜻도 포함된다. 물론 타인의 물건을 잠시 빌려 쓰는 일시적인 점유도 있다. 이때는 비록 소유권은 자신에게 없지만 마치 소유주인 것처럼 그 목적물을 사용한다.

이런 관점에서 자기 자신에 대해 자기가 자신을 소유한다거나, 스스

예 기 치  않 은  선 물

로를 소유주라고 말하는 것은 이치에 맞지 않다. 영문법적으로 생각해 보면 주격인 I가 목적격인 Me를 소유한다는 것인데, 맞는 말인가?

나 자신의 소유주는 내가 아니다. 그동안 우리는 자신을 스스로 소유하는 소유권자처럼 살아왔다. 하지만 사실상의 나를 소유한 주인은 따로 있다. 예를 들어 특정 생산물은 최초로 생산한 자의 소유가 된다. 그 이후 생산물은 이 사람 저 사람에게로 소유권이 이전된다. 그렇다면 나를 낳아 주신 이는 부모님 아닌가? 그럼 부모님이 나의 실질적인 주인이라야 맞다. 또한 부모님은 누가 낳으셨으며, 할아버지와 증조할아버지 내외분은 누가 낳으셨는가?

족보를 거슬러 올라가 인류의 조상인 아담과 이브는 누가 만들었는가? 창조주가 만드셨다. 그러니 나에 대한 1차적 소유주는 창조주이고, 2차적 소유주는 부모님이 된다. 그러므로 내가 스스로의 영혼과 육체를 만든 것이 아니라면 나는 나의 소유주가 될 수 없으며 소유권도 없다. 나는 당연히 자신에 대해 함부로 주인행세를 해서는 안 된다. 오직 소유주의 뜻에 순종해야 하는 것이 이치적으로 맞다.


〈미생물의 세계〉라는 주제 강연에서 한 생물학자가 강의 첫머리에 사람의 몸은 미생물의 서식처라고 전제하며 "체중이 100kg인 사람 안에 미생물이 차지하는 무게는 얼마나 될까요?"라는 질문을 던진 후 청중들이 어리둥절해하자 "10kg"이라고 알려주었다. 그의 주장에 따르면 우리 몸의 10%가 미생물들의 점령지라는 것이다.

만일 이것이 사실이라면 내 몸의 10분의 1은 이미 내 것이 아니다. 내가 미생물들에 대해 명령하고 책임을 묻고 징벌할 수 없으니 나의 지배를 받는 것이 아니지 않는가. 게다가 그 미생물들은 내 몸속 어디에 있든지 나의 입을 통해 영양분을 공급받아 생존하고 있을 터이니 도리어 대량의 미생물을 내가 양육하고 있는 꼴이 아닌가. 조금 씁쓸하지만 내 몸이 내 것 아닌 것은 분명하다.

학자들에 의하면 우리 몸의 일부가 미생물의 서식처가 된 스토리는 간단치 않다. 과거 공기 중에 산소가 거의 없었던 지질시대에는 산소를 싫어하는 혐기성 미생물이 창궐했었다고 한다. 그러다가 대기 중에 산소가 많아지면서 이 미생물들이 대거 피난처를 찾아야 하는 사건이 발생했고, 그 결과 동물들의 내장 속으로 숨어들어간 것이 오늘날 우리 몸이 미생물들의 주거지가 된 것이라고 한다.

그래서 가이아Gaia 가설을 주창한 제임스 러브룩 같은 학자는 지구를 지배하는 생물은 인간과 같은 고등동물이 아니라 미생물이라고 주장하기까지 한다. 이 세상에 내 것은 하나도 없고, 나는 나를 소유한 적도, 소유할 수도 없다는 이야기가 듣기 거북하거나 어색하지만은 않은 것 같다.

그래서 내가 나의 주인이라고 생각하는 것은 대단히 위험한 발상이다. 내 영혼과 육체가 주어진 것이라면, 이미 말한 것처럼 나를 나의 소유물이라고 생각해서는 안 된다. 자기가 자신의 주인이라고 생각하는 사람은 모든 일을 자기 마음대로 할 수 있다고 생각하기 쉽다. 스스로를 자신의 주인이라는 사고는 자기 기만이요, 위선적인 삶의 태도이다.

우리의 소유주는 우리에게 육체적 쾌락이나 음란, 자기 파괴를 하라고 생명을 준 것이 아니다. 오로지 소유권자에게 감사하고 효도하며 창작품답게 최고의 삶을 살아가라고 준 것이다.

예 기 치 않 은 선 물

# 내 재능의 주인은 따로 있다

::

어떤 젊은이가 사회적으로 이름을 날리게 되자 사람들은 그에게 성공했다고 박수를 보낸다. 한껏 우쭐해진 그는 자신이 대단히 똑똑하고 유능해서 성공한 것이라고 자랑을 늘어놓는다.

그것을 지켜본 어떤 현자가 두 가지 질문을 했다. 하나는 그 성공이 오로지 혼자의 힘, 즉 타인의 도움 없이 전적으로 자기 능력에 의한 것인가이고, 다른 하나는 그 똑똑하고 유능한 재능이 온전한 자기 것, 즉 원래 자신이 만들어 놓은 것인가였다. 젊은이는 아무 대답도 하지 못했다.

당신의 육체에 대한 소유권이 당신에게 있지 않다는 것은 이미 말했다. 당신의 생명과 육체가 창조주로부터 주어진 선물이라면, 재능도 그 선물 안에 포함된 것이다. 몸이 선물로 주어진 마당에 거기에서 나온 재능이 선물이라는 것은 지극히 당연하다. 그 재능과 아이디어로 만들어 낸 성과물 역시 온전한 당신 소유가 아니다. 당신에게는 소유권이 없고 다만 임시 관리자로서 주어진 재능을 활용하고 있을 뿐이다.

장군의 아들이 태어나면서 대령이 아니었던 것처럼, 재벌의 아들이 태어나면서부터 재벌회사의 사장이 아니었던 것처럼, 젊은이가 누리고 있는 경제적 풍요로움도 자신이 벌어놓은 돈이 아니요 부모님이 일궈놓은 혜택을 누리고 있는 것뿐이다. 그러니 장군의 아들이니, 재벌 2세니 하고 자랑하는 것은 어리석은 짓이다. 자기 성공에 대한 자화자찬도 천박한 허영심과 교만을 떠는 짓이다.

'나' 라는 존재는 몸과 영혼의 선물로 이루어진 객체이면서, 동시에 선물을 받은 주체가 되어 있다. 그러므로 성공의 기쁨을 누릴 수는 있지만 너무 자만하거나 과시할 것은 못 된다. 사람은 언제나 겸손해야 한다. 주위사람에 대해서, 선물을 주신 분에 대해서. 우리는 참으로 신기하고 기이한 존재로서의 의미를 갖고 기쁨과 영광을 누리고 있다. 우리의 사고와 가치는 언제나 내 인생이 주어진 선물이라는 데서부터 출발해야 하지 않을까?

소유주가 자신의 소유물에 대해 관리권과 처분권을 모두 갖는 것이 소유권이다. 소유주는 자기 소유물을 마음대로 팔아 버릴 수도 있고 남에게 빌려 줄 수도 있다. 또한 실컷 자기 뜻대로 사용하다가 용도폐기 처분할 수도 있다. 그런 의미에서 내가 나를 어떻게 팔고, 빌려 주고, 용도폐기 처분할 수 있다는 말인가? 내가 나를 소유하고, 소유권자가 된다는 것은 어떤 논리로 따져도 맞지 않는 말이다. 소유권이 없으면 처분권도 없는 것은 당연하다. 가정에서 한 가족이라 하더라도 자녀가 부모의 물건을 임의로 처분할 수 없다는 것과 같다.

자신이 열심히 노력해서 성공했다고 해도 그 성공이 순전히 자신만의 것이 아니라는 사실은 너무도 당연하다. 세계 일류 축구선수가 되든, 골프선수가 되든, K-pop 스타나 올림픽 금메달리스트가 되든, 그로 인해 유명해지고 많은 돈을 벌었더라도 모두 자기 소유가 아니다. 왜냐하면 그 성공의 조력자들과 후원하며 열광하는 팬들이 있기 마련이고 그 재능의 주인이 따로 있기 때문이다.

세상의 모든 고통과 비극은 모두 자기 자신과 세상 만물의 소유권에 대한 그릇된 인식에서 일어난다고 해도 과언이 아니다. 이를테면 자기 몸에 상처를 내는 일이나 과음하거나 음란에 빠뜨리는 것은 자기가 자신의 주인이며, 자신을 임의대로 처분할 권한이 있다는 잘못된 인식을 갖고 있기 때문에 일어나는 현상이다. 거듭 말하지만 자기 생명을 좌지우지하거나 자기 재능이라고 오만할 권한이 그 누구에게도 주어지지 않았다.

인간은 이 세상이란 무대 위에 선 배우이다. 배우는 감독의 뜻에 맞는 연기를 해야 한다. 어느 날 무대를 내려오라고 하면 그때 자기 연기를 마치는 것이다. 제멋대로 무대를 내려가는 것은 감독에 대한 반항이고, 관객에 대한 무시이다. 포도나무 가지가 포도나무에 붙어 있을 때 안전하고 생명을 유지할 수 있는 것처럼, 우리는 생명의 근원에 묶여 있는 존재이다. 그 감독의 지시에 따라야 한다.

# 두 잣대, 두 마음을 가진 사람들

::

　　인간이란 구조적으로 내면적 갈등 속에서 시달리는 존재이다. 거기다가 이익에 따라 수시로 변절하는 모순된 사고방식까지 가세하면 하루를 살아간다는 것이 대단히 힘들고 어려운 상황이 된다. 이런 곤경은 모든 사안을 자기 중심으로 보고 풀어가려고 하는 데서 비롯된 내적·외적 갈등 구조 속에서는 그 어떤 결정도 쉽지 않고, 약속 또한 지켜 나가기가 어려운 것은 당연하다. 수많은 주변환경과 변수들에 의해 마음이 흔들림을 당하기 때문인데, 두 마음, 이중적 잣대 때문이다.

　예를 들어 결혼할 딸과 아들을 가진 부모들은 이중적인 잣대를 보여준다. 사윗감을 고를 때는 딸의 손에 물도 묻히지 않을 대상이 넘버원이다. 반면에 며느리 후보감으로는 시집와서 가정부처럼 매일 집안을 쓸고 닦고 남편과 시부모에게는 무조건 복종하는 대상을 찾는다. 이뿐만이 아니다. 더 많은 혼숫감을 가져올 능력자를 좋은 후보자군에 포함시킨다.

우리나라 이혼율이 높은 것은 애당초 서로 과분한 대접받기만을 기대했기 때문이 아닐까? 이혼 후에도 여전히 두 마음이다. 함께할 때는 시들하다고 생각했지만 막상 헤어지고 나니 그립고, 그만한 사람을 찾아보기도 힘들다. 왜 이런 모순된 현상이 나타날까? 세상의 그 어떤 것도 자기 것이란 없다는 소유개념에 대한 정리가 되지 않은 까닭이다. 사랑을 베푸는 것이라 하지만 그 진실은 그렇지 않다. 사랑은 되돌려주는 것인데도 되돌려주지 않고 받으려고만 하면 갈등이 된다.

또 다른 예를 들어보자. 자신도 가끔 교통법규를 위반하면서 남이 위반하는 것을 보면 손가락질을 한다. 자신이 교통경찰에게 붙잡히기라도 하면 제발 한 번만 봐달라고 통사정한다. 그러나 남의 교통위반에는 왜 딱지를 끊지 않느냐고 비판한다.

이런 현상은 노사관계나 지역감정 등 집단활동이나 정치활동에서도 불거진다. 소위 보수와 진보라는 이름으로 각기 자기만의 잣대를 들이댄다. 따지고 보면 완전한 보수도, 불완전한 진보도 없는 것이다. 국가라는 큰 틀 안에서 국민의 행복을 위한 발전 방향을 모색한다는 점에서 그렇다. 국민은 안중에도 없고 자신들의 이익만을 앞세우고 있는 것은 두 마음, 이중 잣대를 갖고 있기 때문이다.

양심이 있다면 옳고 그름을 분별할 수 있는 이성이 있으나, 자기 명분과 지지세력을 대변한다고 아우성친다. 속셈이 각각 다르기 때문에 올바른 제3의 길이 있는데도 기어이 자기 주장만 고집한다. 양보도 없고 합리적 대안도 없다. 비판을 위한 비판, 반대를 위한 반대이다. 쿠바 혁명가 체 게바라의 시 〈이기주의〉를 보라.

우리가 그토록 바라는 세상이 오더라도
여전히 남아 있는 것은 이기주의

그것은 감기 바이러스와 같은 것이어서
늘 새로운 옷으로 갈아입고 전염시킨다.

전염 경로인 공기와 물을 없앨 수도 없는 일.
오직 마음을 개조시킬 수밖에 없는 일.

그것의 유일한 방법은 인류 최고의 무기인 사랑이다.
그 사랑은 만능열쇠처럼 어떠한 마음도 열 수 있다.

개인이 구조적으로 내적 갈등을 하고 있다는 점에서 보면 국가는 이루 말할 수 없는 이견의 소용돌이 속에서 휘청거릴 수밖에 없다. 본질을 놓치고 형식에 치우치는 모순된 태도는 언젠가 한 번쯤 몽땅 정리해야 할 것이다.

하지만 우선 이중적 인간의 모습을 100% 믿고 기대치를 너무 높게 가지지 않도록 해야 한다. 인간끼리 한 약속은 언제든지 깨질 수 있다는 점을 감안해서 지혜를 발휘하라는 의미이다. 이와는 반대로 아름다운 사회를 만들어 가려면 인간적 취약점을 감안해서 서로가 상대방을 먼저 이해해 주면서 공동의 목표를 향해 더 노력하는 모습을 보여야 한다.

예 기 치 않 은 선 물

# 제9부

# 목적이 이끄는 위대한 힘

|

**무엇이 깊을까?**
::
로제티


무엇이 무거울까?
바닷가 모래와 슬픔 중.

무엇이 짧을까?
오늘과 내일 중.

무엇이 약할까?
봄꽃들과 청춘 중.

무엇이 깊을까?
바다와 사랑 중.

# 껍데기 삶을 에워싼 허상

••

우리가 보고 입고 만지는 것들, 먹고 마시고 가지고 노는 것들은 한눈에 구별할 수 있는 형상을 가지고 있다. 그러나 이것들은 시차는 있으나 모두 사라져 버릴 것들이다. 일시적이고 한시적인 것이다. 우리 육신도 한시적이고 일시적인 것 중의 하나이다. 일시적인 것, 한시적인 것, 즉 본질이 아닌 것은 허상이다.

본질이 아닌 것은 우리가 살아가는 데 일시적인 욕구를 채워 줄 수 있을 뿐 인생의 근본문제를 해결해 주지는 못한다. 언젠가는 사라질 허상에 불과하기 때문이다. 그 허상을 붙들고 자기 인생을 완전히 새롭게 해 줄 영원한 가치라고 굳게 믿는 것은 잘못된 관점이다.

허상이란 상은 있으되 실체가 없는 것, 다시 말하면 그림자는 있으되 실효성이 없거나 극히 낮은 것을 말한다. 우리가 보고 입고 만지는 것들, 탐욕하고 증오하고 소유하려는 것들 그 어느 것도 형상은 있으나 금방 없어지지 않는 것들은 없다. 인간의 삶과 관계된 것들이 모두 그렇다. 아무리 중요시하더라도 결국 그렇다.

물질 위주의 삶을 사는 사람은 모든 것을 물질 위주의 시각으로 바라본다. 물질문명에 익숙해져서 보이는 것만을 보고, 보이지 않는 것은 인정하지 않으려 한다. 곧 허구의 세상을 벗어나지 못하는 것이다. 허상을 허상으로 보지 못하고, 진짜라며 착각하고 살기 때문이다.

우리 마음을 빼앗은 다른 모든 부질없는 것들을 무시할 수 없는 이유는 무엇인가? 헛되고 헛된 것을 피하지 못하고 완전히 끌려다니는 원인은 무엇인가? 우리의 문제는 의미 있는 것을 찾을 수 없다는 데 있지 않고, 바람을 잡으려 하듯이 헛된 것을 추구하려고 몰두한다는 점에 있다.

허상은 또 허상을 낳는다. 물질 중시의 삶이 습관화되면 물질만능의 인생관을 만들어 버린다. 눈에 보이는 것만을 보고, 손에 만져지는 것만을 인정하려 든다. 결국에는 허구의 세상을 벗어나지 못하는 절름발이 반쪽인생을 만들어 버린다. 우리의 삶 속에서도 보석이나 황금, 다이아몬드 같은 물질에 온갖 관심을 기울이면서 정작 인간 내면의 가치들을 놓쳐 버리고 있지는 않은지 돌아볼 일이다. 우리가 현명해지는 것은 세상 사람들이 생각하고 가치를 두는 것과는 정반대의 다른 사고를 할 수 있어야 한다.

예를 들어보자. 집안에서 놀던 어린아이가 부주의로 어항을 깨뜨렸다면 두 가지 반응이 나올 것이다. 하나는 어린아이를 중요시하는 반응이다. 어항 깨지는 소리를 듣는 순간 아이한테 먼저 달려간다. 그리고 "다친 데는 없니? 무척 놀랐겠구나" 하며 안심시킨다. 다른 반응은 어항이 깨진 것이 안타까워서 어린아이에게 화를 내며 야단을 치는 것이다.

예 기 치 않 은 선 물

"늘 조심하라고 그랬잖아! 이게 얼마짜린지 알아?" 아이의 인격을 무시하는 막말과 손찌검까지 하며 상처를 입힌다. 어항은 다시 살 수 있지만, 어린아이의 상처 입은 마음을 회복시키는 일은 쉽지 않다. 여기서 우리는 본질을 놓치고 비본질에 얽매인 어리석은 부모의 모습을 보게된다.

허상과 비본질에 삶의 가치를 두고 있는 한 우리는 계속 무거운 짐을 더하게 될 것이다. 눈에 보이지 않는 이 무거운 짐들이 우리를 끝없는 미로로 밀어 넣고 있기 때문이다. 우리의 희망을 짓누르고, 자신 없는 미래를 가로질러 놓고 불확실하게 만든다. 불평과 비평, 좌절과 핑계로 얼룩진 그늘은 다시 무거운 짐으로 되돌아온다. 우리가 모순된 삶의 태도를 가지고 있음을 말해 준다. 대부분이 스스로 빈 공간을 채워 온 것들이기 때문에 그렇다.

# 불안과 고통에서의 탈출 : 일체유심조

∷

우리는 "세상만사 마음먹기에 달려 있다"고 곧잘 말한다. 한 자어로는 '일체유심조一切唯心造'다. 일체 만법이 오직 이 한마음에 있다. 즉 모든 것현상은 마음이 만들어 낸다는 의미이다. 살아가는 지혜를 깨우쳐 주는 말이다.

우리는 '마음을 먹을 수 있는 것'으로 본다. 다분히 소유 개념이다. 마음을 먹되 어떻게 먹고, 먹어 버린 마음을 어떻게 소화해 내느냐다. 먹을 수 있는 그 마음은 어디에 있는 것일까. 사실 마음은 실체가 없다. 느낌과 생각, 감정을 담는 무형의 그릇일 따름이다.

마음은 생각을 만들어 잠시 붙잡아 두었다가 일시에 날려 보내 버리는 허상을 담는 그릇과도 같은 것이다. 어찌 보면 딱딱한 음식물을 삼키는 것보다 마음을 먹는 게 오히려 쉬운 일 같아 보이기도 한다. 그러나 마음은 그 어떤 것도 먹을 수 있고, 또 조작할 수도 있는 자유자재의 능력을 갖고 있기 때문에 고통일 수도 있고, 해탈일 수도 있는 것이다.

《삼국유사》에 신라 때 원효대사가 당나라로 득도의 법을 구하러 가다가 도중에 일어난 일이 기록되어 있다. 원효는 한밤중에 목이 타는 갈증을 느끼다가 곁에 있던 바가지의 물을 단숨에 들이키고 아주 기분 좋게 잠이 들었다. 그런데 다음날 아침에 깨어나 보니 바가지로 알았던 것은 해골이었고 달게 마신 물은 해골 속에 있던 썩은 물이었다. 구역질이 나고 기분이 상할 대로 상하였다.

그 순간 원효는 모든 것이 마음먹기에 달려 있다는 것을 깨달았다. 목마름을 해갈해 주는 물맛의 시원함을 느낀 마음이나, 다음날 해골바가지를 보고 구역질을 했던 마음이나 모두 그의 한마음이었던 것이다. 그는 인생의 이치를 깨달은 이상 당나라에 가서 더 배울 필요가 없다고 생각하고 되돌아가 원효사상의 기틀을 마련했다.

이처럼 모든 것은 한마음 안에서 비롯되고, 그 어떤 것도 마음먹기에 달려 있다. 어떤 사건, 상황에 접했을 때 그것에 대해 생각하고, 판단하고, 결정할 수 있는 능력이 우리에게 주어져 있다는 뜻이다. 다시 말하면 마음은 긍정적이냐 부정적이냐, 마음을 먹느냐 안 먹느냐, 마음을 비우느냐 비우지 않느냐와 관계가 있다. 일체유심조에 대한 깊은 의미를 깨닫는 것은 곧 행복과 평강의 삶을 만드는 길이다.

그러나 마음을 먹기 위해서는 먼저 마음心性이 고와야 한다. 마음이 곱게 되려면 아름다운 생각과 그 근원이 있어야 한다. 아름다움을 추구할 근원은 자연과 함께 있으며, 세상의 이치 속에 숨어 있다. 그러니 영혼의 세계가 평강일 때 마음에서도 평안이 올 수 있다.

마음이란 너무 자유로워서 때로는 우주를 넘어서고, 때로는 우리 내면의 깊숙한 곳을 염탐하기도 한다. 그래서 그런지는 몰라도 어떤 때는 내 마음과 생각의 주인은 나 아닌 다른 누구인 듯 보여지는 때도 있다. 육체의 모든 행위가 갈팡질팡 혼잡스러워한다. 무엇이 그렇게 장난치고 있단 말인가. 내 생각을 내 맘대로 할 수 있을 것 같은 착각을 하도록 만들기도 하고, 때로는 내 생각을 내 맘대로 할 수 없는 것처럼 보이게 하는 그 실체는 무엇일까.

오직 육체만이 '나'라고 생각하는 것에 혼돈의 시작이 있다. 마음에 욕망이 가득 차면 헛된 망상이 함께하며 우리 몸과 마음을 어지럽힌다. 고통의 대부분은 욕망에 근거한다. 욕망은 결코 만족을 채워 줄 수 없으며, 고통의 문제를 해결할 수 없는 것이다. 욕망의 파이를 키워 보라, 고통의 파이도 커질 것이다. 마음의 크기를 키워 보라, 문제 해결의 크기도 커질 것이다.

그러기에 에고의 삶에서 보는 현상계의 모든 것, 즉 보고 듣고 느끼는 감정 등이 모두 마음이 만들어 놓은 허상이고, 현상계 모두는 환영이다. 삶이 잠시 꾸는 꿈과 같다. 삶이 그대를 속일지라도 결코 노하거나 슬퍼하지 말라는 푸시킨의 시 한 줄처럼 지금의 이 삶이 바로 또 다른 꿈이다.

슬픔도 기쁨도, 고통도 모두 마음먹기에 달려 있다. 무조건 현실에 자족하며 살아가는 것이 삶의 비법이라는 것이다.

고통과 불안을 모두 버릴 수 있다면 얼마나 홀가분하겠는가. 참다운 삶을 위해서는 버릴 것은 버릴 수 있어야 한다. 그리고 새로운 시작을 도모해야 한다. 그것이 진실을 위한 용기 있는 결단이 되기 때문이다.

예 기 치 않 은 선 물

# 빈손으로 왔다 빈손으로 간다

::

　앞에서 시작과 끝을 알면 더 멋지게 살 수 있을 거라고 말했다. 시작이 생명의 탄생이었다면 끝은 죽음이다. 두 시점 사이에서 성취할 수 있는 일들의 질과 양이 전혀 다를 것이라고 했다. 그 핵심이 생명의 시작과 끝에 공통적으로 적용되는 하나의 관점을 이해하는 것이다. 흔히 말하는 '인생은 빈손으로 왔다가 빈손으로 가는 것空手來空手去'이라는 사실을 깊이 이해하는 일이다.

　혹시 태어날 때 손에 무엇 하나라도 들고 온 게 있는가. 몸에 실오라기 하나도 걸치지 않았다. 알몸 그대로 빈주먹만 불끈 쥐고 왔을 뿐이다. 내 영혼 안에도 오물과 같은 거추장스러운 것은 하나도 없었다. 순수하고 깨끗한 오리지널 자아만 있었다. 내 몸의 안팎이 온통 비어 있는 빈 공간뿐이었다. 하늘을 마음껏 날아다니는 비둘기처럼 거추장스러운 것이라고는 단 하나도 걸친 게 없었다. 그래서 가장 홀가분한 때가 바로 그때였다고 말해도 좋을 것 같다.

인류 역사 이래 철학자들이 한결같이 연구했던 대상은 인생의 시작과 끝, 곧 공수래공수거 삶을 어떻게 살아가느냐에 있었다. 사람은 홀로 빈손으로 왔다가 어느 날 홀연히 빈손으로 떠나가야 하는 나그네다. 그런데 왜 그토록 어렵고 힘들게 살고 있느냐의 문제였다. 자연이 거저 주는 것들만으로도 한 세상 살아가기에 충분하다. 그런데 왜 인생이 행복하지 못하고 불안해 하는가? 왜 마음에 무거운 짐을 잔뜩 채워 놓고 힘들어 하는 것일까!

올 때의 빈손 그대로를 감사하다고 생각한다면, 혹시라도 그 사이에 쥐게 된 것들을 지금이라도 비우기만 하면 최상의 삶이 될 텐데 왜 비울 수 없는 걸까. 마음은 애초엔 아무것도 없는 비워 있는 상태였다. 실제로도 무얼 채울 수가 없는 것이다. 그런데 그 마음을 비우려 하면 왠지 모든 것이 무너져 버릴 것 같고, 더 외롭고 고독해질 것 같다고 걱정이 되어서 그런가?

그 고독에서 벗어나려고 하면 할수록 더 외로워질 것이다. 인생은 어차피 혼자 왔다가 혼자 가는 길이기 때문이다. 똑같은 처지에 있는 누군가에게 말을 건네 본들 일시적인 위로는 얻을 수 있을지언정 해답을 찾을 수는 없다. 인간으로 살고 있다는 것을 확인하고 싶어서 결혼도 하고, 친구를 사귀기 위해 각종 모임에도 열심히 나간다. 계속 무언가를 주워담고, 확보하고, 관계를 맺고, 동여매려 한다.

그러나 전도서는 "헛되고 헛되며 헛되고 헛되니 모든 것이 헛되도다. 해 아래에서 수고하는 모든 수고가 사람에게 무엇이 유익한가"라고 묻고 있다. 족한 줄 알면 그만인 것이다. 빈 공간을 소유로, 탐욕으로, 완벽함으로, 완전함으로, 미워함으로, 원망함으로, 도둑질함으로 채우는 것이 참다운 인생이 아니다. 가장 완벽하고 완전하며 안전한 것은 소유를 팔고, 잔을 비우고, 나를 내려놓는 것이다.

　당신과 나 사이에는 무엇이 있는가? 빈 공간이 있을 뿐이다. 사람과 사람 사이, 인간과 자연 사이에도 오로지 빈 공간이 존재할 뿐이다. 그 빈 공간에 눈에 보이지는 않지만 생명을 살리는 공기와 산소 그리고 바람만 있을 뿐이다. 그 빈 공간은 마음의 공간이며, 생각의 공간이기도 하다.

　비우고, 비우고, 또 비워라. 그날에 날아갈 것 같은 삶을 펼칠 수 있을 것이다. 비우려고 해도 비워지지 않는 것은 가짜 자아가 자리 잡고 있기 때문이다. 가짜 자아를 이기는 방법은 참 자아에 가까이 가는 것이다. 가장 비우기 어려운 '죽으면 죽으리라'에서부터 시작해서 '비우면 비워 있으리라', '없으면 없이 있으리라'고 마음을 정리해 두면 더 자유로울 수 있지 않을까?

　서로 물어보라. 세상을 떠날 때 가지고 갈 물품으로 무엇을 간직하고 있는지. 돈이나 집을 가져가는 것도 아니고, 자동차를 가지고 갈 수 있는 것도 아니다. 사랑이나 생명 역시 안타깝지만 가져갈 수 없다. 진시황제는 수많은 병사를 함께 데리고 가겠다고 생매장을 했다. 그렇다고 그들이 죽어서까지 진시황제와 함께하려 했겠는가? 진시황릉은 '공수거空手去의 법칙'을 거역한 참으로 어처구니없는 역사의 기록물이다.

　누구든 법을 위반하면 중벌이 따르는 법인데 그의 영혼인들 편할 날이 있겠는가? 중국 시안에 있는 진시황릉과 병마총을 관광하면서 그 역사적 비극 앞에서 대단하다고 탄성을 지르는 사람들 또한 인생 '공수거의 법칙'을 이해하지 못하고 있는 것이 아닌가?

# 무소유를 소유하라

••

인간은 모든 것을 소유하려 든다. 소유물의 소유 정도가 얼마나 되느냐가 삶의 가치와 행복의 기준이나 되는 것처럼 생각한다. 그러나 사실 이 세상에 내 소유물이란 아무것도 없다. 산과 바다가 그렇고 집과 옷도 그렇다. 잠시 빌려 사용하고 있을 뿐이다.

내가 나를 소유하지 못하는데 어떤 것을 소유할 수 있겠는가? 이 자연도, 만물도, 우주도 모두 공유하는 것이다. 우리가 살아 있는 동안만 가능한 것이다. 결국 무의미한 것에서 의미를 찾으려 한다는 데 문제가 있다.

존재의 불안에서 오는 현상일까? 소유의 욕망이 커지면 커질수록, 소유가 많아지면 많아질수록 인생은 무겁고 괴로워진다. 손에 무언가를 움켜쥐고 있으면 다른 것을 붙잡을 수가 없다. 잔이 비어 있지 않으면 새로운 것을 더 부을 수도 없다. 소유와 탐욕의 굴레를 벗어날 수 없는 인간에게 끝없는 고통으로 일생을 덧칠한다는 것은 불행한 일이다.

그래서 무소유를 소유하도록 하는 것이 해답이 되지 않을까.

　무소유가 그럴듯한 멋진 단어로 보여서 그런 것은 아니다. 물질적인 부를 보장해 주기 때문도 아니다. 오직 그렇게 하는 것이 합당하기 때문에 그렇다. 소유욕과 욕망 대신에 무소유로 채우는 것이다. 모든 것이 내 것이라는 생각이다. 내가 손안에 쥐고 있는 것만 내 것이 아니라 자연도, 우주도, 이 지구도, 그 어느 것도 내 것이란 믿음이다. 그렇게 되면 모든 것을 다 내려놓을 수가 있는 첫걸음이 된다.

　"비록 무화과나무가 무성하지 못하여도 포도나무에 열매가 없으며 감람나무에 소출이 없으며 밭에 먹을 것이 없으며, 우리에 양이 없으며, 외양간에 소가 없을지라도 나는 여호와로 말미암아 즐거워하며 나의 구원의 하나님으로 말미암아 기뻐하리로다"합 3:16라고 고백한 선지자는 과연 멋진 사람이다. 내 생명을 지탱해 주는 땅의 온갖 것과 그 어떤 환경에도 감사할 수밖에 없다는 깊은 뜻이 담겨 있다.

　때를 따라 비가 내려 땅을 적시고, 곡물이 자라나게 하는 하늘에 감사하고, 나를 둘러싸고 있는 모든 환경과 사람들에 대해 기뻐할 따름이다. 그 사람을 만날 수 있어서 기쁘고 그 사람의 사랑을 받아서 더욱 기뻐하는 것이다. 무엇을 더 가질 수 있다고 감사하는 것이 아니고, 누가 무엇을 더 주었다고 기뻐하는 것도 아니다. 그 이상의 큰 뜻으로 현재에 자족하고 감사할 수 있는 사람이 진정 행복한 사람이다.

　장자와 노자는 자연주의와 무소유를 주제로 존재의 가치를 드러낸다. 노자는 무위사상無爲思想을 주장한다. 모든 것은 필연법칙에 의해 지배되고 여기에 사람의 사사로운 뜻이나 어떤 인위적 행위가 개입할 여지가 없다는 것이다. 따라서 노자는 '나'를 내세우지도 말고, 또 무엇을 하겠다는 의욕도 버리라고 한다. 인간은 자유로운 존재라고 생각한 것이다. 사람은 스스로 움직여 죽음의 자리에 갈 수 있는 존재이다. 반면에 욕망에 사로잡혀 구원을 얻지 못하는 자도 있을 수가 있다.

오직 무소유는 소유보다 더 가치가 있다고 믿는다. 한때 법정 스님의 《무소유》란 책이 세인의 관심을 끌었던 적이 있다. 곧 절판될 거라고 해서 너도나도 책을 사려고 경쟁을 벌였다. 과연 그 책을 읽은 사람 중에 실제 삶 속에서 무소유를 생활화하고 있는 사람이 얼마나 될까? 이 궁금증에는 무소유가 거의 실현 불가능할 것이라는 냉소적인 생각도 묻어 있는 건 사실이다. 그럼에도 많은 독자들이 열광적으로 이 책을 구입하려 했던 것은 무소유로 사는 방향이 옳다고 보았기 때문일 것이다.

그렇다면 우리가 왜 무소유여야 하는가를 물을 필요도 없지 않겠는가? 무소유를 삶의 근본으로 삼아야 하는 이유는 간단하다. 눈에 보이는 물질세계는 허상에 불과하기 때문이다.

"우리가 명예를 누리는 데 관심이 없다면 명예를 잃어도 상처가 되지 않는다. 건강을 유지하는 데 사로잡혀 있지 않다면 건강을 해쳤다고 해도 넘어지지 않는다. 세상의 보배를 구하지 않는다면, 도둑이 그것을 앗아간다고 해서 절망하지 않는다."

소유는 물질을 낳고, 물질은 허망을 만든다. 그래서 무소유의 가치관이야말로 자유의 삶을 살 수가 있다고 본 것이다. 그래도 뭔가를 소유해야만 직성이 풀릴 것 같은 욕망을 버리기 어려운가? 그렇다면 차라리 무소유를 소유하라.

# 보이지 않는 것을 보라

::

이 세상에는 눈에 보이는 것과 눈에 보이지 않는 것이 동시에 존재한다. 인간에게도 두 세계를 볼 수 있는 두 가지 눈이 있다. 하나는 육안으로 보는 눈이고, 다른 하나는 마음과 영안으로 보는 눈이다. 우리가 차원이 다르다고 말할 때는 높고 낮음의 의미도 있지만 육안과 영안으로 보는 세계의 차이를 말하기도 한다. 학술적으로는 형이상학과 형이하학을 두고 하는 말이다. 육안으로 보는 대상은 손으로 만질 수 있는 물질이지만, 영안으로 보는 대상은 몸으로 감촉할 수 없는 비물질의 세계이다.

육안으로 보는 세계와 마음의 눈으로 보는 세계에는 또 다른 차이점이 있다. 눈에 보이는 것에는 자기 탐욕을 채우기 위한 헛된 망상 같은 것이 있고, 눈에 보이지 않는 것에는 인류를 행복하게 하려는 가치와 비전, 소망 같은 것들이 있다. 육안으로 보는 대상은 유한하지만 영안으로 보는 대상은 무한하다. 육안으로 보는 것은 쉽게 믿을 수 있지만 오래가지 못하고, 영안으로 보는 것은 믿음을 갖기가 쉽지는 않지만 영원한 세계로 이어진다. 육안으로 보는 것보다 더 큰 유익이 있고, 신비롭고 심오하지만 사람들은 소홀히 하는 경향이 있다. 사람의 빈약한 오관으로 그것을 측정할 수 없기 때문이다.

눈에 보이는 것을 자각하게 하는 지적활동은 사람을 그릇된 앎으로 빠뜨릴 수 있다. 사람에게는 지각이 있기 때문에 생성하는 자연의 한 과정 속에서 그것을 거슬러 무엇을 하려는 마음을 일으킨다는 것이다. 사람의 지각은 나타나는 현상만을 잡을 수가 있기 때문이다. 따라서 지각으로 할 수 있는 판단만을 고집한다면 영혼의 세계를 느끼지 못할 수 있다. 그러므로 지식의 인식 한계를 깨닫는 것이야말로 영혼과 직결될 수 있는 새로운 세계로 들어가는 첫걸음이 된다.

이제 물질 세계와 비물질 세계가 미치는 영향력이 다르다는 것 정도는 상식선에서 동의할 수 있을 것이다. 비물질 세계, 곧 영의 세계는 사람의 영혼만이 볼 수 있다는 점에도 동의할 것이다. 만일 이해하기 어렵다면 간단한 상상력만으로도 비물질 세계를 느낄 수 있다. 상상력은 지식을 뛰어넘기 때문이다.

지금 존재하는 것의 십만분의 일이라도 우리가 볼 수 있다고 생각하는가? 우리를 둘러싸고 있는 보이지 않는 모든 비물질은 우리가 인식하든 인식하지 못하든 우리 생명과 기관, 생각과 마음에 생명력으로 작용하고 있다. 특히 영감의 차원에서 보면 눈에 보이지 않는 파워는 부지불식간에 우리의 상상력을 무한대의 세계로 이끌어 간다.

어떤 때 우리는 눈에 보이지 않는 것, 지금 이곳에는 없는 것들을 보기

예 기 치 않 은 선 물

도 한다. 마음의 눈으로, 상상의 눈으로, 영의 눈으로 보이지 않는 것을 보는 것이다. 성경이나 성현들이 전해 주는 말은 한결같이 눈에 보이는 것에 집착하지 말고 눈에 보이지 않는 것을 보는 능력을 가지라고 강조한다. 왜 그럴까? 눈에 보이지 않는 것이 우리 인생에 미치는 영향력이 더 크고 유익하기 때문이요, 눈에 보이는 것은 허상이요 허구이기 때문에 그렇다. 그러므로 그 허상을 버리는 것이 무소유가 된다.

사랑과 용서, 배려하는 마음과 양심, 소망과 희망, 그리고 꿈과 비전, 가치와 시간, 상상력 같은 것들이 영혼으로 이르는 길목이다. 가훈과 명언, 격려와 칭찬 등 무형의 재산은 실재하지 않는 것처럼 보이지만 실재한다. 무형의 사고가 영향력을 미치고, 아이디어가 형체로 나타나는 것은 우리 현실 속에서 수시로 볼 수 있는 것들이다. 유형의 재산보다 무형의 재산을 더 소중하게 여기는 것은 그 영향력과 파워가 대단하기 때문이다. 사실 유형의 재화도 무형의 재화, 곧 사유에서 비롯된 표출물의 하나이다. 시장의 새로운 제품, 아이디어 상품이라는 것들이 모두 그렇다.

눈에 보이지는 않지만 우리의 삶에 결정적인 영향을 미치는 거짓말과 속임수 같은 것도 보이지 않는 것들이다. 그러니 보이지 않는 것들 중 참된 것을 볼 수 있으려면 심령이 맑아야 한다. 한마디로 진짜와 가짜, 진실과 거짓을 구별할 수 있는 안목이 있어야 한다는 것이다. 마음의 눈, 영혼의 눈으로 가짜와 거짓을 구별해 낼 가능성은 99%가 아닌 100%가 될 것이다. 영혼이 맑고 깨끗하다는 전제 하에서다.

# 목적이 이끄는 위대한 힘

..

　구하라 그리하면 얻을 것이다. 구하여 얻은 사람의 입장에서 이 말은 자동 시스템이다. 그러나 구하지 않으면 얻는 게 하나도 없게 된다.

　프랑스 철학자 베르그송은 "인간을 움직이는 두 가지 힘이 있다"고 말한다. 하나는 등 뒤에서 밀어붙이는 물리적 압박의 힘이고, 다른 하나는 앞에서 유혹하며 이끄는 소망, 열망의 힘이다. 좀 더 구체적으로 말한다면 전자는 몸과 땅, 외부 물리적인 힘과 연계되고, 인과법칙이 작용하는 힘에 따르게 된다. 반면 후자는 마음과 하늘, 이상과 꿈과 같은 초자연적인 세계와 연계되며, 목적적 작용의 힘에 의해 이끌려 가게 된다는 것이다.

　하나는 원인이 만들어 낸 결과적 사실이고, 다른 하나는 목적이 수단을 이끌어 가는 미래적 가치이다. 보이지 않는 먼 미래를 향해 설정된 목적이 현실의 삶을 이끌어 가는 셈이다. 그래서 비전이나 꿈이 있는

　　　　　예 기 치 　않 은 　선 물

사람은 지금 눈앞에 보이지도 않고, 만져지지도 않는 것에 이끌리어 지금 준비하고 도전한다.

과거보다는 미래가 더 중요하고, 이미 지나간 원인보다는 달려갈 목적이 더 중요한 이유가 여기에 있다. 이미 지나가 버린 과거 원인으로 생겨나는 결과물은 지금 내가 어찌할 수가 없다. 하지만 미래는 내 의지와 힘으로 목적과 비전을 세우고, 내 손으로 준비하며, 그 성과물을 수확할 수가 있다. 그러므로 현재의 삶은 오로지 미래의 이끌림에 의해서 다정하게 손잡고 전진한다. 미래가 모두 나의 것이 될 수가 있다.

그러므로 시작에는 이미 목적지와 경유지 등 온갖 플랜들이 포함된다. 시작이 반이 되고 곧 절반의 성공이 된다. 목적지가 없다면 출발도 없다. 오직 목적이나 비전이 없는 현재의 나태한 결과물을 미래에 받을 수 있을 뿐이다. 그것은 방황과 실패와 좌절의 길로 들어서는 것이 된다.

목적을 갖는다는 것은 '해야 할 것과 하지 말아야 할 것'을 구별하는 일이다. 자신의 인생 목표를 향하는데 나의 발목을 잡는 것들을 던진다는 의미도 된다. 우리는 시작의 의미를 되새겨볼 필요가 있다. 무심코 하는 현재의 자기 행동이 미래의 자기 삶에 투자가 될 수도 있고, 방해물이 될 수도 있기 때문이다. 자신의 내일은 실은 오늘 결정되고 있는 것이다. 나의 미래가 궁금한가? 그럼 지금의 나를 눈여겨보라. 나의 미래가 지금의 나에게 들어 있다.

우리가 목적을 세우고 새로운 시작을 한다는 것은 인생의 보물을 캐러 나서는 것과 같다.

성경에서는 "극히 값진 진주 하나를 발견하매 가서 자기의 소유를 다 팔아 그 진주를" 사야 함을 강조하고 있다. 그 진주는 곧 인생의 목적이요 추구해야 할 목표이다. 우리는 인생의 목적인 진주가 있는 곳으로 달려가야 한다. 그 진주는 우리를 오라고 손짓한다. 진주를 캐려는 의지가 있는 사람에 한해서다. 그 진주는 어디에 있으며 어떻게 구할 수 있는 것인가?

많은 사람들은 꿈속에서라도 값진 진주를 캘 수 있기를 기대한다. 그러나 우리가 찾고자 하는 진주는 물질적인 진주를 의미하지 않는다. 물질적인 진주는 나의 가치가 아니라 남의 가치이다. 진주는 일시적으로 뿌듯함을 줄 수도 있지만 우리를 진정 행복하게 해 주지 못한다.

예를 들어 세계 경매시장에서 최고 가격이 나가는 진주를 하나 갖게 되었다고 하자. 그것을 갖는 순간 강도나 도둑을 만날까 봐 불안하고 경계하게 된다. 몸에 지니고 다니지도 못할 뿐만 아니라 집안 깊숙한 곳에 숨겨 두고도 침입자에 대한 두려움을 떨쳐 버릴 수가 없다. 진주는 이미 내 것이 아닌 것이다. 죽을 때 가지고 가는 것도 아니지 않는가.

그래서 물질적 진주는 결코 인생의 목표가 될 수 없다. 강도나 도둑을 맞지 않을 진주만이 진정한 목적이고 비전이 된다. 내 인생에 있어서 영원한 가치를 지니는 그런 진주를 찾아 나서야 한다. 그 길은 자기 앞에 있는 걸림돌을 치우는 길이며, 자기를 구하는 길이며, 탐험의 길이다. 험준한 산을 넘고 물을 건너야 하는 경우가 있기 마련이다. 그 진주를 찾아 나설 때 마땅히 고려해야 할 것이 있다.

"가다가 중지하면 아니 간만 못하다"는 속담을 다시 음미해 보자. 인간은 누구나 새 출발을 시도할 수 있지만 포기하기는 더 쉽기 때문이다. 그러므로 출발은 단단한 각오가 있어야 하고, 포기는 입밖에도 내지 말아야 한다.

예 기 치  않 은  선 물

# 미래완료형으로 살자

목적이란 곧 미래이다. 그 미래란 보이지 않는 것, 미지의 세계이다. 보이지 않는 그 미래, 즉 목적을 볼 수 있는 능력이야말로 성공의 지름길이다. 당신은 10년 후 20년 후를 미리 가본 적이 있는가? 미래를 미리 가보는 것은 참으로 멋진 일이다. 미래는 자기의 꿈이 실현되는 공간이기 때문이다.

미래를 가보지 않고서는 지금 내가 살아가는 방향이 꼭 올바르다고 장담할 수 없다. 현재의 삶에 자신감을 잃는다는 것은 의미를 상실하는 것이기 때문이다. 미래는 인생의 항해를 이끄는 등대이며 나침반이다. 미래를 가보는 일은 정말 신나는 여행이다. 그 미래를 지금부터 산다면 얼마나 행복하고 기쁠까!

말을 문법적으로 따지다 보면 과거, 현재, 미래 외에도 과거완료형, 현재완료형, 미래완료형으로 구분한다. 완료형이란 어떤 일이 진행되어 완성하는 과정을 말한다. 우리 사고방식이나 시간 개념도 완료형

형태를 갖고 있다. 지금 당장 자신의 꿈이 이루어졌다고 생각하고 행동하는 것이다. 우리에게는 오직 '지금, 현재'라는 시간만 사용 가능하기 때문에 미래를 가불해 사용한다고 해서 손해 볼 일은 없다.

그러므로 오늘 미래를 준비하고 있다면 한 걸음 더 나아가야 한다. 지금 설계한 미래의 꿈이 '지금 이미 이루어진 것처럼' 오늘을 살아가는 것이다. 지금이라는 이 순간에 현재를 살면서 미래를 동시에 사는 것이다. 미래의 인생을 오늘의 성취감과 기쁨을 앞당겨 느끼면서 '늘 행복한 삶'을 이어갈 수 있다. '오늘=미래'라는 등식이 가능하기 때문에 미래를 가불해 쓸 수 있는 것이다.

예를 들어 지금 고등학생이라면 가까운 미래에 입학하고자 하는 대학에 이미 합격한 것처럼 살라는 것이다. 그러면 자신감을 갖게 되고 입시 준비도 잘해서 합격은 저절로 찾아올 것이다. 만일 CEO를 꿈꾸고 있다면 지금 CEO처럼 생각하고 행동해 보라. CEO 입장에서 현실을 바라보고, 앞으로 닥쳐올 문제까지 예측해 보라. 얼마나 멋진 일인가. 사고의 범위와 비전의 틀이 넓어질 것이다.

하지만 미래란 보이지 않고 불확실해서 불안과 두려움의 대상이 되기도 한다. 그렇다고 불안과 두려움에 떨 필요는 없다. 미래란 아직 오지 않았고 실체도 없기 때문이다. 불안과 두려움은 지금 당장 해야 할 일에 대해 핑계를 대며 기피하게 만든다. 아무리 멋진 미래를 꿈꾸며 설계해 놓았더라도 그 위에 불안과 두려움을 덧입혀 놓는다면 무용지물이 된다. 미래를 준비하지 못하도록 방해받는다면 당신의 미래란 없다. 성공도 없다. 오직 후회만이 남을 뿐이다.

예 기 치 않 은 선 물

미국 작가 오 헨리의 〈20년 후〉라는 작품은 매우 인상적이다. 두 친구가 어린 시절 헤어지면서 20년 후에 성공하여 같은 시간에 이곳에서 만나자고 약속하고 헤어진다. 20년 후 만난 두 친구는 너무도 다르게 변해 있었다. 한 사람은 경찰관이요, 다른 한 사람은 체포령이 떨어진 범인이었다. 경찰관 친구의 체포를 감수해야 하는 기구한 운명이 기다리고 있었다.

그런데 그런 상황은 누가 만들었는가. 바로 자신이 만든 것이다. 그는 돈만을 쫓아 미국 서부지역을 떠돌아다니다가 돈은 많이 벌었다. 하지만 그 돈벌이 과정이 순수하지 못해서 범죄자로 쫓기고 있었던 것이다. 미래의 오늘을 알았더라면 아마도 그때의 오늘을 그는 다른 방식으로 살았을 것이다.

이런 비극적인 미래를 만들어 가는 시간 낭비자는 작품 속에서만 있는 것이 아니다. 이 세상 도처에서 얼마든지 발견할 수 있다. 눈에 보이지 않는 것들에 대해서는 전혀 인식조차 하지 않거나 평가 절하하려는 경향 때문이다.

영혼과 사랑, 용서와 배려, 소망과 희망, 그리고 가훈과 명언, 격려와 칭찬, 꿈과 비전, 상상력 등은 보이지 않는 가치들이다. 이 무형의 재산은 실재하지 않는 것처럼 보이지만 우리 삶에 큰 영향을 미친다. 무형의 사고력이 아이디어로 실현되어 영향력을 미치고 있는 것을 보면 알 수 있다. 그렇다면 보이지 않는 가치들을 실현할 새로운 시각과 행동력을 가질 때는 언제인가. 바로 지금이다. 이미 꿈을 이룬 것처럼 살아보자. 꿈 너머 꿈, 더 큰 비전을 이룰 수 있다는 신념으로 미래와 함께하는 오늘을 살자.

## 거리

::

이옥헌


얼마나 될까
안식의 저녁과 불면의 밤과의 거리는
지나온 길과 남은 길과의 거리는

또한 얼마나 될까
지금 가는 길과 가지 못하는 길과의 거리는
아는 것과 모르는 것과의 거리는

정말 얼마나 될까
사랑과 미움 사이의 거리는
삶과 죽음과의 거리는

# 지금이 어느 때인가

::

나그네인 당신은 지금 무엇을 하고 있는가? 아침을 먹고 있는가, 막 잠자리에 들려고 하는가, 아니면 과거의 추억을 회상하거나 미래의 꿈을 그리고 있는가? 당신이 무엇을 하고 있든지 '지금은 새롭게 시작할 때'다. '지금'과 '시작', 그리고 나그네인 당신은 한 묶음이다. 오직 지금, 당신만이 새롭게 결단할 수 있는 당신의 시간이다.

우리는 과거와 현재, 그리고 미래로 나누지만 과거와 미래는 그 어디에도 시작할 수 있는 시간이 없다. 과거는 단지 무수한 시작을 했던 기억만을 담고 있고, 미래는 시작하려는 많은 구상을 안고 있을 뿐이다. 정작 시작할 수 있는 타임은 지금뿐이다. 그래서 '지금'은 앞으로 펼쳐질 모든 과정을 담고 있다. 지금은 곧 시작이면서 기회이고, 소망과 희망이면서 비전과 꿈을 그리는 시간이다.

때를 안다는 것은 매우 중요하다. 씨를 뿌릴 때가 있고, 과실을 거둘 때가 있듯이 시의적절해야 한다. 당연히 해야 할 일은 당연한 그때 해야 한다는 뜻이다. 그러므로 지금은 당장 무엇을 해야 할지를 판단하는 시간이다. 지금 어떤 변화의 물결이 일고 있으며, 어떤 반응을 해야 할지를 묻는 때다. 지금은 어느 때인가?

지금은 출발선상에 서 있는 때다. 다시 말하면 뭔가 새로운 시도를 해 보고자 하는 목적을 세워 놓고 그 의미를 느끼고 있을 때다. 인생의 순간순간이 새로운 출발점이다. 언제든지 새로운 방향을 잡아 나갈 수가 있는 때다. 비록 지나온 길이 조금 빗나갔더라도 큰 문제가 되지 않는다. 여기까지 오는 동안 당신이 내 인생의 목표가 무엇이며, 어디에 있다는 것을 어렴풋이라도 깨닫게 되었다면 감당 못할 문제는 없다.

어떤 과업이나 공부를 시작하든지 자신이 누구이며, 어디로 가고 싶은지, 또 어떻게 갈 수 있는지 알아야 한다. 갈 길도 모르면서 발걸음만 재촉하는 것은 위험한 길로 들어서는 것이다. 방향을 잡지 못하고 과거를 답습하는, 변화 없는 시작이야말로 인생을 거꾸로 돌리는 것이 된다.

지금은 인생의 최종 목적지를 설계해 놓고 마땅히 해야 할 일을 찾을 때다. 동시에 날마다 행복하고 기뻐해야 하는 삶의 실체를 깨닫는 것이다. 이때가 곧 새로운 시작을 할 때다. 바로 '지금' 이 시작할 때다. 우리는 시작은 먼 미래에 있어도 된다고 생각하는 우를 범한다. 시작에 특별한 의미를 부여하려 하지 않기 때문이다.

당신은 지금 무엇을 시작하고 있는가? 혹시 좀 늦었다고 망설이고 있는가? '가장 늦었다고 생각할 때가 가장 빠른 때' 라고 하지 않는가.

그렇다면 늘 좋은 일들만 일어나는 때는 언제인가를 생각해 보자.

예 기 치 않 은 선 물

성경 말씀처럼 '구하고, 찾고, 문을 두드릴' 때다.

　지금은 희망과 두려움 사이에 있는 불안이라는 도랑을 건너뛰어야 할 때다. 두려움은 모든 문제의 근원이며 방해꾼이다. 우리에게는 놀라울 정도의 가능성과 능력이 주어져 있는데도 이를 가로막는다. 두려움과 불안은 일해야 할 때 제자리에 머물게 만들기도 하고, 감나무 밑에 누워서 감이 입속으로 떨어지기만을 기다리게도 만든다. 더 나아가 권태를 만들고 좌절과 절망을 만든다. 때문에 각별히 경계해야 할 대상이다. 놀랍도록 행복하고 성공해야 할 우리의 발목을 붙잡고 있는 것이다. 위기는 준비하지 않고, 시작하지 않는 자에게 생각하지 않은 날, 알지 못하는 시각에 찾아오는 것이다.

　그러므로 새로 시작한다는 것이 얼마나 기쁜 일이며, 멋진 일인가! 또 얼마나 행복한 일인가. 지금은 당신의 인생을 새롭게 할 때다. 영원한 삶을 꿈꿀 때이며, 영혼의 안식으로 들어가는 좁은 문을 찾을 때다. 솔직하고 정직하며, 공의에 순종하는 소탈한 삶을 꿈꿀 때다. 동시에 지금은 거추장스러운 껍데기들을 벗어 버릴 때다. 선악을 구분할 때며, 허상과 가식, 위선과 거짓된 삶에서 깨어날 때다.

　지금이 바로 시작할 때다. 시작이 없다면 어떠한 끝도, 어떠한 목적지에도 다다를 수 없다. 목적지에 도착하지 못한 사람은 그 목적지 너머를 향한 새 출발의 기쁨도 만끽할 수 없다. 준비와 시작은 유비무환의 지름길이다.

# 무엇을 새롭게 할 것인가

··

　　지금은 우리가 의식하든 안 하든 언제나 무언가가 시작되고 있다. 지금 이 순간에 세계 도처에서 새로운 시작이 착수되고 있다. 다만 새로운 구상과 비전, 목표와 계획을 세우고 행동으로 옮기느냐 아니냐의 차이가 있을 따름이다. 만일 비전과 목적이 없는 상태라면 곧 제멋대로 굴러가도록 놓아둔 의미 없는 시작이 있을 뿐이다.

　　살아 움직인다는 것은 '새롭게' 생각하고, '새롭게' 집중하고, '새로운' 체험을 위해 발걸음을 옮기는 것이다. 다시 말하면 '좋은 일' 만들기를 스스로 시작한다는 뜻이다.

　　어떤 일을 착수할 때는 손만 뻗으면 금세 닿을 것만 같이 느껴진다. 그러나 조금만 구체화시키려 하면 앞이 어둡고 아무것도 손에 잡히지 않아 허공을 휘젓는 느낌이 들 수가 있다. 때로는 시작이 아무런 열매도 맺지 못하고 흐지부지되어 버릴 수도 있다. 단지 어떤 의미를 찾고 행동하느냐가 문제될 뿐이다. 항상 우리에게 '지금 이 순간'은 있으되,

예 기 치 않 은 선 물

결단과 행동력이 부족하다면 흠이 아닐까?

새롭게 된다는 것은 새로운 시각, 새로운 생각의 틀을 세우는 것이다. "생베 조각을 낡은 옷에 붙이는 자가 없고, 새 포도주를 낡은 가죽 부대에 넣는 자가 없나니." 새로운 비전을 새로운 마음에 담아 날로 새롭게 살려고 애쓰는 것이다. 그렇다면 새로운 생각이란 도대체 무엇을 의미하는가?

첫째, 나의 생명은 나에 대한 선물이고, 세상 만물 또한 나에게 주어진 선물임을 다시 한 번 깊이 인식하는 것이다. 인생의 의무는 세상의 시작과 끝, 곧 창조와 종말의 의미를 새롭게 보려고 눈을 뜨는 데 있다. 생명의 근원을 이해하고 죽음 이후를 탐색해 보는 것이다. 영원한 세계를 사모하며, 나그네 인생이 걸어가야 할 '길과 진리와 생명'을 찾고, 최고의 선에 순종하는 것이다. 그러기 위해서 이 세상과 우주의 주인은 누구인가를 알아보는 지식을 쌓아야 한다.

둘째, 나는 누구이고, 무엇하러 이 땅에 왔는가, 자신의 존재 가치와 사명이 무엇인지를 살피는 것이다. 또한 언젠가는 이 땅을 떠나야 한다는 것도 분명히 해야 한다. 그래야만 '반드시 먼저 비워야 채워진다'는 간단한 진리를 간직할 수 있고 자기 인생도 살게 될 것이다. 자기만이 좋아하고, 자기만이 할 수 있는 능력과 특기를 발견해서 자신만을 위한 것으로 그치지 않고 사회에, 그리고 인류에 도움이 되거나 크게 기여하기 위해 무엇이 필요하고 무엇을 구해야 할 것인가를 생각해야 한다.

셋째, 스스로 질문하는 능력을 키우는 일, 곧 새로운 지혜를 찾는 기회를 마련하는 것이다. 새로운 생각과 가치관만이 새로운 세계를 볼 수 있고, 바르게 평가할 수 있는 능력이 생기는 법이다. 이 세상은 각기 다른 존재들로 구성되어 있음을 좀 더 깊이 이해할 필요가 있다. 한 시대를 살아가는 동행자들, 부모님이나 친구, 나무나 식물, 동물과 무생물에 대해서까지도 존재의 의미를 새롭게 갖고 묻고 묻는 것이다.

넷째, 새로움에는 올바른 소망과 가치관을 갖고, 좋은 가치관을 행동으로 옮기는 일도 포함된다. 그러기 위해서는 해 뜨는 곳과 해 지는 곳을 알고, 시간과 절기와 시대를 분별하듯 정한 때를 알아가야 한다. 이로써 문을 닫을 때와 문을 열 때를 알며, 눈물과 울음과 탄식, 슬픔과 기쁨의 진정한 의미를 알고, 미움과 분노와 마음 다스림을 알며, 생명과 평강, 영혼과 영광, 정의와 공의, 화평함과 정직함을 깨닫는 순간이 올 것을 믿는 믿음 가운데 올바른 가치 실현의 꽃을 피워야 한다.

다섯째, 위기와 고난의 예방은 미래를 예측하는 데 있다는 '깨달음'을 붙잡는 것이다. 미래 예측은 상상과 변화, 희망과 목적, 그리고 대화의 소중함을 깨닫는 데서 시작된다. 각성한다는 것은 '그 경고에 반응한다'는 뜻이 있다. 깨어 있지 않고 반응하지 않는다면 미래를 예측할 수 없다.

예측은 미래에 대한 믿음이고 확신이다. 절망과 좌절을 앞에 두고는 미래를 상상해 볼 수조차 없다. 지난 세월의 빗나간 발걸음들을 되돌아보며, 위기와 고난의 원인이 다시 올 것에 대비해야 한다. 운전하다가

좁면 교통사고를 내는 길이고, 문단속을 하지 않으면 도둑을 불러들이는 것과 같다.

여섯째, 독수리처럼 비상하는 것이다. 우리에게 최악의 상황이란 타성에 젖어서 멈추고 머물러 있는 것이다. 제자리걸음만 하고 있으라고 주어진 인생은 아니다. 새가 비상하고자 할 때는 먼저 둥지를 박차고 나서는 것처럼 날마다 새로운 도약을 시도하라고 주어진 생명이다. 과거에 묶여 있다면 제자리걸음을 하고 있는 것이다. 지난날의 '낡은 습관과 타성'이라는 재고품을 정리하고, '잘못 익숙해진 것들'과 과감히 결별을 선언할 때 비상할 수 있다.

새로운 시작을 가로막는 또 하나의 훼방꾼은 바로 과거에 얽매이는 것이다. 뒤만 돌아다보는 사람은 결코 새 출발을 할 수가 없다. 사회적 관습과 악습의 틀에서 벗어나지 못하면 결코 새 출발을 할 수 없다.

일곱째, 자기 인생을 잘못된 길로 끌고 들어간 오류가 있음을 깨닫고 겸손해지는 것이다. 세상이 황폐하고 무너지게 되는 이유를 생각하고, 올바른 세계관을 정립할 필요가 있다. 고통과 고난이 오는 길목을 지켜보고, 진리를 공경하고, 거짓은 회피해야 하는 것임을 다시 생각해 보는 것이다. 교만과 자만의 위험성을 알고, 유혹과 타락과 방황의 고통에서 돌아서는 의미를 알며 동시에 허영심을 경계하는 것이다. 허영심은 시작의 준비를 소홀히 하고 기대감만 잔뜩 갖게 한다.

# 반전과 감동의 드라마를 만들어라

∷

　오늘의 출발점은 지난날의 무수한 출발점들의 연장선상에 있는 또 하나의 작은 출발점이다. 지금 이 순간의 시작은 미래의 도착지와 그 너머의 새로운 목적지까지 연결하는 첫 출발점이 된다. 그 목적지에 도달해서 되돌아보면 오늘의 시작은 커다란 전환점이었다는 사실이 확인된다. 그렇기 때문에 언제나 시작은 중요한 의미를 가지게 된다.

　색다른 시작이란 곧 남다른 시작을 말한다. 다른 사람의 출발과는 완전히 다른 색깔의 시작이어야 한다. 새로운 시작은 자기 인생길을 떠나는 출발점이기 때문이다. 그 누구도 대신 걸어가 줄 수 없는 자기만의 길이다. 그 누구와도 시간과 공간을 동시에 점유할 수 없는 것이다. 새로운 시작에는 자기만의 인생 목적지가 설정될 수밖에 없기에 자기만의 로드맵과 원칙을 만들어야 한다. 세상 모든 만물이 각각이듯이 자기 삶의 길도 다를 수밖에 없다.

　그러므로 새로운 시작에서 가장 중요한 것은 곧 다름과 차이가 분명해야 한다는 점이다. 다름과 차이는 어디에서 찾아오는가? 새 출발 이후의 삶은 출발 이전과는 전혀 다른 차원에서, 전혀 다른 방식으로, 전혀 다른 의미와 가치가 부여되어야만 한다. 아울러 새 출발의 매력은 남들과는 전혀 다른 차원의 방식과 가치를 추구하는 데 있다. 남들과 전혀 다른 생각, 다른 각도에서 바라보는 노력을 통해 차이를 깨닫고, 차이를 만들어내는 것이다.

세상 만물의 존재 의미를 느끼면서 누구나 생각할 수 있는 보편적인 것을 사고하는 것이 아니라, 남들이 생각하지 않는 부분에 더 중점을 두고 해석하려는 노력이 필요하다. 모방이 제2의 창조라는 관념에서 한 단계 더 나아가야 한다는 말이다. 과거에서 벗어나야 하고, 다른 사람의 사고에서 벗어나야 하며, 환경의 틀에서 벗어나야 한다. 다시 강조하자면, 나만의 소망과 나만의 특성을 발견하는 데에서 새 출발의 의미가 있다는 것이다.


색다른 출발은 본질과 비본질을 분별하는 것이 전제가 된다. 우리는 자칫 어떤 사안을 분석하고 평가할 때 빗나간 관점에서 결정할 수가 있다. 본질보다는 비본질을 중시하게 되고, 큰 이유보다는 자잘한 이유로, 대의보다는 소의로, 내면보다는 외형으로, 실질보다는 형식을 더 중요시함으로써 오류와 오판을 자주하게 된다. 좋은 것과 나쁜 것, 선과 악, 옳은 것과 그른 것, 해야 할 일과 하지 말아야 할 일들을 구별할 수 있는 분별력을 가져야 한다. 자기 인생의 나무도 보고 숲도 볼 수 있게 될 것이다.

색다른 출발은 나와 세상을 감동시키는 첫걸음을 내딛는 것이다. 감동은 예상해 보지도 못했던 결과에서 오고, 역전과 반전에서 오고, 역발상에서 오며, 남이 할 수 없는 것을 해내는 데서 온다. 그곳이 바로 블루오션이다. 우리의 삶은 날마다 감동 드라마를 만들어 가는데 그 의미가 있는 것이다.

예를 들면 좋은 조건과 환경에서 출발하여 성공하는 것은 누구나 할 수 있는 성공이다. 그 성공은 진정한 의미에 있어서의 성공이 아니다. 그러므로 누구나 할 수 있는 바보의 성공이다. 사랑할 수 있는 사람을 사랑하는 것은 누구나 할 수 있는 풋사랑이다. 용서할 수 있는 사람을 용서하는 것은 누구나 할 수 있는 값싼 용서이다. 감사할 수 있는 상황에서 감사하는 것은 누구나 할 수 있는 겉치레 감사이다. 기도할 수 있을 때 기도하는 것은 누구나 할 수 있는 형식적인 기도이다. 베풀 수 있을 때 베푸는 것은 누구나 할 수 있는 초라한 나눔이다.

세상을 감동시키고 자신에게 진실한 인생 드라마는 역발상에서 오는 것이다. 도저히 성공할 수 없는 고난과 역경의 환경에서 성공을 이루어 내는 것, 누가 보아도 회복불능의 실패를 당했을 때도 훌훌 털고 다시 일어나서 재도전하는 것, 사랑할 수 없는 사람을 사랑하고, 용서할 수 없는 사람을 용서하는 것, 감사할 수 없는 상황에서도 감사하고, 기뻐할 수 없는 처지에서도 기뻐하는 것, 기도할 수 없을 때 기도하는 것, 이것이 진정성 있는 감동 드라마이고 우리가 이루어 내야 할 삶의 주제들이다.

새로운 힘찬 출발로 진정한 자유인으로 비상하는 꿈을 꾸어 보자. 남들이 모두 사회악을 만들고 인간 갈등을 만들어 내더라도 우리는 동행

예 기 치 않 은 선 물

하며 공존해야 하는 인류가 나아가야 할 길에 앞장서자. 소망과 도전의 시간들을 가져 보자. 건강한 자에게 의사가 쓸데없고 병든 자에게라야 쓸데 있다고 하는 예수님 말씀처럼 이 세상을 치유하고 발전시키는 유능한 의사가 되어 보자.

자기 자신을 진찰할 수 있고, 다른 사람을 진료해 줄 수 있는 훌륭한 의사가 된다면 얼마나 아름답고 멋진 세상이 될 것인가. 상상만 해도 이 세상은 평화롭고 모두 행복해지는 모습에 우리 가슴을 설레게 한다. 우리는 하나, 우주와 세상 만물이 나와 함께하는 하나, 생명과 존재와 영원이 하나이다. 이제 또다시 다른 사람들과 함께하는 새로운 너와 나의 존재 의미를 찾아 나서야 할 때가 아닌가!

혹시 새로운 시작을 잘 할 수 있는 비법이 있을까 생각하고 있다면 아직도 자기 인생에 대한 확신을 하지 못하고 있는 상태이다. 자기 확신을 가져라. 자기답게 살아라. 두려움과 망설임으로 서성이다가는 단 한 발자국도 앞으로 내딛지 못하고 만다. 자기 확신은 자기 자신에 대한 신뢰와 주변 환경에 대한 용기에서 비롯된다. 지금 우주가 그대를 감싸고 지지해 주고 있지 않은가!

# 자기답게 살아라!

::

　세상 만물이 각기 다른 존재들이라는 사실을 우리는 확인했다. 자연법칙상 각각 자기 위치에서 자기 역할을 해야 한다는 사실도 이해할 수 있었다. 하늘은 하늘다워야 하고 땅은 땅다워야 한다. 사람도 자기다워야 한다. 자기다울 때만이 자기 인생을 사는 것이다. 자기답게 되려면 태어날 때의 원래 모습으로 원상회복하는 것이다. 순수한 오리지널 자신이 되어야 한다는 뜻이다. 잃어버린 자기다움과 독특성, 곧 개성을 찾아내야 한다.

　개성은 자기다움의 표상이다. 자기다움을 잃어버리고 그저 타인다움을 추구하는 데만 전력투구해 왔다면 그 씁쓸함을 어찌할 것인가? 이 세상에 존재하는 그 어느 것도 모두 자기다워야 한다. 서로 다른 만큼 달라야 조화의 멋이 생겨날 수 있지 않겠는가! 내가 말하는 자기다움이란 타인의 모방은 물론 아니고 타인을 배척하거나 피해를 주면서까지 고집을 피우는 것을 말하는 것도 아니다. 자기 자신의 역동성을 최대한 발휘하는 것이다. 자기다움을 정리하자면 이렇다.

첫째, 자기답다는 것은 자신만이 감당해야 할 사명을 완수해 나간다는 의미이다. 창조적 섭리에 의해서 이 땅에 온 필연의 존재로서의 나는 나일 뿐이다. 그래서 오직 나만이 이루어야 할 나만의 사명이 있다. 다른 존재는 사물을 보는 관점이나 살아가는 방식이 다르며, 이루어야 할 목표나 비전도 다를 수밖에 없다. 아마 평생을 돌아다녀보아도 똑같은 인생길을 걸어가는 사람은 단 한 사람도 없을 것이다.

둘째, 자기답게 산다는 것은 자기 몸과 영혼에 해악을 끼치는 생각이나 행위로부터 자신을 보호하는 것이다. 세상의 갖가지 거짓과 유혹에 이리저리 흔들리며 우유부단하게 끌려다니며 살아가는 것은 노예의 삶이나 마찬가지다. 육체적으로나 정신적으로 줏대 없이 끌려다니는 것은 허깨비 세상을 사는 비극이 아닐 수 없다.

허깨비 인생은 무절제에 빠지기 쉽다. 과음과 흡연, 관능이나 쾌락에 탐닉하고, 무분별하게 과소비를 만들어 낸다. 담배가 몸에 극히 해롭다는 것을 알면서도 끊는 결단을 하지 않는다. 담배를 계속 입에 물고 있는 것은 자기 학대이지, 자기 사랑이 아니다. 또한 나태하고 게으르며 요령을 피우는 행위도 지금 당장은 자기를 지극히 사랑하는 것 같아 보이지만 사실은 자기를 학대하고 있는 것이다.

셋째, 자만심을 갖거나 자기 연민Self-pity에 빠지는 것은 자기답게 사는 길에서 한참 벗어나 있는 것이다. 자기애나 자존감의 본질은 존재

가치를 스스로 지키고, 남에게도 동일하게 지켜 주는 데 있다. 단 하나 밖에 없는 DNA를 가진 존재로서의 독특성, 피조물로서의 순응성, 사회 일원으로서의 책임성을 언제 어디서나 똑같이 존중하고 지켜 주는 일이다. 우리는 소중한 가치관을 제대로 지켜내지 못하고 도리어 자신을 학대하고 자학하며 존재 가치를 망가뜨리는 것을 일상화하고 있는 경우가 많다. 그러므로 자기만의 삶의 원칙을 정해 둘 필요가 있다.

넷째, 자기답게 산다는 것은 지금 머무르고 있는 곳에서 주인의식을 가지고 최선을 다하는隨處作主 立處皆眞 삶을 사는 것이다. 주인의식이란 진짜 주인이니 가짜 주인이니 하는 따위를 논하는 것이 아니다. 하늘 아래에서는 누구나 다 주인이다. 높은 자리, 낮은 자리, 가진 자, 못 가진 자 가릴 것 없이 머무는 곳에서는 언제나 자신이 주인이다. 이 의식이 주인의식이며 아울러 책임의식이다.

자기 인생에 대한 책임의식에 따라 우리는 자기 짐을 질 수 있다. 자기 짐을 지고 갈 수 있는 사람이 다른 사람의 짐을 나눠질 수도 있다. 자기 짐을 지는 사람은 자기 절제를 할 수 있는 자다. 그래서 자기 짐을 책임지는 사람에게선 자기 인생의 꽃이 피어나고 있는 것을 지금 당장이라도 볼 수 있다. 그에게서 더욱 아름다운 꽃이 피어나지 않겠는가! 지금까지 지속되어 온 무책임한 행동들에 대한 구구한 변명들을 들춰내서 제거하는 작업을 시작하자.

다섯째, 자기답게 사는 것은 자신이 해야 할 일에 Focus on one, 즉 전심전력하는 것이다. 목적하는 하나에 몰입하고 집중하여 최고의 열정을 꽃피우는 것이 Focus on one이다. 하늘은 스스로 돕는 자를 돕는다고 했다. Focus on one 하는 사람이란 새로운 도전에 열정을 쏟아낼 수 있는 자이며, 실패를 두려워하지 않는 자이며, 의미 없는 일에 뛰어들지 않는 자다. 또한 할 일 없이 방황하지 않으며, 소득 없는 일에 시간을 허비하지 않고 길을 만들어 가는 자다. 자기만의 존재 이유와 인생의 목적을 이미 찾아 놓은 자다. 그리고 피동적인 태도로 살지 않고 항상 주도적으로 창의력을 만들어 가는 삶을 사는 자다. 하나에 몰입하고 집중하고 끝까지 해내는 것이 자기답게 사는 길이다.

여섯째, 직위나 신분이 자신보다 우월해 보인다고 해서 그 사람의 눈치를 보며 아첨하거나 저자세를 취하는 자격지심을 보이지 않는 것이 자기답게 사는 것이다. 인간 존재 가치는 평등하기 때문에 아첨과 아부와 굴종은 자기 비하와 멸시, 자신에 대한 무관심이며 방관이다. 이와는 반대로 타인에 대해 우월감을 갖는 것 역시 자기를 해치는 일이다. 인간은 유일무이한 존재라서 누가 누구보다 더 우월하거나 덜 존귀한 경우는 없다.

마지막으로 자기답게 사는 것은 어떠한 경우라도 두려워하지 않는 것이다. 날마다의 삶을 근심과 걱정, 불안과 염려의 악습으로 덧칠하고 있는 것은 자기 존재 가치를 떨어뜨리는 짓이다. 어떠한 일에도 불안과 두려움은 포함되어 있지 않다. 오직 스스로 얽어매고, 괴로워하는 것이다. 우리는 여전히 수많은 걱정거리를 끌어안고 어려운 철학적 문제에 매달려 살고 있다. 근심, 걱정, 불안과 두려움에 허덕일수록 삶은 생기를 잃고 좌절로 치닫게 된다. 수많은 걱정거리에 우울해하기보다 마음의 여유와 믿음으로 자기 인생을 사랑해야 하지 않을까? 자기답게 산다는 것은 자신의 삶을 위해 무엇을 어떻게 사랑할 것인가라는 질문 앞에 당당히 서는 것이다.

이제 '나는 누구인가'에 답할 수 있다면 당신은 이미 자기 완성의 길에 들어섰다. 이에 하나만 덧붙인다면 '신과 나와 이웃'의 삼각관계에서 끊임없이 행동으로 보여야 할 가치 하나만은 꼭 간직해 주길 바란다. 그것은 '사랑'이다. 이 세상은 사랑을 기록하는 역사의 현장이다. 당신도 나도 숭고하고 아름다운 사랑의 역사를 써나갈 수 있기를 기대한다.

# 예기치 않은 선물

펴낸날    초판 1쇄 2014년 9월 20일

지은이    이갑헌
펴낸이    서용순
펴낸곳    이지출판

출판등록  1997년 9월 10일 제300-2005-156호
주  소    110-350 서울시 종로구 율곡로6길 36 월드오피스텔 903호
대표전화  02-743-7661  팩스  02-743-7621
이메일    easy7661@naver.com
디자인    design PyM
인  쇄    (주)꽃피는청춘

ⓒ 2014 이갑헌

값 15,000원

ISBN 979-11-5555-023-6  03800

이 도서의 국립중앙도서관 출판예정도서목록(CIP)은 서지정보유통지원시스템 홈페이지(http://seoji.nl.go.kr)와
국가자료공동목록시스템(http://www.nl.go.kr/kolisnet)에서 이용하실 수 있습니다.(CIP제어번호: CIP2014026288)

예기치 않은 선물